LES TROIS

MOUSQUETAIRES.

PARIS. IMPRIMÉ PAR BÉTHUNE ET PLON,

RUE DE VAUGIRARD, 36

LES TROIS MOUSQUETAIRES.

PAR

ALEXANDRE DUMAS.

III.

PARIS.

BAUDRY, LIBRAIRE-ÉDITEUR,

34, RUE COQUILLIÈRE ;

ET RUE DE LA CHAUSSÉE-D'ANTIN, 22.

M DCCC XLIV.

1844

LES TROIS MOUSQUETAIRES.

CHAPITRE PREMIER.

PLAN DE CAMPAGNE.

D'Artagnan se rendit droit chez M. de Tréville. Il avait réfléchi que dans quelques minutes le cardinal serait averti par ce damné inconnu, qui paraissait être son agent, et il pensait avec raison qu'il n'y avait pas un instant à perdre.

III. I

Le cœur du jeune homme débordait de joie. Une occasion où il y avait à la fois gloire à acquérir et argent à gagner se présentait à lui, et, comme premier encouragement, venait de le rapprocher d'une femme qu'il adorait. Ce hasard faisait donc presque du premier coup, pour lui, plus qu'il n'eût osé demander à la Providence.

M. de Tréville était dans son salon avec sa cour habituelle de gentilshommes. D'Artagnan, que l'on connaissait comme un familier de la maison, alla droit à son cabinet et le fit prévenir qu'il l'attendait pour chose d'importance.

D'Artagnan était là depuis cinq minutes à peine, lorsque M. de Tréville entra: Au premier coup d'œil et à la joie qui se peignait sur son visage, le digne capitaine comprit qu'il se passait effectivement quelque chose de nouveau.

Tout le long de la route, d'Artagnan s'était demandé s'il se confierait à M. de Tréville, ou si seulement il lui demanderait de lui accorder carte blanche pour une affaire secrète. Mais M. de Tréville avait toujours été si parfait pour lui, il était si fort dévoué au roi et à la reine, il haïssait si cordialement le cardinal, que le jeune homme résolut de tout lui dire.

— Vous m'avez fait demander, mon jeune ami? dit M. de Tréville.

— Oui, monsieur, dit d'Artagnan, et vous me pardonnerez, je l'espère, de vous avoir dérangé, quand vous saurez de quelle chose importante il est question.

— Dites alors, je vous écoute.

— Il ne s'agit de rien moins, dit d'Artagnan en baissant la voix, que de l'honneur et peut-être de la vie de la reine.

— Que dites-vous là? demanda M. de Tréville en regardant tout autour de lui s'ils étaient bien seuls, et en ramenant son regard interrogateur sur d'Artagnan.

— Je dis, monsieur, que le hasard m'a rendu maître d'un secret...

— Que vous garderez, j'espère, jeune homme, sur votre vie.

— Mais que je dois vous confier, à vous

monsieur, car vous seul pouvez m'aider dans la mission que je viens de recevoir de Sa Majesté.

— Ce secret est-il à vous?

— Non, monsieur, c'est celui de la reine.

— Êtes-vous autorisé par Sa Majesté à me le confier?

— Non, monsieur, car au contraire le plus profond mystère m'est recommandé.

— Et pourquoi donc allez-vous le trahir vis-à-vis de moi?

— Parce que, je vous le dis, sans vous je ne puis rien, et que j'ai peur que vous ne me refusiez la grâce que je viens vous demander, si vous ne savez pas dans quel but je vous la demande.

— Gardez votre secret, jeune homme, et dites-moi ce que vous désirez.

— Je désire que vous obteniez pour moi, de M. des Essarts, un congé de quinze jours.

— Quand cela?

— Cette nuit même.

— Vous quittez Paris?

— Je vais en mission.

— Pouvez-vous me dire où?

— A Londres.

— Quelqu'un a-t-il intérêt que vous n'arriviez pas à votre but?

— Le cardinal, je le crois, donnerait tout au monde pour m'empêcher de réussir.

— Et vous partez seul?

— Je pars seul.

— En ce cas, vous ne passerez pas Bondy; c'est moi qui vous le dis, foi de Tréville.

— Comment cela?

— On vous fera assassiner.

— Je serai mort en faisant mon devoir.

— Mais votre mission ne sera pas remplie.

— C'est vrai, dit d'Artagnan.

— Croyez-moi, continua Tréville, dans les entreprises de ce genre, il faut être quatre pour arriver un.

— Ah! vous avez raison, monsieur, dit d'Artagnan; mais vous connaissez Athos, Porthos et Aramis, et vous savez si je puis disposer d'eux.

— Sans leur confier le secret que je n'ai pas voulu savoir?

— Nous nous sommes juré, une fois pour toutes, confiance aveugle et dévouement à toute épreuve; d'ailleurs, vous pouvez leur dire que vous avez toute confiance en moi, et ils ne seront pas plus incrédules que vous.

— Je puis leur envoyer à chacun un

congé de quinze jours, voilà tout : à Athos, que sa blessure fait toujours souffrir, pour aller aux eaux de Forges; à Porthos et à Aramis, pour suivre leur ami, qu'ils ne veulent pas abandonner dans une si douloureuse position. L'envoi de leur congé sera la preuve que j'autorise leur voyage.

— Merci, monsieur, et vous êtes cent fois bon.

— Allez donc les trouver à l'instant même, et que tout s'exécute cette nuit. Ah! et d'abord écrivez-moi votre requête à M. des Essarts. Peut-être aviez-vous un espion à vos trousses, et votre visite, qui dans ce cas est déjà connue du cardinal, sera légitimée ainsi.

D'Artagnan formula cette demande, et

M. de Tréville, en la recevant de ses mains, assura qu'avant deux heures du matin les quatre congés seraient au domicile respectif des voyageurs.

— Ayez la bonté d'envoyer le mien chez Athos, dit d'Artagnan. Je craindrais en rentrant chez moi d'y faire quelque mauvaise rencontre.

—Soyez tranquille. Adieu et bon voyage! A propos! dit M. de Tréville en le rappelant.

D'Artagnan revint sur ses pas.

— Avez vous de l'argent?

D'Artagnan fit sonner le sac qu'il avait dans sa poche.

— Assez? demanda M. de Tréville.

— Trois cents pistoles.

— C'est bien, on va au bout du monde avec cela; allez donc.

D'Artagnan salua M. de Tréville, qui lui tendit la main; d'Artagnan la lui serra avec un respect mêlé de reconnaissance. Depuis qu'il était arrivé à Paris, il n'avait eu qu'à se louer de cet excellent homme, qu'il avait toujours trouvé digne, loyal et grand.

Sa première visite fut pour Aramis; il n'était pas revenu chez son ami depuis la fameuse soirée où il avait suivi madame Bonacieux. Il y a plus : à peine avait-il vu le jeune mousquetaire, et, à chaque fois qu'il l'avait revu, il avait cru remarquer une profonde tristesse empreinte sur son visage.

Ce soir encore, Aramis veillait sombre et rêveur; d'Artagnan lui fit quelques questions sur cette mélancolie prolongée; Aramis s'excusa sur un commentaire du dix-huitième chapitre de saint Augustin qu'il était forcé d'écrire en latin pour la semaine suivante et qui le préoccupait beaucoup.

Comme les deux amis causaient depuis quelques instants, un serviteur de M. de Tréville entra porteur d'un paquet cacheté.

— Qu'est-ce cela? demanda Aramis.

— Le congé que monsieur a demandé, répondit le laquais.

— Moi? je n'ai pas demandé de congé.

— Taisez-vous et prenez, dit d'Artagnan. Et vous, mon ami, voici une demi-pistole pour votre peine; vous direz à M. de Tréville que M. Aramis le remercie bien sincèrement. Allez.

Le laquais salua jusqu'à terre et sortit.

— Que signifie cela? demanda Aramis.

— Prenez ce qu'il vous faut pour un voyage de quinze jours, et suivez-moi.

— Mais je ne puis quitter Paris, en ce moment, sans savoir...

Aramis s'arrêta.

— Ce qu'elle est dévenue, n'est-ce pas? continua d'Artagnan!

— Qui? reprit Aramis.

— La femme qui était ici, la femme au mouchoir brodé.

—Qui vous a dit qu'il y avait une femme ici? répliqua Aramis en devenant pâle comme la mort.

— Je l'ai vue.

— Et vous savez qui elle est?

— Je crois m'en douter, du moins.

— Écoutez, dit Aramis, puisque vous savez tant de choses, savez-vous ce qu'est devenue cette femme?

— Je présume qu'elle est retournée à Tours.

— A Tours? oui, c'est bien cela; vous la connaissez. Mais comment est-elle retournée à Tours sans me rien dire?

— Parce qu'elle a craint d'être arrêtée.

— Comment ne m'a-t-elle pas écrit?

— Parce qu'elle a craint de vous compromettre.

— D'Artagnan, vous me rendez la vie! s'écria Aramis. Je me croyais méprisé, trahi. J'étais si heureux de la revoir! Je ne pouvais croire qu'elle risquât sa liberté pour moi, et cependant pour quelle cause serait-elle revenue à Paris?

— Pour la cause qui aujourd'hui nous fait aller en Angleterre.

— Et quelle est cette cause? demanda Aramis.

— Vous le saurez un jour, Aramis; mais, pour le moment, j'imiterai la retenue de la *nièce du docteur.*

Aramis sourit, car il se rappelait le conte qu'il avait fait certain soir à ses amis.

— Eh bien donc, puisqu'elle a quitté Paris et que vous en êtes sûr, d'Artagnan, rien ne m'y arrête plus et je suis prêt à vous suivre. Vous dites que nous allons...

— Chez Athos, pour le moment, et si vous voulez venir, je vous invite même à vous hâter, car nous avons déjà perdu beaucoup de temps. A propos, prévenez Bazin.

— Bazin vient avec nous? demanda Aramis.

— Peut-être. En tout cas, il est bon qu'il nous suive pour le moment chez Athos.

Aramis appela Bazin, et après lui avoir ordonné de le venir joindre chez Athos, — Partons donc, — dit-il en prenant son manteau, son épée et ses pistolets, et en ouvrant inutilement trois ou quatre tiroirs pour voir s'il n'y trouverait pas quelque pistole égarée. Puis, quand il se fut bien assuré que cette recherche était superflue, il suivit d'Artagnan en se demandant comment il se faisait que le jeune cadet aux gardes sût aussi bien que lui quelle était la femme à laquelle il avait donné l'hospitalité et sût mieux que lui ce qu'elle était devenue.

Seulement, en sortant, Aramis posa sa

III.   2

main sur le bras de d'Artagnan, et le regardant fixement:

— Vous n'avez parlé de cette femme à personne? dit-il.

— A personne au monde.

— Pas même à Athos et à Porthos.

— Je ne leur en ai pas soufflé le mot.

— A la bonne heure.

Et tranquillisé sur ce point important, Aramis continua son chemin avec d'Artagnan, et tous deux arrivèrent bientôt chez Athos.

Ils le trouvèrent tenant son congé d'une main et la lettre de M. de Tréville de l'autre.

— Pouvez-vous m'expliquer ce que signifient ce congé et cette lettre que je viens de recevoir? dit Athos étonné.

« Mon cher Athos, je veux bien, puisque votre santé l'exige absolument, que vous vous reposiez quinze jours. Allez donc prendre les eaux de Forges ou telles autres qui vous conviendront, et rétablissez-vous promptement.

» Votre affectionné,

» TRÉVILLE. »

— Eh bien! ce congé et cette lettre signifient qu'il faut me suivre, Athos.

— Aux eaux de Forges?

— Là ou ailleurs.

— Pour le service du roi?

— Du roi ou de la reine : ne sommes-nous pas serviteurs de Leurs Majestés?

En ce moment Porthos entra.

— Pardieu, dit-il, voici une chose étrange : depuis quand, dans les mousquetaires, accorde-t-on aux gens des congés sans qu'ils les demandent?

— Depuis, dit d'Artagnan, qu'ils ont des amis qui les demandent pour eux.

— Ah! ah! dit Porthos, il paraît qu'il y a du nouveau ici?

— Oui, nous partons, dit Aramis.

— Pour quel pays? demanda Porthos.

— Ma foi, je n'en sais trop rien, dit Athos; demande cela à d'Artagnan.

— Pour Londres, messieurs, dit d'Artagnan.

— Pour Londres! s'écria Porthos; et qu'allons-nous faire à Londres?

— Voilà ce que je ne puis vous dire, messieurs, et il faut vous fier à moi.

— Mais pour aller à Londres, ajouta Porthos, il faut de l'argent et je n'en ai pas.

— Ni moi, dit Aramis.

— Ni moi, dit Athos.

— J'en ai, moi, reprit d'Artagnan en tirant son trésor de sa poche et en le posant sur la table. Il y a dans ce sac trois cents pistoles; prenons - en chacun soixante-quinze; c'est autant qu'il en faut pour aller à Londres et pour en revenir. D'ailleurs, soyez tranquilles, noús n'y arriverons pas tous, à Londres.

— Et pourquoi cela?

— Parce que, selon toute probabilité, il y en aura quelques-uns d'entre nous qui resteront en route.

— Mais est-ce donc une campagne que nous entreprenons?

— Et des plus dangereuses, je vous en avertis.

— Ah çà! mais, puisque nous risquons de nous faire tuer, dit Porthos, je voudrais bien savoir pourquoi, au moins?

— Tu en seras bien plus avancé! dit
Athos.

— Cependant, dit Aramis, je suis de l'a-
vis de Porthos.

— Le roi a-t-il l'habitude de vous rendre
des comptes? Non ; il vous dit tout bonnement : Messieurs, on se bat en Gascogne
ou dans les Flandres; allez vous battre, et
vous y allez. Pourquoi? vous ne vous en
inquiétez même pas.

— D'Artagnan a raison, dit Athos, voilà
nos trois congés qui viennent de M. de Tréville, et voilà trois cents pistoles qui viennent je ne sais d'où. Allons nous faire tuer
où l'on nous dit d'aller. La vie vaut-elle la

peine de faire tant de questions? D'Artagnan, je suis prêt à te suivre.

— Et moi aussi, dit Porthos.

— Et moi aussi, dit Aramis. Aussi bien je ne suis pas fâché de quitter Paris. J'ai besoin de distractions.

— Eh bien! vous en aurez, des distractions, messieurs, soyez tranquilles! dit d'Artagnan.

— Et maintenant, quand partons-nous? dit Athos.

— Tout de suite, répondit d'Artagnan; il n'y a pas une minute à perdre.

— Holà, Grimaud, Planchet, Mousqueton, Bazin ! crièrent les quatre jeunes gens appelant leurs laquais, graissez nos bottes et ramenez les chevaux de l'hôtel.

En effet, chaque mousquetaire laissait à l'hôtel général comme à une caserne son cheval et celui de son laquais.

Planchet, Grimaud, Mousqueton et Ba-zin partirent en toute hâte.

—Maintenant dressons le plan de campagne, dit Porthos. Où allons-nous d'abord?

— A Calais, dit d'Artagnan; c'est la ligne la plus directe pour arriver à Londres.

— Eh bien ! dit Porthos, voici mon avis.

— Parle.

— Quatre hommes voyageant ensemble

seraient suspects, d'Artagnan nous donnera à chacun ses instructions. Je partirai en avant par la route de Boulogne pour éclairer le chemin; Athos partira deux heures après par celle d'Amiens; Aramis nous suivra par celle de Noyon; quant à d'Artagnan, il partira par celle qu'il voudra, avec les habits de Planchet, tandis que Planchet nous suivra en d'Artagnan et avec l'uniforme des gardes.

— Messieurs, dit Athos, mon avis est qu'il ne convient pas de mettre en rien des laquais dans une pareille affaire; un secret peut par hasard être trahi par des gentilshommes, mais il est presque toujours vendu par des laquais.

— Le plan de Porthos me semble impraticable, dit d'Artagnan, en ce que j'ignore moi-même quelles instructions je puis vous donner. Je suis porteur d'une lettre, voilà tout. Je n'ai pas et ne puis pas faire trois copies de cette lettre, puisqu'elle est scellée; il faut donc, à mon avis, voyager de compagnie. Cette lettre est là, dans cette poche. Et il montra la poche où était la lettre. Si je suis tué, l'un de vous la prendra, et vous continuerez la route; s'il est tué, ce sera le tour d'un autre, et ainsi de suite; pourvu qu'un seul arrive, c'est tout ce qu'il faut.

— Bravo, d'Artagnan! ton avis est le mien, dit Athos. Il faut être conséquent d'ailleurs; je vais prendre les eaux, vous m'accompagnerez; au lieu des eaux de Forges, je vais prendre les eaux de mer; je suis libre. On veut nous arrêter, je montre la lettre de M. de Tréville, et vous montrez vos congés; on nous attaque, nous nous défendons; on nous juge, nous soutenons mordicus que nous n'avions d'autre intention que de nous tremper un certain nombre de fois dans la mer; on aurait trop bon marché de quatre hommes isolés, tandis que quatre hommes réunis font une troupe. Nous armerons les quatre laquais de pistolets et de mousquetons; si l'on envoie une armée contre nous, nous livrerons bataille, et le survivant, comme l'a dit d'Artagnan, portera la lettre.

— Bien dit, s'écria Aramis; tu ne parles pas souvent, Athos, mais quand tu parles, c'est comme saint Jean Bouche-d'Or. J'adopte le plan d'Athos. Et toi, Porthos?

— Moi aussi, dit Porthos, s'il convient à d'Artagnan. D'Artagnan , porteur de la lettre, est naturellement le chef de l'entreprise; qu'il décide, et nous exécuterons.

—Eh bien ! dit d'Artagnan, je décide que nous adoptions le plan d'Athos et que nous partions dans une demi-heure.

— Adopté ! reprirent en chœur les trois mousquetaires.

Et chacun, allongeant la main vers le sac, prit soixante-quinze pistoles et fit ses préparatifs pour partir à l'heure convenue.

CHAPITRE II.

VOYAGE.

A deux heures du matin nos quatre aventuriers sortirent de Paris par la barrière Saint-Denis ; tant qu'il fit nuit ils restèrent muets ; malgré eux ils subissaient l'influence de l'obscurité et voyaient des embûches partout.

Aux premiers rayons du jour leurs langues se délièrent; avec le soleil la gaieté revint : c'était comme à la veille d'un combat, le cœur battait, les yeux riaient, on sentait que la vie qu'on allait peut-être quitter était au bout du compte une bonne chose.

L'aspect de la caravane, au reste, était des plus formidables : les chevaux noirs des mousquetaires, leur tournure martiale, cette habitude de l'escadron qui fait marcher régulièrement ces nobles compagnons du soldat, eussent trahi le plus strict incognito.

Les valets suivaient, armés jusqu'aux dents.

Tout alla bien jusqu'à Chantilly, où l'on

arriva vers les huit heures du matin. Il fallait déjeuner. On descendit devant une auberge que recommandait une enseigne représentant saint Martin donnant la moitié de son manteau à un pauvre. On enjoignit aux laquais de ne pas desseller les chevaux et de se tenir prêts à repartir immédiatement.

On entra dans la salle commune et l'on se mit à table.

Un gentilhomme, qui venait d'arriver par la route de Dampmartin, était assis à cette même table et déjeunait. Il entama la conversation sur la pluie et le beau temps; les voyageurs répondirent : il but à leur santé; les voyageurs lui rendirent sa politesse.

Mais au moment où Mousqueton venait annoncer que les chevaux étaient prêts et où l'on se levait de table, l'étranger proposa à Porthos la santé du cardinal. Porthos répondit qu'il ne demandait pas mieux, si l'étranger à son tour voulait boire à la santé du roi. L'étranger s'écria qu'il ne connaissait d'autre roi que Son Éminence. Porthos l'appela ivrogne ; l'étranger tira son épée.

— Vous avez fait une sottise, dit Athos ; n'importe, il n'y a pas à reculer maintenant ; tuez cet homme et venez nous rejoindre le plus vite que vous pourrez.

Et tous trois remontèrent à cheval et repartirent à toute bride, tandis que Porthos promettait à son adversaire de le perforer de tous les coups connus dans l'escrime.

— Et d'un ! dit Athos au bout de cinq cents pas.

— Mais pourquoi cet homme s'est-il attaqué à Porthos plutôt qu'à tout autre? demanda Aramis.

— Parce que Porthos parlant plus haut que nous tous, il l'a pris pour le chef, dit d'Artagnan.

— J'ai toujours dit que ce cadet de Gascogne était un puits de sagesse, murmura Athos.

Et les voyageurs continuèrent leur route.

A Beauvais on s'arrêta deux heures, tant pour faire souffler les chevaux que pour attendre Porthos. Au bout de deux heures, comme Porthos n'arrivait pas, ni aucune nouvelle de lui, on se remit en chemin.

A une lieue de Beauvais, à un endroit où le chemin se trouvait resserré entre deux talus, on rencontra huit ou dix hommes qui, profitant de ce que la route était dépavée en cet endroit, avaient l'air d'y travailler en y creusant des trous et en pratiquant des ornières boueuses.

Aramis, craignant de salir ses bottes dans ce mortier artificiel, les apostropha durement. Athos voulut le retenir, il était trop tard. Les ouvriers se mirent à railler les voyageurs, et firent perdre par leur insolence la tête même au froid Athos, qui poussa son cheval contre l'un d'eux.

Alors chacun de ces hommes recula jusqu'au fossé et y prit un mousquet caché; il en résulta que nos sept voyageurs furent littéralement passés par les armes. Aramis reçut une balle qui lui traversa l'épaule, et Mousqueton une autre balle qui se logea dans les parties charnues qui prolongent le bas des reins. Cependant Mousqueton seul tomba de cheval, non pas qu'il fût grièvement blessé; mais comme il ne pouvait voir sa blessure, sans doute il crut être plus dangereusement blessé qu'il ne l'était.

— C'est une embuscade, dit d'Artagnan, ne brûlons pas une amorce et en route.

Aramis, tout blessé qu'il était, saisit la crinière de son cheval, qui l'emporta avec les autres. Celui de Mousqueton les avait rejoints, et galopait tout seul et à son rang.

— Cela nous fera un cheval de rechange, dit Athos.

— J'aimerais mieux un chapeau, dit d'Artagnan ; le mien a été emporté par une balle. C'est bien heureux, ma foi, que la lettre que je porte n'ait pas été dedans.

— Ah çà mais, ils vont tuer le pauvre Porthos quand il passera, dit Aramis.

— Si Porthos était sur ses jambes, il nous aurait rejoints maintenant, dit Athos. M'est avis que sur le terrain l'ivrogne se sera dégrisé.

Et l'on galopa encore pendant deux

henres, quoique les chevaux fussent si fatigués, qu'il était à craindre qu'ils refusassent bientôt le service.

Les voyageurs avaient pris la traverse, espérant de cette façon être moins inquiétés ; mais à Crèvecœur, Aramis déclara qu'il ne pouvait aller plus loin. En effet, il avait fallu tout le courage qu'il cachait sous sa forme élégante et sous ses façons polies pour arriver jusque-là. A tout moment, il pâlissait et l'on était obligé de le soutenir sur son cheval ; on le descendit à la porte d'un cabaret, on lui laissa Bazin, qui, au reste, dans une escarmouche, était plus embarrassant qu'utile, et l'on repartit dans l'espérance d'aller coucher à Amiens.

— Morbleu ! dit Athos, quand ils se retrouvèrent en route, réduits à deux maîtres et à Grimaud et Planchet; morbleu! je ne serai plus leur dupe, et je vous réponds qu'ils ne me feront pas ouvrir la bouche ni tirer l'épée d'ici à Calais. J'en jure...

— Ne jurons pas, dit d'Artagnan, galopons, si toutefois nos chevaux y consentent.

Et les voyageurs enfoncèrent leurs éperons dans le ventre de leurs chevaux, qui, vigoureusement stimulés, retrouvèrent des forces. On arriva à Amiens à minuit, et l'on descendit à l'auberge du Lis d'Or.

L'hôtelier avait l'air du plus honnête homme de la terre, il reçut les voyageurs son bougeoir d'une main et son bonnet de coton de l'autre : il voulut loger les deux

voyageurs chacun dans une charmante
chambre; malheureusement chacune de
ces chambres était à l'extrémité de l'hôtel.
D'Artagnan et Athos refusèrent; l'hôte répondit qu'il n'y en avait cependant pas
d'autres dignes de Leurs Excellences, mais
les voyageurs déclarèrent qu'ils couche-
raient dans la chambre commune chacun
sur un matelas qu'on leur jetterait à terre;
l'hôte insista, les voyageurs tinrent bon,
il fallut faire ce qu'ils voulurent.

Ils venaient de disposer leur lit et de
barricader leur porte en dedans lorsqu'on
frappa au volet de la cour; ils demandèrent
qui était là, reconnurent la voix de leurs
valets et ouvrirent.

En effet, c'étaient **Planchet** et Grimaud.

— Grimaud suffira pour garder les chevaux, dit Planchet ; si ces messieurs veulent, je coucherai en travers de leur porte ; de cette façon-là, ils seront sûrs qu'on n'arrivera pas jusqu'à eux.

— Et sur quoi coucheras-tu ? dit d'Artagnan.

— Voici mon lit, répondit Planchet.

Et il montra une botte de paille.

— Viens donc, dit d'Artagnan, tu as raison ; la figure de l'hôte ne me convient pas, elle est trop gracieuse.

— Ni à moi non plus, dit Athos.

Planchet monta par la fenêtre, s'installa en travers de la porte, tandis que Grimaud allait s'enfermer dans l'écurie, répondant qu'à cinq heures du matin lui et les quatre chevaux seraient prêts.

La nuit fut assez tranquille : on essaya bien vers les deux heures du matin d'ouvrir la porte ; mais comme Planchet se réveilla en sursaut et cria *qui va là?* on répondit qu'on se trompait et on s'éloigna.

A quatre heures du matin, on entendit un grand bruit dans les écuries. Grimaud avait voulu réveiller les garçons d'écurie, et les garçons d'écurie le battaient. Quand on ouvrit la fenêtre, on vit le pauvre garçon sans connaissance, la tête fendue d'un coup de manche à fourche.

Planchet descendit dans la cour et voulut seller les chevaux : les chevaux étaient fourbus. Celui de Grimaud seul, qui avait voyagé sans maître pendant cinq ou six heures, la veille, aurait pu continuer la route, mais par une erreur inconcevable, le chirurgien vétérinaire qu'on avait envoyé chercher, à ce qu'il paraît, pour saigner le cheval de l'hôte, avait saigné celui de Grimaud.

Cela commençait à devenir inquiétant : tous ces accidents successifs étaient peut-être le résultat du hasard, mais ils pouvaient tout aussi bien être le fruit d'un complot. Athos et d'Artagnan sortirent, tandis que Planchet allait s'informer s'il n'y avait pas trois chevaux à vendre dans les environs. A la porte étaient deux chevaux tout équiqués, frais et vigoureux.

Cela faisait bien l'affaire. Il demanda où
étaient les maîtres ; on lui dit que les maîtres avaient passé la nuit dans l'auberge et
réglaient leur compte à cette heure avec le
maître.

Athos descendit pour payer la dépense,
tandis que d'Artagnan et Planchet se tenaient sur la porte de la rue ; l'hôtelier
était dans une chambre basse et reculée,
on pria Athos d'y passer.

Athos entra sans défiance et tira deux
pistoles pour payer : l'hôte était seul et assis devant son bureau, dont un des tiroirs
était entr'ouvert. Il prit l'argent que lui
présenta Athos, le tourna et le retourna
dans ses mains, et tout à coup s'écriant que
la pièce était fausse, il déclara qu'il allait le

faire arrêter, lui et son compagnon, comme faux monnayeurs.

— Drôle, dit Athos en marchant sur lui, je vais te couper les oreilles !

Mais l'hôte se baissa, prit deux pistolets dans les deux tiroirs et les dirigea sur Athos, appelant au secours.

Au même instant, quatre hommes armés jusqu'aux dents entrèrent par les portes latérales et se jetèrent sur Athos.

— Je suis pris, cria Athos de toutes les forces de ses poumons; au large, d'Artagnan; pique, pique! Et il lâcha deux coups de pistolet.

—D'Artagnan et Planchet ne se le firent

pas répéter à deux fois, ils détachèrent les
deux chevaux qui attendaient à la porte,
sautèrent dessus, leur enfoncèrent leurs
éperons dans le ventre et partirent au triple galop.

— Sais-tu ce qu'est devenu Athos? demanda d'Artagnan à Planchet en courant.

— Ah! monsieur, dit Planchet, j'en ai
vu tomber deux à ses deux coups, et il m'a
semblé, à travers la porte vitrée, qu'il fer-
raillait avec les autres.

— Brave Athos! murmura d'Artagnan.
Et quand on pense qu'il faut l'abandonner! Au reste, autant nous attend peut-
être à deux pas d'ici. En avant, Planchet,
en avant! tu es un brave homme.

— Je vous l'ai dit, monsieur, répondit Planchet, les Picards, ça se reconnaît à l'user ; d'ailleurs, je suis ici dans mon pays, ça m'excite.

Et tous deux piquant de plus belle arrivèrent à Saint-Omer d'une seule traite. A Saint-Omer ils firent souffler les chevaux la bride passée à leurs bras, de peur d'accident, et mangèrent un morceau sur le pouce tout debout dans la rue, après quoi ils repartirent.

A cent pas des portes de Calais, le cheval de d'Artagnan s'abattit, il n'y eut pas moyen de le faire se relever, le sang lui sortait par le nez et par les yeux : restait celui de Planchet ; mais celui-là s'était arrêté, et il n'y eut plus moyen de le faire repartir.

Heureusement, comme nous l'avons dit,
ils étaient à cent pas de la ville : ils laissè-
rent les deux montures sur le grand chemin et coururent au port. Planchet fit remarquer à son maître un gentilhomme
qui arrivait avec son valet et qui ne les
précédait que d'une cinquantaine de pas.

Ils s'approchèrent vivement de ce gentilhomme, qui paraissait fort affairé. Il
avait ses bottes couvertes de poussière, et
s'informait s'il ne pourrait point passer à
l'instant même en Angleterre.

—Rien ne serait plus facile, répondit le
patron d'un bâtiment prêt à mettre à la
voile; mais ce matin est arrivé l'ordre de
ne laisser partir personne sans une permission expresse de M. le cardinal.

— J'ai cette permission, dit le gentilhomme en tirant le papier de sa poche, la
voici.

— Faites-la viser par le gouverneur du
port, dit le patron, et donnez-moi la préférence.

— Où trouverai-je le gouverneur?

— A sa campagne.

— Et cette campagne est située ?

— A un quart de lieue de la ville; tenez,
vous la voyez d'ici, au pied de cette petite
éminence, ce toit en ardoises.

— Très-bien! dit le gentilhomme.

Et, suivi de son laquais, il prit le chemin
de la maison de campagne du gouverneur.

D'Artagnan et Planchet suivirent le gentilhomme à cinq cents pas de distance.

Une fois hors de la ville, d'Artagnan pressa le pas et rejoignit le gentilhomme comme il entrait dans un petit bois.

— Monsieur, lui dit d'Artagnan, vous me paraissez fort pressé?

—On ne peut plus pressé, monsieur.

— J'en suis désespéré, dit d'Artagnan, car comme je suis très-pressé aussi, je voulais vous prier de me rendre un service.

— Lequel?

—De me laisser passer le premier.

—Impossible, dit le gentilhomme. J'ai fait soixante lieues en quarante-quatre heures, et il faut que demain à midi je sois à Londres.

— J'ai fait le même chemin en quarante heures, et il faut que demain à dix heures du matin je sois à Londres.

— Désespéré, monsieur; mais je suis arrivé le premier, et je ne passerai pas le second.

— Désespéré, monsieur; mais je suis arrivé le second, et je passerai le premier.

— Service du roi! dit le gentilhomme.

— Service de moi! dit d'Artagnan.

— Mais c'est une mauvaise querelle que vous me cherchez là, ce me semble.

— Parbleu! et que voulez-vous que ce soit?

— Que désirez-vous?

— Vous voulez le savoir?

— Certainement.

— Eh bien! je veux l'ordre dont vous êtes porteur, attendu que je n'en ai pas, moi, et qu'il m'en faut un.

— Vous plaisantez, je présume?

— Je ne plaisante jamais.

— Laissez-moi passer!

— Vous ne passerez pas.

— Mon brave jeune homme, je vais vous casser la tête. Holà, Lubin! mes pistolets.

— Planchet, dit d'Artagnan, charge-toi
du valet, je me charge du maître.

Planchet, enhardi par le premier exploit,
sauta sur Lubin, et, comme il était fort et
vigoureux, il le renversa les reins contre
terre et lui mit le genou sur la poitrine.

— Faites votre affaire, monsieur, dit
Planchet, moi j'ai fait la mienne.

Voyant cela, le gentilhomme tira son
épée et fondit sur d'Artagnan; mais il avait
affaire à forte partie.

En trois secondes d'Artagnan lui fournit trois coups d'épée en disant à chaque
coup :

— Un pour Athos, un pour Porthos, un
pour Aramis.

Au troisième coup le gentilhomme tomba comme une masse.

D'Artagnan le crut mort ou tout au moins évanoui et s'approcha pour lui prendre l'ordre ; mais au moment où il étendait le bras afin de le fouiller, le blessé, qui n'avait pas lâché son épée, lui porta un coup de pointe dans la poitrine en disant :

— Un pour vous !

— Et un pour moi ! au dernier les bons ! s'écria d'Artagnan furieux en le clouant par terre d'un quatrième coup d'épée dans le ventre.

Cette fois le gentilhomme ferma les yeux et s'évanouit.

D'Artagnan fouilla dans la poche où il l'avait vu remettre l'ordre de passage et le prit. Il était au nom du comte de Wardes.

Puis jetant un dernier coup d'œil sur le beau jeune homme, qui avait vingt-cinq ans à peine, et qu'il laissait là gisant, privé de sentiment et peut-être mort, il poussa un soupir sur cette étrange destinée qui porte les hommes à se détruire les uns les autres pour les intérêts de gens qui leur sont étrangers et qui souvent ne savent pas même qu'ils existent.

Mais il fut bientôt tiré de ses réflexions par Lubin, qui poussait des hurlements et criait de toutes ses forces au secours.

Planchet lui appliqua la main sur

la gorge et serra de toutes ses forces.

—Monsieur, dit-il, tant que je le tiendrai
ainsi, il ne criera pas, j'en suis bien sûr;
mais aussitôt que je le lâcherai, il va se remettre à crier. Je le reconnais pour un
Normand, et les Normands sont entêtés.

En effet, tout comprimé qu'il était, Lubin essayait encore de filer des sons.

— Attends! dit d'Artagnan; et prenant
son mouchoir, il le bâillonna.

— Maintenant, dit Planchet, lions-le à
un arbre.

La chose fut faite en conscience, puis
on tira le comte de Wardes près de son
domestique; et comme la nuit commençait

à tomber et que le garrotté et le blessé étaient tous deux à quelques pas dans le bois, il était évident qu'ils devaient rester là jusqu'au lendemain.

— Et maintenant, dit d'Artagnan, chez le gouverneur ?

— Mais vous êtes blessé, ce me semble ? dit Planchet.

— Ce n'est rien, occupons-nous du plus pressé ; puis nous reviendrons à ma blessure, qui, au reste, ne me paraît pas très-dangereuse.

Et tous deux s'acheminèrent à grands pas vers la campagne du digne fonctionnaire.

On annonça M. le comte de Wardes.

D'Artagnan fut introduit.

— Vous avez un ordre signé du cardinal? dit le gouverneur.

— Oui, monsieur, répondit d'Artagnan, le voici.

—Ah, ah! il est en règle et bien recommandé, dit le gouverneur.

—C'est tout simple, répondit d'Artagnan, je suis de ses plus fidèles.

—Il paraît que Son Éminence veut empêcher quelqu'un de parvenir en Angleterre?

— Oui, un certain d'Artagnan, un gentilhomme béarnais qui est parti de Paris avec trois de ses amis dans l'intention de gagner Londres.

—Le connaissez-vous personnellement? demanda le gouverneur.

— Qui cela ?

— Ce d'Artagnan.

— A merveille.

— Donnez-moi son signalement alors.

— Rien de plus facile.

Et d'Artagnan donna trait pour trait le signalement du comte de Wardes.

— Est-il accompagné? demanda le gouverneur.

— Oui, d'un valet nommé Lubin.

— On veillera sur eux, et si on leur met la main dessus, Son Eminence peut être tranquille, ils seront reconduits à Paris sous bonne escorte.

— Et ce faisant, monsieur le gouver-

neur, dit d'Artagnan, vous aurez bien mérité du cardinal.

— Vous le reverrez à votre retour, monsieur le comte?

— Sans aucun doute.

— Dites-lui, je vous prie, que je suis
bien son serviteur.

— Je n'y manquerai pas.

Et joyeux de cette assurance, le gouverneur visa le laisser-passer et le remit à
d'Artagnan.

D'Artagnan ne perdit pas son temps en
compliments inutiles, il salua le gouverneur, le remercia et partit.

Une fois dehors, lui et Planchet prirent

leur course, et, faisant un long détour, ils évitèrent le bois et rentrèrent par une autre porte.

Le bâtiment était toujours prêt à partir; le patron attendait sur le port.

—Eh bien? dit-il en apercevant d'Artagnan.

— Voici ma passe visée, dit celui-ci.

— Et cet autre gentilhomme?

— Il ne partira pas aujourd'hui, dit d'Artagnan, mais soyez tranquille, je payerai le passage pour nous deux.

— En ce cas, partons, dit le patron.

— Partons, répéta d'Artagnan.

Et il sauta avec Planchet dans le canot, cinq minutes après ils étaient à bord.

Il était temps, à une demi-lieue en mer d'Artagnan vit briller une lumière et entendit une détonation.

C'était le coup de canon qui annonçait la fermeture du port.

Il était temps de s'occuper de sa blessure; heureusement, comme l'avait pensé d'Artagnan, elle n'était pas des plus dangereuses : la pointe de l'épée avait rencontré une côte et avait glissé le long de l'os; de plus, la chemise s'était collée aussitôt à la plaie, et à peine avait-elle répandu quelques gouttes de sang.

D'Artagnan était brisé de fatigue : on lui

étendit un matelas sur le pont, il se jeta dessus et s'endormit.

Le lendemain, au point du jour, il se trouva à trois ou quatre lieues seulement des côtes d'Angleterre; la brise avait été faible toute la nuit et l'on avait peu marché.

A deux heures le bâtiment jetait l'ancre dans le port de Douvres.

A deux heures et demie, d'Artagnan mettait le pied sur la terre d'Angleterre en s'écriant :

— Enfin, m'y voilà !

Mais ce n'était pas le tout : il fallait gagner Londres. En Angleterre, la poste était assez bien servie. D'Artagnan et Planchet

prirent chacun un bidet, un postillon courut devant eux; en quatre heures ils arrivèrent aux portes de la capitale.

D'Artagnan ne connaissait pas Londres,
d'Artagnan ne savait pas un mot d'anglais;
mais il écrivit le nom de Buckingham sur
un papier, et chacun lui indiqua l'hôtel
du duc.

Le duc était à la chasse à Windsor avec
le roi.

D'Artagnan demanda le valet de chambre de confiance du duc, qui, l'ayant accompagné dans tous ses voyages, parlait
parfaitement français; il lui dit qu'il arrivait de Paris pour affaire de vie et de mort
et qu'il fallait qu'il parlât à son maître à
l'instant même.

La confiance avec laquelle parlait d'Artagnan convainquit Patrice, c'était le nom de ce ministre du ministre. Il fit seller deux chevaux et se chargea de conduire le jeune garde. Quant à Planchet, on l'avait descendu de sa monture, roide comme un jonc : le pauvre garçon était au bout de ses forces; d'Artagnan semblait de fer.

On arriva au château, là on se renseigna; le roi et Buckingham chassaient à l'oiseau dans des marais situés à deux ou trois lieues de là.

En vingt minutes on fut au lieu indiqué. Bientôt Patrice entendit la voix de son maître, qui rappelait son faucon.

— Qui faut-il que j'annonce à milord-duc? demanda Patrice.

— Le jeune homme qui un soir lui cherché une querelle sur le pont Neuf, en face de la Samaritaine.

— Singulière recommandation!

— Vous verrez qu'elle en vaut bien une autre.

Patrice mit son cheval au galop, atteignit le duc et lui annonça dans les termes que nous avons dits qu'un messager l'attendait.

Buckingham reconnut d'Artagnan à l'instant même, et, se doutant que quelque chose se passait en France dont on lui faisait parvenir la nouvelle, il ne prit que le temps de demander où était celui qui la lui apportait; et ayant reconnu de loin l'uniforme des gardes, il mit son cheval au galop et vint droit à d'Artagnan. Patrice par discrétion se tint à l'écart.

— Il n'est point arrivé malheur à la reine? s'écria Buckingham répandant toute sa pensée et tout son amour dans cette interrogation.

— Je ne crois pas; cependant je crois qu'elle court quelque grand péril dont Votre Grâce seule peut la tirer.

— Moi? s'écria Buckingham. Eh quoi! je serais assez heureux pour lui être bon à quelque chose? Parlez! parlez!

— Prenez cette lettre, dit d'Artagnan.

— Cette lettre! de qui vient cette lettre?

— De Sa Majesté, à ce que je pense.

— De Sa Majesté, dit Buckingham pâlissant si fort que d'Artagnan crut qu'il allait se trouver mal.

Et il brisa le cachet.

— Quelle est cette déchirure? dit-il en montrant à d'Artagnan un endroit où elle était percée à jour.

— Ah! ah! dit d'Artagnan, je n'avais pas vu cela : c'est l'épée du comte de Wardes qui aura fait ce beau coup en me trouant la poitrine.

— Vous êtes blessé? demanda Buckingham en rompant le cachet.

— Oh, rien! dit d'Artagnan, une égratignure.

— Juste ciel! qu'ai-je lu! s'écria le duc.

Patrice, reste ici, ou plutôt rejoins le roi partout où il sera, et dis à Sa Majesté que je la supplie bien humblement de m'excuser, mais qu'une affaire de la plus haute importance me rappelle à Londres. Venez, monsieur, venez.

Et tous deux reprirent au galop le chemin de la capitale.

CHAPITRE III.

LA COMTESSE DE WINTER.

Tout le long de la route, le duc se fit
mettre au courant par d'Artagnan, non pas
de tout ce qui s'était passé, mais de ce que
d'Artagnan savait. En rapprochant ce qu'il
avait entendu sortir de la bouche du jeune

homme de ses souvenirs à lui, il put donc se faire une idée assez exacte d'une position de la gravité de laquelle, au reste, la lettre de la reine, si courte et si explicite qu'elle fût, lui donnait la mesure. Mais ce qui l'étonnait surtout, c'est que le cardinal, intéressé comme il l'était à ce que ce jeune homme ne mît pas le pied en Angleterre, ne fût point parvenu à l'arrêter en route. Ce fut alors, et sur la manifestation de cet étonnement, que d'Artagnan lui raconta les précautions prises, et comment, grâce au dévouement de ses trois amis, qu'il avait éparpillés tout sanglants sur la route, il était arrivé à en être quitte pour le coup d'épée qui avait traversé le billet de la reine, et qu'il avait rendu à M. de Wardes en si terrible monnaie. Tout en écoutant ce récit, fait avec la plus grande simplicité, le duc regardait de temps en temps le jeune homme d'un air étonné, comme s'il n'eût pas pu comprendre que tant de prudence, de courage et de dévouement s'alliât avec un visage qui n'indiquait pas encore vingt ans.

Les chevaux allaient comme le vent, et en quelques minutes ils furent aux portes de Londres. D'Artagnan avait cru qu'en arrivant dans la ville le duc allait ralentir l'allure du sien, mais il n'en fut pas ainsi : il continua sa route à fond de train, s'inquiétant peu de renverser ceux qui étaient sur son chemin. En effet, en traversant la Cité deux ou trois accidents de ce genre arrivèrent; mais Buckingham ne détourna pas même la tête pour regarder ce qu'étaient devenus ceux qu'il avait culbutés.

D'Artagnan le suivait au milieu de cris qui ressemblaient fort à des malédictions.

En entrant dans la cour de l'hôtel Buckingham sauta à bas de son cheval, et, sans s'inquiéter de ce qu'il deviendrait, il lui jeta la bride sur le cou et s'élança vers le perron. D'Artagnan en fit autant avec un peu plus d'inquiétude, cependant, pour ces nobles animaux, dont il avait pu apprécier le mérite; mais il eut la consolation de voir que trois ou quatre valets s'étaient déjà élancés des cuisines et des écuries, et s'emparaient aussitôt de leurs montures.

Le duc marchait si rapidement que d'Artagnan avait peine à le suivre. Il traversa successivement plusieurs salons d'une élégance dont les plus grands seigneurs de

France n'avaient pas même l'idée, et il parvint enfin dans une chambre à coucher qui était à la fois un miracle de goût et de richesse. Dans l'alcôve de cette chambre était une porte, prise dans la tapisserie, que le duc ouvrit avec une petite clef d'or qu'il portait suspendue à son cou par une chaîne du même métal. Par discrétion, d'Artagnan était resté en arrière; mais au moment où Buckingham franchissait le seuil de cette porte il se retourna, et voyant l'hésitation du jeune homme :

—Venez, lui dit-il, et si vous avez le bonheur d'être admis en la présence de Sa Majesté, dites-lui ce que vous avez vu.

Encouragé par cette invitation, d'Artagnan suivit le duc, qui referma la porte derrière lui.

Tous deux se trouvèrent alors dans une petite chapelle toute tapissée de soie de Perse et brochée d'or, ardemment éclairée par un grand nombre de bougies. Au-dessus d'une espèce d'hôtel et au-dessous d'un dais de velours bleu surmonté de plumes blanches et rouges était un portrait de grandeur naturelle représentant Anne d'Autriche si parfaitement ressemblant que d'Artagnan poussa un cri de surprise en l'apercevant : on eût cru que la reine allait parler.

Sur l'autel, et au-dessous du portrait, était le coffret qui renfermait les ferrets de diamants.

Le duc s'approcha de l'autel, s'agenouilla comme eût pu faire un prêtre devant le Christ; puis il ouvrit le coffret.

— Tenez, lui dit-il en tirant du coffre un gros nœud de ruban bleu tout étincelant de diamants; tenez, voici ces précieux ferrets avec lesquels j'avais fait le serment d'être enterré. La reine me les avait donnés, la reine me les reprend : sa volonté, comme celle de Dieu, soit faite en toutes choses.

Puis il se mit à baiser les uns après les autres ces ferrets dont il allait se séparer. Tout à coup il poussa un cri terrible.

—Qu'y a-t-il, demanda d'Artagnan avec inquiétude, et que vous arrive-t-il, milord?

—— Il y a que tout est perdu, s'écria Buckingham en devenant pâle comme un trépassé; deux de ces ferrets manquent, il n'y en a plus que dix.

— Milord les a-t-il perdus, ou croit-il qu'on les lui ait volés?

— On me les a volés, reprit le duc, et c'est le cardinal qui a fait le coup. Tenez, voyez, les rubans qui les soutenaient ont été coupés avec des ciseaux.

— Si milord pouvait se douter qui a commis le vol... Peut-être la personne les a-t-elle encore entre les mains.

— Attendez, attendez! s'écria le duc. La seule fois que j'aie mis ces ferrets, c'était au bal du roi, il y a huit jours, à Windsor. La comtesse de Winter, avec laquelle j'étais brouillé, s'est rapprochée de moi à ce bal. Ce raccommodement, c'était une vengeance de femme jalouse. Depuis ce jour, je ne l'ai pas revue. Cette femme est un agent du cardinal.

— Mais il en a donc dans le monde entier! s'écria d'Artagnan.

—Oh! oui, oui, dit Buckingham en serrant les dents de colère; oui, c'est un terrible lutteur. Mais cependant, quand doit avoir lieu ce bal?

—Lundi prochain.

—Lundi prochain! Cinq jours encore c'est plus de temps qu'il ne nous en faut. Patrice! s'écria le duc en ouvrant la porte de la chapelle, Patrice!

Son valet de chambre de confiance parut.

— Mon joaillier et mon secrétaire !

Le valet de chambre sortit avec une promptitude et un mutisme qui prouvaient l'habitude qu'il avait contractée d'obéir aveuglément et sans réplique.

Mais, quoique ce fût le joaillier qui eût été appelé le premier, ce fut le secrétaire qui parut d'abord. C'était tout simple, il habitait l'hôtel. Il trouva Buckingham assis devant une table dans sa chambre à coucher, et écrivant quelques ordres de sa propre main.

— Monsieur Jackson, lui dit-il, vous allez vous rendre de ce pas chez le lord chancelier, et lui dire que je le charge de l'exécution de ces ordres. Je désire qu'ils soient promulgués à l'instant même.

— Mais, monseigneur, si le lord chancelier m'interroge sur les motifs qui ont pu porter Votre Grâce à une mesure si extraordinaire, que répondrai-je?

— Que tel a été mon bon plaisir, et que je n'ai de compte à rendre à personne de ma volonté.

— Sera-ce la réponse qu'il devra transmettre à Sa Majesté, reprit en souriant le secrétaire, si par hasard Sa Majesté avait la curiosité de savoir pourquoi aucun vaisseau ne peut sortir des ports de la Grande-Bretagne?

— Vous avez raison, monsieur, répondit Buckingham; il dirait en ce cas au roi que j'ai décidé la guerre, et que cette mesure est mon premier acte d'hostilité contre la France.

Le secrétaire s'inclina et sortit.

—Nous voilà tranquilles de ce côté, dit Buckingham en se retournant vers d'Artagnan. Si les ferrets ne sont point déjà partis pour la France, ils n'y arriveront qu'après vous.

— Comment cela?

— Je viens de mettre un embargo sur tous les bâtiments qui se trouvent à cette heure dans les ports de Sa Majesté, et à moins de permission particulière, pas un seul n'osera lever l'ancre.

D'Artagnan regarda avec stupéfaction

cet homme, qui mettait le pouvoir illimité dont il était revêtu par la confiance d'un roi au service de ses amours. Buckingham vit à l'expression du visage du jeune homme ce qui se passait dans sa pensée et il sourit.

— Oui, dit-il, oui, c'est qu'Anne d'Autriche est ma véritable reine; sur un mot d'elle, je trahirais mon pays, je trahirais mon roi, je trahirais mon Dieu. Elle m'a demandé de ne point envoyer aux protestants de La Rochelle le secours que je leur avais promis, et je l'ai fait. Je manquais à ma parole, mais n'importe, j'obéissais à son désir; n'ai-je point été grandement payé de mon obéissance, dites, car c'est à cette obéissance que je dois son portrait !

D'Artagnan admira à quels fils fragiles
6.

et inconnus sont parfois suspendues les destinées d'un peuple et la vie des hommes.

Il en était au plus profond de ses réflexions lorsque l'orfévre entra : c'était un Irlandais des plus habiles dans son art, et qui avouait lui-même qu'il gagnait cent mille livres par an avec le duc de Buckingham.

— M. O'Reilly, lui dit le duc en le conduisant dans la chapelle, voyez ces ferrets de diamants et dites-moi ce qu'ils valent la pièce.

L'orfévre jeta un seul coup d'œil sur la façon élégante dont ils étaient montés, calcula l'un dans l'autre la valeur des diamants, et sans hésitation aucune :

— Quinze cents pistoles la pièce, mi-lord, répondit-il.

— Combien faudrait-il de jours pour faire deux ferrets comme ceux-là? Vous voyez qu'il en manque deux.

— Huit jours, milord.

— Je les payerai trois mille pistoles la pièce, il me les faut pour après demain.

— Milord les aura.

— Vous êtes un homme précieux, monsieur O'Reilly, mais ce n'est pas le tout; ces ferrets ne peuvent être confiés à personne, il faut qu'ils soient faits dans ce palais.

— Impossible, milord, il n'y a que moi

qui puisse les exécuter pour qu'on ne voie pas la différence entre les nouveaux et les anciens.

— Ainsi, mon cher monsieur O'Reilly, vous êtes mon prisonnier, et vous voudriez sortir à cette heure de mon palais que vous ne le pourriez pas ; prenez-en donc votre parti. Nommez-moi ceux de vos garçons dont vous avez besoin, et désignez-moi les ustensiles qu'ils doivent apporter.

— L'orfévre connaissait le duc, il savait que toute observation était inutile, il en prit donc à l'instant même son parti.

— Il me sera permis de prévenir ma femme ? demanda-t-il.

— Oh ! il vous sera même permis de la

voir, mon cher monsieur O'Reilly : votre captivité sera douce, soyez tranquille, et comme tout dérangement veut un dédommagement, voici, en dehors du prix des deux ferrets, un bon de mille pistoles pour vous faire oublier l'ennui que je vous cause.

D'Artagnan ne revenait pas de la surprise que lui causait ce ministre, qui remuait à pleines mains les hommes et les millions.

Quant à l'orfévre, il écrivait à sa femme en lui envoyant le bon de mille pistoles et en la chargeant de lui retourner en échange son plus habile apprenti, un assortiment de diamants dont il lui donnait le poids et le titre, et une liste des outils qui lui étaient nécessaires.

Buckingham conduisit l'orfévre dans la chambre qui lui était destinée, et qui, au bout d'une demi-heure, fut transformée en atelier. Puis il mit une sentinelle à chaque porte, avec défense de laisser entrer qui que ce fût, à l'exception de son valet de chambre Patrice. Il est inutile d'ajouter qu'il était absolument défendu à l'orfévre O'Reilly et à son aide de sortir sous quelque prétexte que ce fût.

Ce point réglé, le duc revint à d'Artagnan.

— Maintenant, mon jeune ami, lui dit-il, l'Angleterre est à nous deux ; que voulez-vous, que désirez-vous ?

— Un lit, répondit d'Artagnan ; c'est,

pour le moment, je l'avoue, la chose dont
j'ai le plus besoin.

Buckingham donna à d'Artagnan une
chambre qui touchait à la sienne. Il voulait garder le jeune homme sous sa main,
non pas qu'il se défiât de lui, mais pour
avoir quelqu'un à qui parler constamment
de la reine.

Une heure après fut promulguée dans
Londres l'ordonnance de ne laisser sortir
des ports aucun bâtiment chargé pour la
France, pas même le paquebot des lettres.
Aux yeux de tous, c'était une déclaration
de guerre entre les deux royaumes.

Le surlendemain à onze heures, les deux
ferrets en diamants étaient achevés, mais

si exactement imités, mais si parfaitement
pareils, que Buckingham ne put reconnaître les nouveaux des anciens, et que les
plus exercés en pareille matière y auraient
été trompés comme lui.

Aussitôt il fit appeler d'Artagnan.

— Tenez, lui dit-il, voici les ferrets de
diamants que vous êtes venu chercher, et
soyez mon témoin que tout ce que la puissance humaine pouvait faire, je l'ai fait.

— Soyez tranquille, milord : je dirai ce
que j'ai vu ; mais Votre Grâce me remet les
ferrets sans la boîte ?

—La boîte vous embarrasserait. D'ailleurs
la boîte m'est d'autant plus précieuse qu'elle
me reste seule. Vous direz que je la garde.

— Je ferai votre commission mot à mot,
milord.

— Et maintenant, reprit Buckingham
en regardant fixement le jeune homme,
comment m'acquitterai-je jamais envers
vous?

D'Artagnan rougit jusqu'au blanc des
yeux. Il vit que le duc cherchait un moyen
de lui faire accepter quelque chose, et cette
idée que le sang de ses compagnons et le
sien lui allait être payé par de l'or anglais
lui répugnait étrangement.

— Entendons-nous, milord, répondit
d'Artagnan, et pesons bien les faits d'a-
vance, afin qu'il n'y ait point de méprise.
Je suis au service du roi et de la reine de

France, et fais partie de la compagnie des gardes de M. des Essarts, lequel, ainsi que son beau-frère M. de Tréville, est tout particulièrement attaché à Leurs Majestés. J'ai donc tout fait pour la reine et rien pour Votre Grâce. Il y a plus, c'est que peut-être n'eussé-je rien fait de tout cela, s'il ne se fût agi d'être agréable à quelqu'un qui est ma dame à moi, comme la reine est la vôtre.

— Oui, dit le duc en souriant, et je crois même connaître cette autre personne, c'est...

— Milord, je ne l'ai point nommée, interrompit vivement le jeune homme.

— C'est juste, dit le duc; c'est donc à

cette personne que je dois être reconnaissant de votre dévouement.

— Vous l'avez dit, milord, car justement
à cette heure qu'il est question de guerre,
je vous avoue que je ne vois dans Votre
Grâce qu'un Anglais, et par conséquent
qu'un ennemi que je serais encore plus
enchanté de rencontrer sur le champ de
bataille que dans le parc de Windsor ou
dans les corridors du Louvre; ce qui au
reste ne m'empêchera pas d'exécuter de
point en point ma mission et de me faire
tuer, si besoin est, pour l'accomplir; mais,
je le répète à Votre Grâce, sans qu'elle ait
personnellement pour cela plus à me remercier de ce que je fais pour moi dans
cette seconde entrevue, que de ce que j'ai
déjà fait pour elle dans la première.

— Nous disons, nous : « Fier comme un Écossais, » murmura Buckingham.

— Et nous disons, nous : « Fier comme un Gascon, » répondit d'Artagnan. Les Gascons sont les Écossais de la France.

— D'Artagnan salua le duc et s'apprêta à partir.

— Eh bien ! vous vous en allez comme cela ? Par où ? Comment ?

— C'est vrai.

— Dieu me damne, les Français ne doutent de rien !

— J'avais oublié que l'Angleterre était une île, et que vous en étiez le roi.

— Allez au port, demandez le brick *le Sund*, remettez cette lettre au capitaine; il vous conduira à un petit port où certes on ne vous attend pas, et où n'abordent ordinairement que des bâtiments pêcheurs.

— Ce port s'appelle?

— Saint-Vallery; mais attendez donc: arrivé là, vous entrerez dans une mauvaise auberge sans nom et sans enseigne, un véritable bouge à matelots, il n'y a pas à vous y tromper, il n'y en a qu'une.

— Après?

— Vous demanderez l'hôte et vous lui direz : For'ward.

— Ce qui veut dire?

—— En avant : c'est le mot d'ordre. Il vous donnera un cheval tout sellé et vous indiquera le chemin que vous devez suivre; vous trouverez ainsi quatre relais sur votre route. Si vous voulez, à chacun d'eux, donner votre adresse à Paris, les quatre chevaux vous y suivront; vous en connaissez déjà deux, et vous m'avez paru les apprécier en amateur : ce sont ceux que nous montions; rapportez-vous-en à moi, les autres ne leur seront point inférieurs. Ces quatre chevaux sont équipés pour la campagne. Si fier que vous soyez, vous ne refuserez pas d'en accepter un et de faire accepter les trois autres à vos compagnons; c'est pour nous faire la guerre, d'ailleurs. La fin excuse les moyens, comme vous dites, vous autres Français, n'est-ce pas?

— Oui, milord, j'accepte, dit d'Artagnan, et, s'il plaît à Dieu, nous ferons bon usage de vos présents.

— Maintenant, votre main, jeune homme; peut-être nous rencontrerons-nous bientôt sur le champ de bataille; mais, en attendant, nous nous quitterons bons amis, je l'espère.

— Oui, milord, mais avec l'espérance de devenir ennemis bientôt.

— Soyez tranquille, je vous le promets.

— Je compte sur votre parole, milord.

D'Artagnan salua le duc et s'avança vivement vers le port.

En face la Tour de Londres, il trouva le

bâtiment désigné, remit sa lettre au capitaine, qui la fit viser par le gouverneur du port, et appareilla aussitôt.

Cinquante bâtiments étaient en partance et attendaient.

En passant bord à bord de l'un d'eux, d'Artagnan crut reconnaître la femme de Meung, la même que le gentilhomme inconnu avait appelée milady, et que lui, d'Artagnan, avait trouvée si belle; mais, grâce au courant du fleuve et au bon vent qui soufflait, son navire allait si vite qu'au bout d'un instant on fut hors de vue.

Le lendemain vers neuf heures du matin on aborda à Saint-Vallery.

D'Artagnan se dirigea à l'instant même vers l'auberge indiquée, et la reconnut aux cris qui s'en échappaient : on parlait de la guerre entre l'Angleterre et la France, comme de chose prochaine et indubitable, et les matelots joyeux faisaient bombance.

D'Artagnan fendit la foule, s'avança vers l'hôte, et prononça le mot for'ward. A l'instant même l'hôte lui fit signe de le suivre, sortit avec lui par une porte qui donnait dans la cour, le conduisit à l'écurie, où l'attendait un cheval tout sellé, et lui demanda s'il avait besoin de quelque autre chose.

— J'ai besoin de connaître la route que je dois suivre, dit d'Artagnan.

— Allez d'ici à Blangy, et de Blangy à Neufchâtel. A Neufchâtel, entrez à l'auberge de la *Herse d'Or*, donnez le mot d'ordre à l'hôtelier, et vous trouverez comme ici un cheval tout sellé.

— Dois-je quelque chose? demanda d'Artagnan.

— Tout est payé, dit l'hôte, et largement. Allez donc, et que Dieu vous conduise!

— Amen! répondit le jeune homme en partant au galop.

— Quatre heures après, il était à Neufchâtel.

Il suivit strictement les instructions re-

ques ; à Neufchâtel comme à Saint-Vallery,
il trouva une monture toute sellée et qui
l'attendait ; il voulut transporter les pistolets de la selle qu'il venait de quitter à la
selle qu'il allait prendre : les fontes étaient
garnies de pistolets pareils.

— Votre adresse à Paris ?

— Hôtel des Gardes, compagnie des
Essarts.

— Bien, répondit celui-ci.

— Quelle route faut-il prendre ? demanda à son tour d'Artagnan.

— Celle de Rouen ; mais vous laisserez
la ville à votre droite. Au petit village d'É-
couis, vous vous arrêterez, il n'y a qu'une
auberge, l'Écu de France. Ne la jugez pas

d'après son apparence; elle aura dans ses écuries un cheval qui vaudra celui-ci.

— Même mot d'ordre?

— Exactement.

—Adieu, maître !

—Bon voyage, mon gentilhomme! Avez-vous besoin de quelque chose?

D'Artagnan fit signe de la tête que non et repartit à fond de train. A Écouis, la même scène se répéta : il trouva un hôte aussi prévenant, un cheval frais et reposé, il laissa son adresse comme il l'avait fait et repartit du même train pour Pontoise. A Pontoise il changea une dernière fois de monture, et à neuf heures il entrait au grand galop dans la cour de l'hôtel de M. de Tréville.

— Il avait fait près de soixante lieues en douze heures.

M. de Tréville le reçut comme s'il l'avait vu le matin même ; seulement, en lui serrant la main un peu plus vivement que de coutume, il lui annonça que la compagnie de M. des Essarts était de garde au Louvre et qu'il pouvait se rendre à son poste.

CHAPITRE IV.

LE BALLET DE LA MERLAISON.

Le lendemain il n'était bruit dans tout
Paris que du bal que messieurs les échevins de la ville donnaient au roi et à la
reine, et dans lequel Leurs Majestés devaient danser le fameux ballet de la mer-
laison, qui était le ballet favori du roi.

Depuis huit jours on préparait en effet toutes choses à l'Hôtel-de-Ville pour cette solennelle soirée. Le menuisier de la Ville avait dressé des échafauds sur lesquels devaient se tenir les dames invitées; l'épicier de la Ville avait garni les salles de deux cents flambeaux de cire blanche, ce qui était un luxe inouï pour cette époque; enfin vingt violons avaient été prévenus, et le prix qu'on leur accordait avait été fixé au double du prix ordinaire, attendu, dit ce rapport, qu'ils devaient sonner toute la nuit.

A dix heures du matin, le sieur de La Coste, enseigne des gardes du roi, suivi de deux exempts et de plusieurs archers du corps, vint demander au greffier de la Ville nommé Clément toutes les clefs des portes, des chambres et bureaux de l'Hôtel. Ces clefs lui furent remises à l'instant même ; chacune d'elles portait un billet qui devait servir à la faire reconnaître, et à partir de ce moment le sieur de La Coste fut chargé de la garde de toutes les portes et de toutes les avenues.

A onze heures vint à son tour Duhallier, capitaine des gardes, amenant avec lui cinquante archers qui se répartirent aussitôt dans l'Hôtel-de-Ville, aux portes qui leur avaient été assignées.

A trois heures arrivèrent deux compagnies des gardes, l'une française, l'autre suisse. La compagnie des gardes françaises était composée moitié des hommes de

M. Duhallier, moitié des hommes de M. des Essarts.

A six heures du soir, les invités commencèrent à entrer. A mesure qu'ils entraient, ils étaient placés dans la grande salle, sur les échafauds préparés.

A neuf heures arriva madame la première présidente. Comme c'était, après la reine, la personne la plus considérable de la fête, elle fut reçue par messieurs de la ville et placée dans la loge en face de celle que devait occuper la reine.

A dix heures on dressa la collation des confitures pour le roi, dans la petite salle du côté de l'église Saint-Jean, et cela en face du buffet d'argent de la Ville, qui était gardé par quatre archers.

A minuit on entendit de grands cris et de nombreuses acclamations : c'était le roi qui s'avançait à travers les rues qui conduisent du Louvre à l'Hôtel-de-Ville, et qui étaient toutes illuminées avec des lanternes de couleur.

Aussitôt messieurs les échevins, vêtus de leurs robes de drap et précédés de six sergents tenant chacun un flambeau à la main, allèrent au-devant du roi, qu'ils rencontrèrent sur les degrés, où le prévôt des marchands lui fit compliment sur sa bienvenue; compliment auquel Sa Majesté répondit en s'excusant d'être venue si tard, mais en rejetant la faute sur M. le cardinal: lequel l'avait retenu jusqu'à onze heures pour parler des affaires de l'État.

Sa Majesté, en habit de cérémonie, était accompagnée de S. A. R. Monsieur, du comte de Soissons, du grand prieur, du duc de Longueville, du duc d'Elbeuf, du comte d'Harcourt, du comte de la Roche-Guyon, de M. de Liancourt, de M. de Baradas, du comte de Cramail et du chevalier de Souveray.

Chacun remarqua que le roi avait l'air triste et préoccupé.

Un cabinet avait été préparé pour le roi et un autre pour Monsieur. Dans chacun de ces cabinets étaient déposés des habits de masques. Autant avait été fait pour la reine et pour madame la présidente. Les seigneurs et les dames de la suite de Leurs Majestés devaient s'habiller deux par deux dans des chambres préparées à cet effet.

Avant d'entrer dans le cabinet, le roi recommanda qu'on le vînt prévenir aussitôt que paraîtrait le cardinal.

Une demi-heure après l'entrée du roi, de nouvelles acclamations retentirent ; celles-là annonçaient l'arrivée de la reine : les échevins firent ainsi qu'ils avaient fait déjà, et, précédés des sergents, ils s'avancèrent au-devant de leur illustre convive.

La reine entra dans la salle : on remarqua que, comme le roi, elle avait l'air triste et surtout fatiguée.

Au moment où elle entrait, le rideau d'une petite tribune qui jusque-là était restée fermé s'ouvrit ; et l'on vit apparaître la tête pâle du cardinal vêtu en cavalier espagnol. Ses yeux se fixèrent sur ceux de la reine, et un sourire de joie terrible passa sur ses lèvres : la reine n'avait pas ses ferrets de diamants.

La reine resta quelque temps à recevoir les compliments de messieurs de la Ville et à répondre aux saluts des dames.

Tout à coup le roi apparut avec le cardinal à l'une des portes de la salle. Le cardinal lui parlait tout bas et le roi était très-pâle.

Le roi fendit la foule et, sans masque, les rubans de son pourpoint à peine noués, il s'approcha de la reine, et d'une voix altérée :

— Madame, lui dit-il, pourquoi donc, s'il vous plaît, n'avez-vous point vos ferrets de diamants, quand vous savez qu'il m'eût été agréable de les voir?

La reine étendit son regard autour d'elle, et vit derrière le roi le cardinal qui souriait d'un sourire diabolique.

— Sire, répondit la reine d'une voix altérée, parce qu'au milieu de cette grande foule, j'ai craint qu'il ne leur arrivât malheur.

— Et vous avez eu tort, madame! si je vous ai fait ce cadeau, c'était pour que vous vous en pariez. Je vous dis que vous avez eu tort.

Et la voix du roi était tremblante de colère; chacun regardait et écoutait avec étonnement, ne comprenant rien à ce qui se passait.

— Sire, dit la reine, je puis les envoyer chercher au Louvre, où ils sont, et ainsi les désirs de Votre Majesté seront accomplis.

— Faites, madame, faites, et cela au plus tôt; car dans une heure le ballet va commencer.

La reine salua en signe de soumission et suivit les dames qui devaient la conduire à son cabinet.

De son côté le roi regagna le sien.

Il y eut dans la salle un moment de trouble et de confusion.

Tout le monde avait pu remarquer qu'il s'était passé quelque chose entre le roi et la reine; mais tous deux avaient parlé si bas que chacun, par respect, s'étant éloigné de quelques pas, personne n'avait rien entendu. Les violons sonnaient de toutes leurs forces, mais on ne les écoutait pas.

Le roi sortit le premier de son cabinet; il était en costume de chasse des plus élégants, et Monsieur et les autres seigneurs étaient habillés comme lui. C'était le costume que le roi portait le mieux, et vêtu ainsi il semblait véritablement le premier gentilhomme de son royaume.

Le cardinal s'approcha du roi et lui remit une boîte. Le roi l'ouvrit et y trouva deux ferrets de diamants.

8.

— Que veut dire cela? demanda-t-il au cardinal.

— Rien, répondit celui-ci ; seulement, si la reine a les ferrets, ce dont je doute, comptez-les, sire, et si vous n'en trouvez que dix, demandez à Sa Majesté qui peut lui avoir dérobé les deux ferrets que voici.

Le roi regarda le cardinal comme pour l'interroger ; mais il n'eut le temps de lui adresser aucune question : un cri d'admiration sortit de toutes les bouches. Si le roi semblait le premier gentilhomme de son royaume, la reine était à coup sûr la plus belle femme de France.

Il est vrai que sa toilette de chasseresse lui allait à merveille ; elle avait un chapeau

de feutre avec des plumes bleues, un surtout de velours gris-perle rattaché avec des
agrafes de diamants, **et une jupe** de satin
bleu toute brodée d'argent. Sur son épaule
gauche étincelaient les ferrets soutenus par
un nœud de même couleur que les plumes
et la jupe.

Le roi tressaillit de joie et le cardinal de
colère; cependant, distants comme ils l'é-
taient de la reine, ils ne pouvaient compter
les ferrets; la reine les avait; seulement en
avait-elle dix ou en avait-elle douze?

En ce moment les violons sonnèrent le
signal du ballet. Le roi s'avança vers madame la présidente, avec laquelle il devait
danser, et Son Altesse Monsieur avec la
reine. On se mit en place, et le ballet commença.

Le roi figurait en face de la reine, et chaque fois qu'il passait près d'elle il dévorait du regard ces ferrets, dont il ne pouvait savoir le compte. Une sueur froide couvrait le front du cardinal.

Le ballet dura une heure; il avait seize entrées.

Le ballet fini, au milieu des applaudissements de toute la salle, chacun reconduisait sa dame à sa place; mais le roi profita du privilége qu'il avait de laisser la sienne où il se trouvait pour s'avancer vivement vers la reine.

— Je vous remercie, madame, lui dit-il, de la déférence que vous avez montrée pour mes désirs, mais je crois qu'il vous manque deux ferrets, et je vous les rapporte.

A ces mots, il tendit à la reine les deux ferrets que lui avait remis le cardinal.

— Comment, sire ! s'écria la reine jouant la surprise, vous m'en donnez encore deux autres ; mais alors cela m'en fera donc quatorze ?

En effet le roi compta, et les douze ferrets se trouvèrent sur l'épaule de Sa Majesté.

Le roi appela le cardinal :

— Eh bien ! que signifie cela, monsieur le cardinal ? demanda le roi d'un ton sévère.

— Cela signifie, sire, répondit le cardinal, que je désirais faire accepter ces deux ferrets à Sa Majesté, et que n'osant les lui offrir moi-même j'ai adopté ce moyen.

— Et j'en suis d'autant plus reconnaissante à Votre Éminence, répondit Anne d'Autriche avec un sourire qui prouvait qu'elle n'était point dupe de cette ingénieuse galanterie, que je suis certaine que ces deux ferrets vous coûtent aussi cher à eux seuls que les douze autres ont coûté à Sa Majesté.

Puis, ayant salué le roi et le cardinal, la reine reprit le chemin de la chambre où elle s'était habillée et où elle devait se dévêtir.

L'attention que nous avons été obligés de donner pendant le commencement de ce chapitre aux personnages illustres que nous y avons introduits, nous a écartés un instant de celui à qui Anne d'Autriche devait le triomphe inouï qu'elle venait de remporter sur le cardinal, et qui, confondu, ignoré, perdu dans la foule entassée à l'une des portes, regardait de là cette scène compréhensible seulement pour quatre personnes, le roi, la reine, Son Éminence et lui.

La reine venait de regagner sa chambre, et d'Artagnan s'apprêtait à se retirer, lorsqu'il sentit qu'on lui touchait légèrement l'épaule; il se retourna et vit une jeune femme qui lui faisait signe de le suivre. Cette jeune femme avait le visage couvert d'un loup de velours noir, mais malgré cette précaution, qui, au reste, était bien plutôt prise pour les autres que pour lui, il reconnut à l'instant même son guide ordinaire, la légère et spirituelle madame Bonacieux.

La veille ils s'étaient vus à peine chez le suisse Germain, où d'Artagnan l'avait fait demander. La hâte qu'avait la jeune femme de porter à la reine cette excellente nouvelle de l'heureux retour de son messager, fit que les deux amants échangèrent à peine quelques paroles. D'Artagnan suivit donc madame Bonacieux, mu par un double sentiment, l'amour et la curiosité. Pendant toute la route, et à mesure que les corridors devenaient plus déserts, d'Artagnan voulait arrêter la jeune femme, la saisir, la contempler, ne fût-ce qu'un instant; mais, vive comme un oiseau, elle

glissait toujours entre ses mains, et lorsqu'il voulait parler, son doigt ramené sur
sa bouche avec un petit geste impératif
plein de charme lui rappelait qu'il était
sous l'empire d'une puissance à laquelle il
devait aveuglément obéir et qui lui inter-
disait jusqu'à la plus légère plainte; enfin,
après une minute ou deux de tours et de
détours, madame Bonacieux ouvrit une
porte et introduisit le jeune homme dans
un cabinet tout à fait obscur. Là elle lui fit
un nouveau signe de mutisme, et ouvrant
une seconde porte cachée par une tapisserie dont les ouvertures répandirent tout à
coup une vive lumière, elle disparut.

D'Artagnan demeura un instant immobile et se demandant où il était, mais
bientôt un rayon de lumière qui pénétrait

par cette chambre, l'air chaud et parfumé qui arrivait jusqu'à lui, la conversation de deux ou trois femmes, au langage à la fois respectueux et élégant, le mot de Majesté plusieurs fois répété, lui indiquèrent clairement qu'il était dans un cabinet attenant à la chambre de la reine.

Le jeune homme se tint dans l'ombre et attendit.

La reine paraissait gaie et heureuse, ce qui semblait fort étonner les personnes qui l'entouraient, et qui avaient au contraire l'habitude de la voir presque toujours soucieuse. La reine rejetait ce sentiment joyeux sur la beauté de la fête, sur le plaisir que lui avait fait éprouver le ballet, et comme il n'est pas permis de contredire une reine, qu'elle sourie ou qu'elle pleure, chacun renchérissait sur la galanterie de messieurs les échevins de la ville de Paris.

Quoique d'Artagnan ne connût point la reine, il distingua bientôt sa voix des autres voix, d'abord à un léger accent étranger, puis à ce sentiment de domination naturellement empreint dans toutes les paroles souveraines. Il l'entendait s'approcher et s'éloigner de cette porte ouverte, et deux ou trois fois il vit même l'ombre d'un corps intercepter la lumière.

Enfin, tout à coup une main et un bras adorables de forme et de blancheur passèrent à travers la tapisserie ; d'Artagnan comprit que c'était sa récompense : il se jeta à genoux, saisit cette main et y appuya respectueusement ses lèvres ; puis cette main se retira laissant dans les siennes un objet qu'il reconnut pour être une bague ; aussitôt la porte se referma , et d'Artagnan se retrouva dans la plus complète obscurité.

D'Artagnan mit la bague à son doigt et attendit de nouveau ; il était évident que tout n'était pas fini encore. Après la récompense de son dévouement venait la récompense de son amour. D'ailleurs, le ballet était dansé ; mais la soirée était à peine commencée : on soupait à trois heures, et l'horloge Saint-Jean , depuis quelque temps déjà , avait sonné deux heures trois quarts.

En effet , peu à peu le bruit des voix diminua dans la chambre voisine; puis on.

l'entendit s'éloigner ; puis la porte du cabinet où était d'Artagnan se rouvrit, et madame Bonacieux s'y élança.

— Vous, enfin ! s'écria d'Artagnan.

— Silence ! dit la jeune femme en appuyant sa main sur les lèvres du jeune
homme : silence ! et allez-vous-en par où
vous êtes venu.

— Mais où et quand vous reverrai-je ?
s'écria d'Artagnan.

— Un billet que vous trouverez en rentrant vous le dira. Partez, partez !

Et à ces mots elle ouvrit la porte du
corridor et poussa d'Artagnan hors du
cabinet.

D'Artagnan obéit comme un enfant, sans résistance et sans objection aucune, ce qui prouve qu'il était bien réellement amoureux.

CHAPITRE V.

LE RENDEZ-VOUS.

D'Artagnan revint chez lui tout courant, et quoiqu'il fût plus de trois heures du matin et qu'il eût les plus méchants quartiers de Paris à traverser, il ne fit aucune mauvaise rencontre. On sait qu'il y a un dieu pour les ivrognes et les amoureux.

III.   9

Il trouva la porte de son allée entr'ouverte, monta son escalier et frappa doucement et d'une façon convenue entre lui et son laquais. Planchet, qu'il avait renvoyé deux heures auparavant de l'Hôtel-de-Ville en lui recommandant de l'attendre, vint lui ouvrir la porte.

— Quelqu'un a-t-il apporté une lettre pour moi? demanda vivement d'Artagnan.

— Personne n'a apporté de lettre, monsieur, répondit Planchet, mais il y en a une qui est venue toute seule.

— Que veux-tu dire, imbécile?

— Je veux dire qu'en rentrant, quoique j'eusse la clef de votre appartement dans ma poche et que cette clef ne m'eût point quitté, j'ai trouvé une lettre sur le tapis vert de la table, dans votre chambre à coucher.

— Et où est cette lettre?

— Je l'ai laissée où elle était, monsieur. Il n'est pas naturel que les lettres entrent ainsi chez les gens. Si la fenêtre était ouverte encore ou seulement entre-bâillée, je ne dis pas; mais non, tout était hermétiquement fermé. Monsieur, prenez garde, car il y a très-certainement quelque magie là-dessous.

Pendant ce temps, le jeune homme s'élançait dans la chambre et ouvrait la lettre; elle était de madame Bonacieux et conçue en ces termes :

« On a de vifs remercîments à vous faire et à vous transmettre. Trouvez-vous ce soir vers dix heures à Saint-Cloud en face du pavillon qui s'élève à l'angle de la maison de M. d'Estrées.

» C. B. »

En lisant cette lettre, d'Artagnan sentait son cœur se dilater et s'étreindre de ce doux spasme qui torture et caresse le cœur des amants.

C'était le premier billet qu'il recevait, c'était le premier rendez-vous qui lui était accordé. Son cœur, gonflé par l'ivresse de la joie, se sentait prêt à défaillir sur le seuil de ce paradis terrestre qu'on appelle l'amour.

— Eh bien, monsieur, dit Planchet, qui avait vu son maître rougir et pâlir successivement ; eh bien, n'est-ce pas que j'avais deviné juste et que c'est quelque méchante affaire ?

— Tu te trompes, Planchet, répondit d'Artagnan, et la preuve, c'est que voici un écu pour que tu boives à ma santé.

— Je remercie monsieur de l'écu qu'il me donne, et je lui promets de suivre exactement ses instructions ; mais il n'en est pas moins vrai que les lettres qui entrent ainsi dans les maisons fermées...

— Tombent du ciel, mon ami, tombent du ciel.

— Alors monsieur est content? demanda Planchet.

— Mon cher Planchet, je suis le plus heureux des hommes!

— Et je puis profiter du bonheur de monsieur pour aller me coucher?

— Oui, va.

— Que toutes les bénédictions du ciel tombent sur monsieur, mais il n'en est pas moins vrai que cette lettre...

Et Planchet se retira en secouant la tête avec un air de doute que n'était point parvenu à effacer entièrement la libéralité de d'Artagnan.

Resté seul, d'Artagnan lut et relut son

billet, puis il baisa et rebaisa ving fois ces lignes tracées par la main de sa belle maîtresse. Enfin, il se coucha, s'endormit, et fit des rêves d'or.

A sept heures du matin il se leva et appela Planchet, qui, au second appel, ouvrit la porte, le visage encore mal nettoyé de son inquiétude de la veille.

— Planchet, lui dit d'Artagnan, je sors pour toute la journée peut-être, tu es donc libre jusqu'à sept heures du soir, mais à sept heures du soir tiens-toi prêt avec deux chevaux.

— Allons, dit Planchet, il paraît que nous allons encore nous faire traverser la peau en plusieurs endroits !

— Tu prendras ton mousqueton et tes pistolets.

— Eh bien! que disais-je? s'écria Planchet. Là, j'en étais sûr; maudite lettre!

— Mais rassure-toi donc, imbécile, il s'agit tout simplement d'une partie de plaisir.

— Oui! comme les voyages d'agrément de l'autre jour, où il pleuvait des balles et où il poussait des chausse-trapes.

— Au reste, si vous avez peur, monsieur Planchet, reprit d'Artagnan, j'irai sans vous; j'aime mieux voyager seul que d'avoir un compagnon qui tremble.

— Monsieur me fait injure, dit Planchet; il me semblait cependant qu'il m'avait vu à l'œuvre.

— Oui, mais j'ai cru que tu avais usé tout ton courage d'une seule fois.

— Monsieur verra que dans l'occasion il m'en reste encore; seulement je prie monsieur de ne pas trop le prodiguer, s'il veut qu'il m'en reste long-temps.

— Crois-tu en avoir encore une certaine somme à dépenser ce soir?

— Je l'espère.

— Eh bien! je compte sur toi.

— A l'heure dite, je serai prêt; seulement je croyais que monsieur n'avait qu'un cheval à l'écurie des gardes.

— Peut-être n'y en a-t-il qu'un encore dans ce moment-ci ; mais ce soir il y en aura quatre.

— Il paraît que notre voyage était un voyage de remonte ?

— Justement, dit d'Artagnan, et ayant fait à Planchet un dernier geste de recommandation, il sortit.

M. Bonacieux était sur sa porte. L'intention de d'Artagnan était de passer outre, sans parler au digne mercier ; mais celui-ci lui fit un salut si doux et si bénin, que force fut à son locataire, non-seulement de le lui rendre, mais encore de lier conversation avec lui.

Comment d'ailleurs ne pas avoir un peu

de condescendance pour un mari dont la
femme vous a donné un rendez-vous le
soir même à Saint-Cloud en face du pavillon de M. d'Estrées! D'Artagnan s'approcha de l'air le plus aimable qu'il put
prendre.

La conversation tomba tout naturellement sur l'incarcération du pauvre homme.
M. Bonacieux, qui ignorait que d'Artagnan
eût entendu sa conversation avec l'inconnu
de Meung, raconta à son jeune locataire
les persécutions de ce monstre de M. de
Lassman, qu'il ne cessa de qualifier pendant tout son récit du titre de bourreau du
cardinal, et s'étendit longuement sur la
Bastille, les verrous, les guichets, les sou-
piraux, les grilles et les instruments de
torture.

D'artagnan l'écouta avec une complaisance exemplaire, puis lorsqu'il eut fini :

— Et madame Bonacieux, dit-il enfin, savez-vous qui l'avait enlevée? car je n'oublie pas que c'est à cette circonstance fâcheuse que je dois le bonheur d'avoir fait votre connaissance.

— Ah! dit M. Bonacieux, ils se sont bien gardés de me le dire, et ma femme de son côté m'a juré ses grands dieux qu'elle ne le savait pas. Mais vous-même, continua M. Bonacieux d'un ton de bonhomie parfaite, qu'êtes-vous devenu tous ces jours passés? je ne vous ai vu, ni vous ni vos amis, et ce n'est pas sur le pavé de Paris, je pense, que vous avez ramassé toute la poussière que Planchet époussetait hier sur vos bottes.

— Vous avez raison, mon cher monsieur Bonacieux, mes amis et moi nous avons fait un petit voyage.

— Loin d'ici?

— Oh! mon Dieu non, à une quarantaine de lieues seulement : nous avons été conduire M. Athos aux eaux de Forges, où mes amis sont restés.

— Et vous êtes revenu, vous, n'est ce pas? reprit M. Bonacieux en donnant à sa physionomie son air le plus malin. Un beau garçon comme vous n'obtient pas de longs congés de sa maîtresse, et nous étions impatiemment attendu à Paris, n'est-ce pas?

— Ma foi, dit en riant le jeune homme, je vous l'avoue, d'autant mieux, mon cher monsieur Bonacieux, que je vois qu'on ne peut rien vous cacher. Oui, j'étais attendu, et bien impatiemment, je vous en réponds.

Un léger nuage passa sur le front de Bonacieux, mais si léger que d'Artagnan ne s'en aperçut pas.

— Et nous allons être récompensé de notre diligence? continua le mercier avec une légère altération dans la voix, altération que d'Artagnan ne remarqua pas plus qu'il n'avait fait du nuage momentané qui, un instant auparavant, avait assombri la figure du digne homme.

— Ah! faites donc le bon apôtre! dit en riant d'Artagnan.

— Non, ce que je vous en dis, reprit Bonacieux, c'est seulement pour savoir si nous rentrons tard.

— Pourquoi cette question, mon cher hôte? demanda d'Artagnan; est-ce que vous comptez m'attendre?

— Non, c'est que depuis mon arrestation et le vol qui a été commis chez moi, je m'effraie chaque fois que j'entends ouvrir une porte, et surtout la nuit. Dame! que voulez-vous! je ne suis point homme d'épée, moi!

— Eh bien! ne vous effrayez pas si je rentre à une heure, à deux heures ou à trois heures du matin; si je ne rentre pas du tout, ne vous effrayez pas encore.

Cette fois Bonacieux devint si pâle que d'Artagnan ne put faire autrement que de s'en apercevoir, et lui demanda ce qu'il avait.

— Rien, répondit Bonacieux, rien. Depuis mes malheurs, seulement, je suis sujet à des faiblesses qui me prennent tout à coup, et je viens de me sentir passer un frisson. Ne faites pas attention à cela, vous qui n'avez à vous occuper que d'être heureux.

— Alors j'ai de l'occupation, car je le suis.

— Pas encore; attendez donc, vous avez dit à ce soir.

—Eh bien, ce soir arrivera, Dieu merci! et peut-être l'attendez-vous avec autant d'impatience que moi. Peut-être ce soir madame Bonacieux visitera-t-elle le domicile conjugal.

— Madame Bonacieux n'est pas libre ce soir, répondit gravement le mari; elle est retenue au Louvre pour son service.

— Tant pis pour vous, mon cher hôte, tant pis; quand je suis heureux, moi, je voudrais que tout le monde le fût, mais il paraît que ce n'est pas possible.

Et le jeune homme s'éloigna en riant

aux éclats de la plaisanterie que lui seul, pensait-il, pouvait comprendre.

— Amusez-vous bien! répondit Bonacieux d'un accent sépulcral.

Mais d'Artagnan était déjà trop loin pour l'entendre, et l'eût-il entendu, dans la disposition d'esprit où il était, il ne l'eût certes pas remarqué.

Il se dirigea vers l'hôtel de M. de Tréville; sa visite de la veille avait été, on se le rappelle, très-courte et très-peu explicative.

Il trouva M. de Tréville dans la joie de son âme. Le roi et la reine avaient été charmants pour lui au bal. Il est vrai que le cardinal avait été parfaitement maussade.

A une heure du matin, il s'était retiré sous prétexte qu'il était indisposé. Quant à Leurs Majestés, elles n'étaient rentrées au Louvre qu'à six heures du matin.

— Maintenant, dit M. de Tréville en baissant la voix et en interrogeant du regard tous les angles de l'appartement pour voir s'ils étaient bien seuls; maintenant, parlons de vous, mon jeune ami : car il est évident que votre heureux retour est pour quelque chose dans la joie du roi, dans le triomphe de la reine et dans l'humiliation de Son Éminence. Il s'agit de bien vous tenir.

— Qu'ai-je à craindre, répondit d'Artagnan, tant que j'aurai le bonheur de jouir de la faveur de Leurs Majestés?

— Tout, croyez-moi. Le cardinal n'est point homme à oublier une mystification tant qu'il n'aura pas réglé ses comptes avec le mystificateur, et le mystificateur m'a bien l'air d'être certain Gascon de ma connaissance.

— Croyez-vous que le cardinal soit aussi avancé que vous et sache que c'est moi qui ai été à Londres?

— Diable! vous avez été à Londres. Est-ce de Londres que vous avez rapporté ce beau diamant qui brille à votre doigt? Prenez garde, mon cher d'Artagnan, ce n'est pas une bonne chose que le présent d'un ennemi. N'y a-t-il pas là-dessus certain vers latin... Attendez donc...

— Oui, sans doute, répondit d'Artagnan,

qui n'avait jamais pu se fourrer la première règle du rudiment dans lâ tête, et
qui, par son ignorance, avait fait le désespoir de son précepteur ; oui, sans doute, il
doit y en avoir un.

— Il y en a un certainement, dit M. de
Tréville, qui avait une teinte de lettres, et
M. de Benserade me le citait l'autre jour...
Attendez donc... Ah ! m'y voici :

... Timeo Danaos et dona ferentes.

Ce qui veut dire : « Défiez-vous de l'ennemi
qui vous fait des présents. »

— Ce diamant ne vient pas d'un ennemi, monsieur, reprit d'Artagnan, il vient
de la reine.

— De la reine! oh! oh! dit M. de Tréville. Effectivement, c'est un véritable bijou royal, qui vaut mille pistoles comme un denier. Par qui la reine vous a-t-elle fait remettre ce cadeau?

— Elle me l'a remis elle-même.

— Où cela?

— Dans le cabinet attenant à la chambre où elle a changé de toilette.

— Comment?

— En me donnant sa main à baiser.

— Vous avez baisé la main de la reine! s'écria M. de Tréville en regardant d'Artagnan.

— Sa Majesté m'a fait l'honneur de m'accorder cette grâce.

— Et cela en présence de témoins? Imprudente, trois fois imprudente!

— Non, monsieur, rassurez-vous, personne ne l'a vue, reprit d'Artagnan, et il raconta à M. de Tréville comment les choses
s'étaient passées.

— Oh! les femmes, les femmes! s'écria le
vieux soldat, je les reconnais bien à leur
imagination romanesque; tout ce qui sent
le mystérieux les charme; ainsi vous avez
vu le bras, voilà tout; vous rencontreriez la
reine, que vous ne la reconnaîtriez pas; elle
vous rencontrerait, qu'elle ne saurait pas
qui vous êtes.

— Non, mais grâce à ce diamant... reprit le jeune homme.

— Écoutez, dit M. de Tréville, voulez-vous que je vous donne un conseil, un bon conseil, un conseil d'ami?

— Vous me ferez honneur, monsieur, dit d'Artagnan.

— Eh bien, allez chez le premier orfévre venu et vendez-lui ce diamant pour le prix qu'il vous en donnera; si juif qu'il soit, vous en trouverez toujours bien huit cents pistoles. Les pistoles n'ont pas de nom, jeune homme, et cette bague en a un terrible, et qui peut trahir celui qui la porte.

— Vendre cette bague! une bague qui

me vient de ma souveraine! jamais! dit d'Artaguan.

— Alors tournez-en le chaton en dedans, pauvre fou, car on sait qu'un cadet de Gascogne ne trouve pas de pareils bijoux dans l'écrin de sa mère.

— Vous croyez donc que j'ai quelque chose à craindre? demanda d'Artagnan.

— C'est-à-dire, jeune homme, que celui qui s'endort sur une mine dont la mèche est allumée, doit se regarder comme en sûreté en comparaison de vous.

— Diable! dit d'Artagnan, que le ton d'assurance de M. de Tréville commençait à inquiéter; diable, et que faut-il faire?

— Vous tenir sur vos gardes toujours et

avant toute chose. Le cardinal a la mémoire tenace et la main longue; croyez-moi, il vous jouera quelque tour.

— Mais lequel?

— Et le sais-je, moi! est-ce qu'il n'a pas à son service toutes les ruses du démon? Le moins qui puisse vous arriver est qu'on vous arrête.

— Comment! on oserait arrêter un homme au service de Sa Majesté?

— Pardieu! on s'est bien gêné pour Athos! en tout cas, jeune homme, croyez-en un homme qui est depuis trente ans à la cour; ne vous endormez pas dans votre sécurité, ou vous êtes perdu. Bien au contraire, et c'est moi qui vous le dis, voyez des ennemis partout. Si l'on vous cherche querelle, évitez-la, fût-ce un enfant de dix ans qui vous la cherche; si l'on vous atta que de nuit ou de jour, battez en retraite et sans honte ; si vous traversez un pont, tâtez les planches, de peur qu'une planche ne vous manque sous le pied ; si vous passez devant une maison qu'on bâtit, regardez en l'air, de peur qu'une pierre ne vous tombe sur la tête; si vous rentrez tard, faites-vous suivre par votre laquais, et que votre laquais soit armé, si toutefois vous êtes sûr de votre laquais. Défiez-vous de tout le monde : de votre ami, de votre frère, de votre maîtresse, de votre maîtresse surtout.

D'Artagnan rougit.

— De ma maîtresse, répéta-t-il machinalement; et pourquoi d'elle plutôt que d'une autre?

— C'est que la maîtresse est un des moyens favoris du cardinal; il n'en a pas de plus expéditif: une femme vous vend pour dix pistoles, témoin Dalila. — Vous savez les Écritures, hein?

D'Artagnan pensa au rendez-vous que lui avait donné madame Bonacieux pour le soir même; mais nous devons dire à la louange de notre héros que la mauvaise opinion que M. de Tréville avait des femmes en général ne lui inspira pas le moindre petit soupçon contre sa jolie hôtesse.

— Mais à propos, reprit M. de Tréville, que sont devenus vos trois compagnons?

— J'allais vous demander si vous n'en aviez pas appris quelques nouvelles.

—Aucune, monsieur.

— Eh bien ! je les ai laissés sur ma route. Porthos à Chantilly, avec un duel sur les bras ; Aramis à Crèvecœur, avec une balle dans l'épaule, et Athos à Amiens, avec une accusation de faux monnayeur sur le corps.

— Voyez-vous ! dit M. de Tréville ; et comment êtes-vous échappé, vous ?

— Par miracle, monsieur, je dois le dire, avec un coup d'épée dans la poitrine, et en clouant M. le comte de War-dès sur le revers de la route de Calais, comme un papillon à une tapisserie.

— Voyez-vous encore ! De Wardes, un homme au cardinal, un cousin de Rochefort ; tenez, mon cher ami, il me vient une idée.

— Dites, monsieur.

— A votre place, je ferais une chose.

— Laquelle ?

— Tandis que Son Éminence me ferait chercher à Paris, je reprendrais, moi, sans tambour ni trompette, la route de Picardie, et je m'en irais savoir des nouvelles de mes trois compagnons. Que diable ! ils méritent bien cette petite attention de votre part.

— Le conseil est bon, monsieur, et demain je partirai.

— Demain ! et pourquoi pas ce soir ?

— Ce soir, monsieur, je suis retenu à Paris par une affaire indispensable.

— Ah , jeune homme ! jeune homme ! quelque amourette ! — Prenez garde , je vous le répète : c'est la femme qui nous a perdus tous tant que nous sommes, et qui nous perdra encore tous tant que nous serons.— Croyez-moi, partez ce soir.

— Impossible, monsieur.

— Vous avez donc donné votre parole ?

— Oui, monsieur.

—Alors c'est autre chose; mais promettez-moi que si vous n'êtes pas tué cette nuit, vous partirez demain.

— Je vous le promets.

— Avez-vous besoin d'argent?

— J'ai encore cinquante pistoles. C'est autant qu'il m'en faut, je le pense.

— Mais vos compagnons?

— Je pense qu'ils ne doivent pas en manquer. Nous sommes sortis de Paris chacun avec soixante-quinze pistoles dans nos poches.

— Vous reverrai-je avant votre départ?

— Non pas, que je pense, monsieur, à moins qu'il n'y ait du nouveau.

— Allons, bon voyage!

— Merci, monsieur.

Et d'Artagnan prit congé de M. de Tréville, touché plus que jamais de sa sollicitude toute paternelle pour ses mousquetaires.

Il passa successivement chez Athos, chez Porthos et chez Aramis. Aucun d'eux n'était rentré. Leurs laquais aussi étaient absents et l'on n'avait des nouvelles ni des uns ni des autres.

Il se serait bien informé d'eux à leurs maîtresses, mais il ne connaissait ni celle de Porthos, ni celle d'Aramis ; quant à Athos, il n'en avait pas.

En passant devant l'hôtel des gardes, il jeta un coup d'œil dans l'écurie : trois chevaux étaient déjà rentrés sur quatre. Planchet tout ébahi était en train de les étriller et avait déjà fini avec deux d'entre eux.

— Ah ! monsieur ! dit Planchet en apercevant d'Artagnan, que je suis aise de vous voir !

— Et pourquoi cela, Planchet? demanda le jeune homme.

— Auriez-vous confiance à M. Bonacieux, notre hôte?

— Moi? pas le moins du monde.

— Oh! que vous faites bien, monsieur.

— Mais d'où vient cette question?

— De ce que, tandis que vous causiez avec lui, je vous observais sans vous écouter; monsieur, sa figure a changé deux ou trois fois de couleur.

— Bah!

— Monsieur n'a pas remarqué cela, préoccupé qu'il était de la lettre qu'il venait de recevoir; mais moi, au contraire, que l'étrange façon dont cette lettre était parvenue à la maison avait mis sur mes gardes, je n'ai pas perdu un mouvement de sa physionomie.

— Et tu l'as trouvée?

— Traîtreuse, monsieur.

— Vraiment?

— De plus, aussitôt que monsieur l'a eu quitté et qu'il a disparu au coin de la rue, M. Bonacieux a pris son chapeau, a fermé sa porte et s'est mis à courir par la rue opposée.

— En effet, tu as raison, Planchet, tout

cela me paraît fort louche, et, sois tranquille, nous ne lui payerons pas notre loyer que la chose ne nous ait été catégoriquement expliquée.

— Monsieur plaisante, mais monsieur verra.

— Que veux-tu, Planchet, ce qui doit arriver est écrit !

— Monsieur ne renonce donc pas à sa promenade de ce soir?

— Bien au contraire, Planchet, plus j'en voudrai à M. Bonacieux, et plus j'irai au rendez-vous que m'a donné cette lettre qui t'inquiète tant.

— Alors, si c'est là la résolution de monsieur...

— Inébranlable, mon ami; ainsi donc, à neuf heures tiens-toi prêt ici, à l'hôtel, je viendrai te prendre.

Planchet, voyant qu'il n'y avait plus aucun espoir de faire renoncer son maître à son projet, poussa un profond soupir, et se mit à étriller le troisième cheval.

Quant à d'Artagnan, comme c'était au fond un garçon plein de prudence, au lieu de rentrer chez lui il s'en alla dîner chez ce prêtre gascon qui, au moment de la détresse des quatre amis, leur avait donné un déjeuner de chocolat.

CHAPITRE VI.

LE PAVILLON.

A neuf heures d'Artagnan était à l'hôtel des gardes; il trouva Planchet sous les armes. Le quatrième cheval était arrivé.

Planchet était armé de son mousqueton et d'un pistolet.

D'Artagnan avait son épée et passa deux pistolets à sa ceinture, puis tous deux enfourchèrent chacun un cheval et s'éloignèrent sans bruit. Il faisait nuit close, et personne ne le vit sortir. Planchet se mit à la suite de son maître, et marcha par derrière à dix pas.

D'Artagnan traversa les quais, sortit par la porte de la Conférence et suivit alors le charmant chemin, bien plus beau alors qu'aujourd'hui, qui mène à Saint-Cloud.

Tant que l'on fut dans la ville, Planchet garda respectueusement la distance qu'il s'était imposée ; mais dès que le chemin commença à devenir plus désert et plus obscur, il se rapprocha tout doucement : si bien que lorsqu'on entra dans le bois de Boulogne, il se trouva tout naturellement marcher côte à côte avec son maître. En effet, nous ne devons pas dissimuler que l'oscillation des grands arbres et le reflet de la lune dans les taillis sombres lui causaient une vive inquiétude. D'Artagnan s'aperçut qu'il se passait chez son laquais quelque chose d'extraordinaire.

— Eh bien, monsieur Planchet, lui demanda-t-il, qu'avons-nous donc?

— Ne trouvez-vous pas, monsieur, que les bois sont comme les églises?

— Pourquoi cela, Planchet?

— Parce qu'on n'ose point parler haut dans ceux-ci comme dans celles-là.

— Pourquoi n'oses-tu parler haut, Planchet! parce que tu as peur?

—Peur d'être entendu, oui, monsieur.

— Peur d'être entendu! Notre conversation est cependant morale, mon cher Planchet, et nul n'y trouverait à redire.

—Ah! monsieur! reprit Planchet en revenant à son idée-mère, que ce M. Bonacieux a quelque chose de sournois dans ses sourcils et de déplaisant dans le jeu de ses lèvres!

—Que diable te fait penser à Bonacieux?

— Monsieur, l'on pense à ce que l'on peut et non pas à ce que l'on veut.

— Parce que tu es un poltron, Planchet.

— Monsieur, ne confondons pas la prudence avec la poltronnerie; la prudence est une vertu.

— Et tu es vertueux, n'est-ce pas, Planchet?

— Monsieur, n'est-ce point le canon d'un mousquet qui brille là-bas? Si nous baissions la tête?

— En vérité, murmura d'Artagnan, à qui les recommandations de M. de Tréville revenaient en mémoire; en vérité, cet animal finirait par me faire peur. Et il mit son cheval au trot.

Planchet suivit le mouvement de son maître, exactement comme s'il eût été son ombre, et se retrouva trottant près de lui.

— Est-ce que nous allons marcher comme cela toute la nuit, monsieur? demanda-t-il.

— Non, Planchet, car tu es arrivé, toi.

— Comment, je suis arrivé! et monsieur?

— Moi, je vais encore à quelques pas.

— Et monsieur me laisse seul ici?

— Tu as peur, Planchet?

— Non, mais je fais seulement observer à monsieur que la nuit sera très-froide, que les fraîcheurs donnent des rhumatismes et qu'un laquais qui a des rhumatismes est un triste serviteur, surtout pour un maître alerte comme monsieur.

— Eh bien, si tu as froid, Planchet, tu entreras dans un de ces cabarets que tu vois là-bas, et tu m'attendras demain matin à six heures devant la porte.

— Monsieur, j'ai bu et mangé respectueusement l'écu que vous m'avez donné ce matin; de sorte qu'il ne me reste pas un traître sou dans le cas où j'aurais froid.

— Voici une demi-pistole. A demain.

D'Artagan descendit de son cheval, jeta la bride au bras de Planchet et s'éloigna rapidement en s'enveloppant dans son manteau.

— Dieu, que j'ai froid! s'écria Planchet dès qu'il eut perdu son maître de vue; — et pressé qu'il était de se réchauffer, il se hâta d'aller frapper à la porte d'une maison parée de tous les attributs d'un cabaret de banlieue.

Cependant d'Artagnan, qui s'était jeté dans un petit chemin de traverse, continuait sa route et atteignait Saint-Cloud ; mais, au lieu de suivre la grande rue, il tourna derrière le château, gagna une espèce de ruelle fort écartée, et se trouva bientôt en face du pavillon indiqué. Il était situé dans un lieu tout à fait désert. Un grand mur, à l'angle duquel était ce pavillon, régnait d'un côté de cette ruelle, et de l'autre une haie défendait contre les passants un petit jardin au fond duquel s'élevait une maigre cabane.

Il était arrivé au rendez-vous, et, comme

on ne lui avait pas dit d'annoncer sa présence par aucun signal, il attendit.

Nul bruit ne se faisait entendre, on eût dit qu'on était à cent lieues de la capitale. D'Artagnan s'adossa à la haie après avoir jeté un coup d'œil derrière lui. Par delà cette haie, ce jardin et cette cabane, un brouillard sombre enveloppait de ses plis cette immensité où dort Paris, vide béant, immensité où brillaient quelques points lumineux, étoiles funèbres de cet enfer.

Mais pour d'Artagnan tous les aspects revêtaient une forme heureuse, toutes les idées avaient un sourire, toutes les ténèbres étaient diaphanes. L'heure du rendez-vous allait sonner.

En effet, au bout de quelques instants, le beffroi de Saint-Cloud laissa lentement tomber dix coups de sa large gueule mugissante.

Il y avait quelque chose de lugubre à cette voix de bronze qui se lamentait ainsi au milieu de la nuit.

Mais chacune de ces heures qui composaient l'heure attendue vibrait harmonieusement au cœur du jeune homme.

Ses yeux étaient fixés sur le petit pavillon situé à l'angle du mur et dont toutes les fenêtres étaient fermées par des volets, excepté une seule du premier étage.

A travers cette fenêtre brillait une lumière douce qui argentait le feuillage tremblant de deux ou trois tilleuls qui s'élevaient formant groupe en dehors du parc. Évidemment derrière cette petite fenêtre si gracieusement éclairée, la jolie madame Bonacieux l'attendait.

Bercé par cette douce idée, d'Artagnan attendit de son côté une demi-heure sans impatience aucune, les yeux fixés sur ce charmant petit séjour dont d'Artagnan apercevait une partie de plafond aux moulures dorées, attestant l'élégance du reste de l'appartement.

Le beffroi de Saint-Cloud sonna dix heures et demie.

Cette fois-ci, sans que d'Artagnan comprît pourquoi, un frisson courut dans ses veines. Peut-être aussi le froid commençait-il à le gagner et prenait-il pour impression morale une sensation tout à fait physique.

Puis l'idée lui vint qu'il avait mal lu et que le rendez-vous était pour onze heures seulement.

Il s'approcha de la fenêtre, se plaça dans un rayon de lumière, tira sa lettre de sa poche et la relut; il ne s'était point trompé : le rendez-vous était bien pour dix heures.

Il alla reprendre son poste, commençant à être assez inquiet de ce silence et de cette solitude.

Onze heures sonnèrent.

D'Artagnan commença à craindre véritablement qu'il ne fût arrivé quelque chose à madame Bonacieux.

Il frappa trois coups dans ses mains, signal ordinaire des amoureux ; mais personne ne lui répondit, pas même l'écho.

Alors il pensa avec un certain dépit que peut-être la jeune femme s'était endormie en l'attendant.

Il s'approcha du mur et essaya d'y monter ; mais le mur était nonvellement crépi, et d'Artagan se retourna inutilement les ongles.

En ce moment il avisa les arbres, dont la lumière continuait d'argenter les feuilles, et comme l'un d'eux faisait saillie sur le chemin, il pensa que du milieu de ses branches son regard pourrait pénétrer dans le pavillon.

L'arbre était facile. D'ailleurs, d'Artagnan avait vingt ans à peine et par conséquent se souvenait de son métier d'écolier. En un instant il fut au milieu des branches, et par les vitres transparentes ses yeux plongèrent dans l'intérieur du pavillon.

Chose étrange et qui fit frissonner d'Artagnan de la plante des pieds à la racine des cheveux, cette douce lumière, cette calme lampe éclairait une scène de désordre épouvantable ; une des vitres de la fenêtre était cassée, la porte de la chambre avait été enfoncée, et à demi brisée pendait à ses gonds ; une table qui avait dû être couverte d'un élégant souper gisait à terre ; les flacons en éclats, les fruits écrasés jonchaient le parquet ; tout témoignait dans cette chambre d'une lutte violente et désespérée ; d'Artagnan crut même reconnaître au milieu de ce pêle-mêle étrange des lambeaux de vêtements et quelques taches sanglantes maculant la nappe et les rideaux.

Il se hâta de redescendre dans la rue avec un horrible battement de cœur, il voulait voir s'il ne trouverait pas d'autres traces de violence.

La petite lueur suave brillait toujours dans le calme de la nuit. D'Artagnan s'a-

perçut alors, chose qu'il n'avait pas remarquée d'abord , car rien ne le poussait à cet
examen, que le sol, battu ici, troué là,
présentait des traces confuses de pas d'hommes et de pieds de chevaux. En outre, les
roues d'une voiture, qui paraissait venir de
Paris, avaient creusé dans la terre molle une
profonde empreinte qui ne dépassait pas la
hauteur du pavillon et qui retournait vers
Paris.

Enfin d'Artagnan , en poursuivant ses
recherches, trouva près du mur un gant
de femme déchiré. Cependant ce gant, par
tous les points où il n'avait pas touché la
terre boueuse , était d'une fraîcheur irré-
prochable. C'était un de ces gants parfumés comme les amants aiment à les arracher
d'une jolie main.

A mesure que d'Artagnan poursuivait
ses investigations, une sueur plus abon-
dante et plus glacée perlait sur son front,
son cœur était serré par une horrible an-
goisse, sa respiration était haletante; et
cependant il se disait, pour se rassurer,
que ce pavillon n'avait peut-être rien de
commun avec madame Bonacieux; que la
jeune femme lui avait donné rendez-vous
devant ce pavillon, et non dans ce pavillon; qu'elle avait pu être retenue à Paris
par son service, par la jalousie de son mari
peut-être.

Mais tous ces raisonnements étaient bat-
tus en brèche, détruits, renversés par ce
sentiment de douleur intime qui, dans
certaines occasions, s'empare de tout notre
être, et nous crie par tout ce qui est destiné

chez nous à entendre, qu'un grand malheur plane sur nous.

Alors d'Artagnan devint presque insensé : il courut sur la grande route, prit le même chemin qu'il avait déjà fait, s'avança jusqu'au bac, et interrogea le passeur.

Vers les sept heures du soir, le passeur avait fait traverser la rivière à une femme enveloppée d'une mante noire, qui paraissait avoir le plus grand intérêt à ne pas être reconnue; mais justement à cause des précautions qu'elle prenait, le passeur avait prêté une attention plus grande, et il avait reconnu que la femme était jeune et jolie.

Il y avait alors comme aujourd'hui une foule de jeunes et jolies femmes qui venaient à Saint-Cloud et qui avaient intérêt à ne pas être vues, et cependant d'Artagnan ne douta point un instant que ce ne fût madame Bonacieux qu'avait remarquée le passeur.

D'Artagnan profita de la lampe qui brillait dans la cabane du passeur pour relire encore une fois le billet de madame Bonacieux, et s'assurer qu'il ne s'était pas trompé, que le rendez-vous était bien à Saint-Cloud et non ailleurs, devant le pavillon de M. d'Estrées et non dans une autre rue.

Tout concourait à prouver à d'Artagnan que ses pressentiments ne le trompaient point et qu'un grand malheur était arrivé.

Il reprit le chemin du château tout courant ; il lui semblait qu'en son absence

quelque chose de nouveau s'était peut-être
passé au pavillon et que des renseignements
l'attendaient là.

La ruelle était toujours déserte, et la
même lueur calme et douce s'épanchait de
la fenêtre.

D'Artagnan songea alors à cette masure
muette et aveugle, mais qui sans doute
avait vu et qui peut-être pouvait parler.

La porte de clôture était fermée, mais il
sauta par-dessus la haie, et malgré les aboie-
ments d'un chien à la chaîne, il s'approcha
de la cabane.

Aux premiers coups qu'il frappa, rien
ne répondit. Un silence de mort régnait
dans la cabane comme dans le pavillon;

cependant, comme cette cabane était sa dernière ressource, il s'obstina.

Bientôt il lui sembla entendre un léger bruit intérieur, bruit craintif, et qui semblait trembler lui-même d'être entendu.

Alors d'Artagnan cessa de frapper et pria, avec un accent si p'ein d'inquiétude et de promesses, d'effroi et de cajolerie, que sa voix était de nature à rassurer le plus peureux. Enfin, un vieux volet vermoulu s'ouvrit, ou plutôt s'entre-bâilla, et se referma dès que la lueur d'une misérable lampe qui brûlait dans un coin eut éclairé le baudrier, la poignée de l'épée et le pommeau des pistolets de d'Artagnan. Cependant, si rapide qu'eût été le mouvement, d'Artagnan avait eu le temps d'entrevoir une tête de vieillard.

— Au nom du ciel ! dit-il, écoutez-moi ; j'attendais quelqu'un qui ne vient pas, je meurs d'inquiétude. Serait-il arrivé quelque malheur aux environs ? parlez.

La fenêtre se rouvrit lentement, et la même figure apparut de nouveau ; seulement elle était plus pâle encore que la première fois.

D'Artagnan raconta naïvement son histoire, aux noms près ; il dit comment il avait rendez-vous avec une jeune femme devant ce pavillon, et comment, ne la voyant pas venir, il était monté sur le tilleul et, à la lueur de la lampe, il avait vu le désordre de la chambre.

Le vieillard l'écouta attentivement, tout en faisant signe que c'était bien cela : puis, lorsque d'Artagnan eut fini, il hocha la tête d'un air qui n'annonçait rien de bon.

— Que voulez-vous dire ? s'écria d'Artagnan. Au nom du ciel, voyons, expliquez-vous.

— Oh ! monsieur, dit le vieillard, ne me demandez rien ; car si je vous disais ce que j'ai vu, bien certainement il ne m'arriverait rien de bon.

— Vous avez donc vu quelque chose ? reprit d'Artagnan. En ce cas, au nom du ciel, continua-t-il en lui jetant une pistole, dites, dites ce que vous avez vu, et je vous donne ma foi de gentilhomme que pas une de vos paroles ne sortira de mon cœur.

Le vieillard lut tant de franchise et de douleur sur le visage de d'Artagnan, qu'il lui fit signe d'écouter et qu'il lui dit à voix basse :

— Il était neuf heures à peu près, j'avais entendu quelque bruit dans la rue et je désirais savoir ce que ce pouvait être, lorsqu'en m'approchant de ma porte, je m'aperçus qu'on cherchait à entrer. Comme je suis pauvre et que je n'ai pas peur qu'on me vole, j'allai ouvrir et je vis trois hommes à quelques pas de là. Dans l'ombre était un carrosse avec des chevaux attelés et des

chevaux de main. Ces chevaux de main appartenaient évidemment aux trois hommes
qui étaient vêtus en cavaliers.

— Ah, mes bons messieurs! m'écriai-je,
que demandez-vous?

— Tu dois avoir une échelle? me dit celui qui paraissait le chef de l'escorte.

— Oui, monsieur; celle avec laquelle je
cueille mes fruits.

— Donne-nous-la , et rentre chez toi;
voilà un écu pour le dérangement que nous
te causons. Souviens-toi seulement que si
tu dis un mot de ce que tu vas voir et de
ce que tu vas entendre (car tu regarderas
et tu écouteras, quelques menaces que nous
te fassions, j'en suis sûr), tu es perdu.

A ces mots, il me jeta un écu, que je ra-
massai, et il prit mon échelle.

Effectivement, après avoir refermé la
porte de la haie derrière eux, je fis semblant
de rentrer à la maison ; mais j'en sortis
aussitôt par la porte de derrière, et me glis-
sant dans l'ombre, je parvins jusqu'à cette
touffe de sureau, du milieu de laquelle je
pouvais tout voir sans être vu.

Les trois hommes avaient fait avancer la
voiture sans aucun bruit, ils en tirèrent un
petit homme, gros, court, grisonnant, mes-
quinement vêtu de couleur sombre, lequel
monta avec précaution à l'échelle, regarda
sournoisement dans l'intérieur de la chambre, redescendit à pas de loup et murmura
à voix basse :

— C'est elle!

— Aussitôt celui qui m'avait parlé s'approcha de la portedu pavillon, l'ouvrit avec une clef qu'il portait sur lui, referma la porte et disparut. En même temps les deux autres hommes montèrent à l'échelle. Le petit vieux demeurait à la portière, le cocher maintenait les chevaux de la voiture, et un laquais, les chevaux de selle.

Tout à coup de grands cris retentirent dans le pavillon, une femme accourut à la fenêtre et l'ouvrit comme pour se précipiter. Mais aussitôt qu'elle aperçut les deux hommes, elle se rejeta en arrière ; les deux hommes s'élancèrent après elle dans la chambre.

III.   13

Alors je ne vis plus rien ; mais j'entendis le bruit de meubles que l'on brise. — La femme criait et appelait au secours. Mais bientôt ses cris furent étouffés ; les trois hommes se rapprochèrent de la fenêtre, emportant la femme dans leurs bras ; deux descendirent par l'échelle et la transportèrent dans la voiture, où le petit vieux entra après elle. Celui qui était resté dans le pavillon referma la croisée, sortit un instant après par la porte et s'assura que la femme était bien dans la voiture ; ses deux compagnons l'attendaient déjà à cheval, il sauta à son tour en selle ; le laquais reprit sa place près du cocher ; le carrosse s'éloigna au galop escorté par les trois cavaliers, et tout fut fini.

A partir de ce moment-là, je n'ai plus rien vu, rien entendu.

D'Artagnan, écrasé par une si terrible nouvelle, resta immobile et muet, tandis que tous les démons de la colère et de la jalousie hurlaient dans son cœur.

— Mais, mon gentilhomme, reprit le vieillard, sur lequel ce muet désespoir causait certes plus d'effet que n'en eussent produit des cris et des larmes ; allons, **ne** vous désolez pas ; ils ne vous l'ont pas tuée, voilà l'essentiel.

—Savez-vous à peu près, dit d'Artagnan, quel est l'homme qui conduisait cette infernale expédition ?

— Je ne le connais pas.

— Mais puisqu'il vous a parlé, vous avez pu le voir.

13.

.— Ah ! c'est son signalement que vous me demandez.

— Oui.

— Un grand sec, basané, moustaches noires, œil noir, l'air d'un gentilhomme.

— C'est cela, s'écria d'Artagnan ; encore lui ! toujours lui ! C'est mon démon, à ce qu'il paraît ! Et l'autre ?

— Lequel ?

— Le petit.

— Oh ! celui-là n'est pas un seigneur, j'en réponds : d'ailleurs il ne portait pas d'épée, et les autres le traitaient sans aucune considération.

— Quelque laquais, murmura d'Artagnan. Ah! pauvre femme! pauvre femme! qu'en ont-ils fait ?

— Vous m'avez promis le secret, dit le vieillard.

— Et je vous renouvelle ma promesse; soyez tranquille, je suis gentilhomme. Un gentilhomme n'a que sa parole, et je vous ai donné la mienne.

D'Artagnan reprit, l'âme navrée, le chemin du bac. Tantôt il ne pouvait croire que ce fût madame Bonacieux, et il espérait le lendemain la retrouver au Louvre; tantôt il craignait qu'elle n'eût une intrigue avec quelque autre et qu'un jaloux ne l'eût surprise et fait enlever. Il flottait, il se désolait, il se désespérait.

— Oh! si j'avais là mes amis! s'écriait-il, j'aurais au moins quelque espérance de la retrouver; mais qui sait ce qu'ils sont devenus eux-mêmes?

Il était minuit à peu près; il s'agissait de retrouver Planchet. D'Artagnan se fit ouvrir successivement tous les cabarets dans lesquels il aperçut un peu de lumière; dans aucun d'eux il ne retrouva Planchet.

Au sixième il commença de réfléchir que la recherche était un peu hasardée. D'Artagnan n'avait donné rendez-vous à son laquais qu'à six heures du matin, et quelque part qu'il fût, il était dans son droit.

D'ailleurs, il vint au jeune homme cette

idée qu'en restant aux environs du lieu où l'événement s'était passé, il obtiendrait peut-être quelque éclaircissement sur cette mystérieuse affaire. Au sixième cabaret, comme nous l'avons dit, d'Artagnan s'arrêta donc, demanda une bouteille de vin de première qualité, s'accouda dans l'angle le plus obscur et se décida à attendre ainsi le jour; mais cette fois encore son espérance fut trompée, et quoiqu'il écoutât de toutes ses oreilles, il n'entendit, au milieu des jurons, des lazzis et des injures qu'échangeaient entre eux les ouvriers, les laquais et les rouliers qui composaient l'honorable société dont il faisait partie; rien qui pût le mettre sur la trace de la pauvre femme enlevée. Force lui fut donc, après avoir avalé sa bouteille par désœuvrement et pour ne pas éveiller les soupçons, de chercher dans son coin la posture la plus satisfaisante possible et de s'endormir tant bien que mal. D'Artagnan avait vingt ans, on se le rappelle, et à cet âge le sommeil a des droits imprescriptibles qu'il réclame impérieusement, même sur les cœurs les plus désespérés.

Vers six heures du matin, d'Artagnan se réveilla avec ce malaise qui accompagne ordinairement le point du jour après une mauvaise nuit. Sa toilette n'était pas longue à faire; il se tâta pour savoir si on n'avait pas profité de son sommeil pour le voler, et ayant retrouvé son diamant à son doigt, sa bourse dans sa poche et ses pistolets à sa ceinture, il se leva, paya sa bouteille et sortit pour voir s'il n'aurait pas plus de bonheur dans la recherche de son laquais le matin que la nuit. En effet, la première chose qu'il aperçut à travers le brouillard humide et grisâtre, fut l'honnête Planchet qui, les deux chevaux en main, l'attendait à la porte d'un petit cabaret borgne devant lequel d'Artagnan était passé sans même soupçonner son existence.

CHAPITRE VII.

PORTHOS.

Au lieu de rentrer chez lui directement, d'Artagnan mit pied à terre à la porte de M. de Tréville, et monta rapidement l'escalier. Cette fois il était décidé à lui raconter tout ce qui venait de se passer. Sans doute il lui donnerait de bons conseils dans toute cette affaire; puis, comme M. de Tréville voyait presque journellement la reine, il pourrait peut-être tirer de Sa Majesté quelque renseignement sur la pauvre femme à qui l'on faisait sans doute payer son dévouement à sa maîtresse.

M. de Tréville écouta le récit du jeune homme avec une gravité qui prouvait qu'il voyait autre chose, dans toute cette aventure, qu'une intrigue d'amour; puis, quand d'Artagnan eut achevé.

—Hum! dit-il, tout ceci sent son Éminence d'une lieue.

— Mais, que faire? dit d'Artagnan.

— Rien, absolument rien, à cette heure, que quitter Paris, comme je vous l'ai dit, le plus tôt possible. Je verrai la reine, je lui raconterai les détails de la disparition de cette pauvre femme, qu'elle ignore sans doute; ces détails la guideront de son côté, et, à votre retour, peut-être aurai-je quelque bonne nouvelle à vous dire. Reposez-vous-en sur moi.

D'Artagnan savait que, quoique Gascon, M. de Tréville n'avait pas l'habitude de promettre, et que, lorsque par hasard il promettait, il tenait plus qu'il n'avait promis. Il le salua donc, plein de reconnaissance pour le passé et pour l'avenir, et le digne capitaine, qui, de son côté, éprouvait un vif intérêt pour ce jeune homme si brave et si résolu, lui serra affectueusement la main en lui souhaitant un bon voyage.

Décidé à mettre les conseils de M. de Tréville en pratique à l'instant même, d'Artagnan s'achemina vers la rue des Fossoyeurs, afin de veiller à la confection de son porte-manteau. En s'approchant de sa maison, il reconnut M. Bonacieux en costume du matin et debout sur le seuil de sa porte. Tout ce que lui avait dit la veille le prudent Planchet sur le caractère sinistre de son hôte revint alors à l'esprit de d'Artagnan, qui le regarda plus attentivement qu'il n'avait fait encore. En effet, outre cette pâleur jaunâtre et maladive qui indique l'infiltration de la bile dans le sang, et qui pouvait d'ailleurs n'être qu'accidentelle, d'Artagnan remarqua quelque chose de sournoisement perfide dans l'habitude des rides de sa face. Un fripon ne rit pas de la même façon qu'un honnête homme, un hypocrite ne pleure pas les mêmes larmes qu'un homme de bonne foi. Toute fausseté est un masque, et si bien fait que soit le masque, on arrive toujours, avec un peu d'attention, à le distinguer du visage.

Il sembla donc à d'Artagnan que M. Bonacieux portait un masque, et même que ce masque était des plus désagréables à voir.

En conséquence il allait, vaincu par sa répugnance pour cet homme, passer devant lui sans lui parler, quand, ainsi que la veille, M. Bonacieux l'interpella.

— Eh bien, jeune homme, lui dit-il, il paraît que nous faisons de grasses nuits? sept heures du matin, peste! Il me semble que vous retournez tant soit peu les habi tudes reçues, et que vous rentrez à l'heure où les autres sortent.

— On ne vous fera pas le même reproche, maître Bonacieux, dit le jeune homme, et vous êtes le modèle des gens rangés. Il est vrai que lorsqu'on possède une jeune et jolie femme, on n'a pas besoin de courir après le bonheur ; c'est le bonheur qui vient vous trouver : n'est-ce pas, monsieur Bonacieux ?

Bonacieux devint pâle comme la mort et grimaça un sourire.

— Ah ! ah ! dit Bonacieux, vous êtes un plaisant compagnon. Mais où diable avez-vous été courir cette nuit, mon jeune maître ? Il paraît qu'il ne faisait pas bon dans les chemins de traverse.

D'Artagnan baissa ses yeux vers ses bottes toutes couvertes de boue; mais dans ce
mouvement ses regards se portèrent en
même temps sur les souliers et les bas du
mercier; on eût dit qu'on les avait trempés
dans le même bourbier; les uns et les autres étaient maculés de taches absolument
pareilles.

Alors une idée subite traversa l'esprit de
d'Artagnan. Ce petit homme gros, court,
grisonnant, cette espèce de laquais, vêtu
d'un habit sombre, traité sans considération
par les gens d'épée qui composaient l'escorte, c'était Bonacieux lui-même. Le mari
avait présidé à l'enlèvement de sa femme.

Il prit à d'Artagnan une terrible envie
de sauter à la gorge du mercier et de l'é-
trangler; mais, nous l'avons dit, c'était un

garçon fort prudent, et il se contint. Cependant, la révolution qui s'était faite sur son visage était si visible, que Bonacieux en fut effrayé et essaya de reculer d'un pas; mais justement il se trouvait devant le battant de la porte, qui était fermée, et l'obstacle matériel qu'il rencontra le força de se tenir à la même place.

— Ah çà mais, vous qui plaisantez, mon brave homme, dit d'Artagnan, il me semble que si mes bottes ont besoin d'un coup d'éponge, vos bas et vos souliers réclament bien aussi un coup de brosse. Est-ce que de votre côté vous auriez aussi couru la prétentaine, maître Bonacieux? Ah diable! ceci ne serait point pardonnable à un homme de votre âge, et qui, de plus, a une jolie femme comme la vôtre.

— Oh! mon Dieu, non, dit Bonacieux, mais hier j'ai été à Saint-Mandé pour prendre des renseignements sur une servante dont je ne puis absolument me passer, et comme les chemins étaient mauvais, j'en ai rapporté toute cette fange, que je n'ai pas encore eu le temps de faire disparaître.

Le lieu que désignait Bonacieux comme celui qui avait été le but de sa course fut une nouvelle preuve à l'appui des soupçons qu'avait conçus d'Artagnan. Bonacieux avait dit Saint-Mandé parce que Saint-Mandé est le point absolument opposé à Saint-Cloud.

Cette probabilité lui fut une première consolation. Si Bonacieux savait où était sa femme, on pourrait toujours, en employant des moyens extrêmes, forcer le mercier à desserrer les dents et à laisser échapper son

14.

secret. Il s'agissait seulement de changer cette probabilité en certitude.

— Pardon, mon cher monsieur Bonacieux, si j'en use avec vous sans façon, dit d'Artagnan ; mais rien n'altère comme de ne pas dormir, j'ai donc une soif d'enragé ; permettez-moi de prendre un verre d'eau chez vous ; vous le savez, cela ne se refuse pas entre voisins.

Et sans attendre la permission de son hôte, d'Artagnan entra vivement dans la maison, et jeta un coup d'œil rapide sur le lit. Le lit n'était pas défait. Bonacieux ne s'était pas couché. Il rentrait donc seulement il y avait une heure ou deux, il avait accompagné sa femme jusqu'à l'endroit où on l'avait conduite, ou tout au moins jusqu'au premier relais.

— Merci, maître Bonacieux, dit d'Artagnan en vidant son verre, voilà tout ce que je voulais de vous. Maintenant, je rentre chez moi, je vais faire brosser mes bottes par Planchet, et quand il aura fini, je vous l'enverrai, si vous voulez, pour brosser vos souliers.

Et il quitta le mercier tout ébahi de ce singulier adieu, et se demandant s'il ne s'était pas enferré lui-même.

— Sur le haut de l'escalier, il trouva Planchet tout effaré.

— Ah! monsieur, s'écria Planchet dès qu'il eut aperçu son maître, en voilà bien d'une autre, et il me tardait bien que vous rentrassiez!

— Qu'y a-t-il donc? demanda d'Artagnan.

— Oh ! je vous le donne en cent, monsieur, je vous le donne en mille, de deviner
la visite que j'ai reçue pour vous en votre
absence.

— Quand cela ?

— Il y a une demi-heure, tandis que
vous étiez chez M. de Tréville.

— Et qui donc est venu ? Voyons, parle.

— M. de Cavois.

— M. de Cavois ?

— En personne.

— Le capitaine des gardes de Son Éminence ?

— Lui-même.

— Il venait m'arrêter?

— Je m'en suis douté, monsieur, et cela malgré son air patelin.

— Il avait l'air patelin, dis-tu?

— C'est-à-dire qu'il était tout miel, monsieur.

— Vraiment?

— Il venait, disait-il, de la part de Son Éminence, qui vous voulait beaucoup de bien, vous prier de le suivre au Palais-Royal.

— Et tu lui as répondu?

— Que la chose était impossible, attendu que vous étiez hors de la maison, comme il le pouvait voir.

— Alors, qu'a-t-il dit?

— Que vous ne manquiez pas de passer chez lui dans la journée; puis il a ajouté tout bas : « Dis à ton maître que Son Éminence est parfaitement disposée pour lui, et que sa fortune dépend peut-être de cette entrevue. »

— Le piége est assez maladroit pour le cardinal, reprit en souriant le jeune homme.

— Aussi, je l'ai vu, le piége, et j'ai répondu que vous seriez désespéré à votre retour.

— Où est-il allé? a demandé M. de Cavois.

— A Troyes en Champagne, ai-je répondu.

— Et quand est-il parti?

— Hier soir.

— Planchet, mon ami, interrompit d'Artagnan, tu es véritablement un homme précieux.

— Vous comprenez, monsieur, j'ai pensé qu'il serait toujours temps, si vous désiriez voir M. de Cavois, de me démentir en disant que vous n'étiez point parti; ce serait moi, dans ce cas, qui aurais fait le mensonge, et comme je ne suis pas gentilhomme, moi, je puis mentir.

— Rassure-toi, Planchet, tu conserveras ta réputation d'homme véridique; dans un quart d'heure nous partons.

— C'est le conseil que j'allais donner à

monsieur; et où allons-nous, sans être trop curieux?

— Pardieu! du côté opposé à celui vers lequel tu as dit que j'étais allé. D'ailleurs, n'as-tu pas autant de hâte d'avoir des nouvelles de Grimaud, de Mousqueton et de Bazin que j'en ai, moi, de savoir ce que sont devenus Athos, Porthos et Aramis.

— Si fait, monsieur, dit Planchet, et je partirai quand vous voudrez; l'air de la province vaut mieux pour nous, à ce que je crois, en ce moment, que l'air de Paris. Ainsi donc...

— Ainsi donc, fais notre paquet, Planchet, et partons; moi, je m'en vais devant, les mains dans mes poches, pour qu'on ne se doute de rien. Tu me rejoindras à l'hôtel des Gardes. A propos, Planchet, je crois que tu avais raison à l'endroit de notre hôte et que c'est décidément une affreuse canaille.

— Ah! croyez-moi, monsieur, quand je vous dis quelque chose; je suis physionomiste, moi, allez!

D'Artagnan descendit le premier comme la chose avait été convenue; puis, pour n'avoir rien à se reprocher, il se dirigea une dernière fois vers la demeure de ses trois amis : on n'avait reçu aucune nouvelle d'eux; seulement une lettre toute parfumée et d'une écriture élégante et menue était arrivée pour Aramis. D'Artagnan s'en chargea. Dix minutes après, Planchet le rejoignait dans les écuries de l'hôtel des Gardes. D'Artagnan, pour qu'il n'y eût pas de temps de perdu, avait déjà sellé son cheval lui-même.

— C'est bien, dit-il à Planchet, lorsque celui-ci eut joint le porte-manteau à l'équipement; maintenant selle les trois autres et partons.

— Croyez-vous que nous irons plus vite avec chacun deux chevaux? demanda Planchet de son air narquois.

— Non, monsieur le mauvais plaisant, répondit d'Artagnan, mais avec nos quatre chevaux nous pourrons ramener nos trois amis, si toutefois nous les retrouvons vivants.

— Ce qui serait une grande chance, répondit Planchet ; mais enfin il ne faut point désespérer de la miséricorde de Dieu.

— Amen, dit d'Artagnan en enfourchant son cheval.

Et tous deux sortirent de l'hôtel des Gardes, s'éloignant chacun par un bout de la rue, l'un devant quitter Paris par la barrière de la Villette et l'autre par la barrière Montmartre, pour se rejoindre au delà de Saint-Denis, manœuvre stratégique qui ayant été exécutée avec une égale ponctualité, fut couronnée des plus heureux résultats. D'Artagnan et Planchet entrèrent ensemble à Pierrefitte.

Planchet était plus courageux, il faut le dire, le jour que la nuit.

Cependant sa prudence naturelle ne l'abandonnait pas un seul instant; il n'avait oublié aucun des incidents du premier voyage, et il tenait pour ennemis tous ceux qu'il rencontrait sur la route. Il en résultait qu'il avait sans cesse le chapeau à la main, ce qui lui valait de sévères mercuriales de la part de d'Artagnan, qui craignait que, grâce à cet excès de politesse, on ne le prît pour le valet d'un homme de peu.

Cependant, soit qu'effectivement les passants fussent touchés de l'urbanité de Planchet, soit que cette fois personne ne fût aposté sur la route du jeune homme,

nos deux voyageurs arrivèrent à Chantilly
sans accident aucun et descendirent à l'hôtel du Grand-Saint-Martin, le même dans
lequel ils s'étaient arrêtés lors de leur premier voyage.

L'hôte, en voyant un jeune homme suivi
d'un laquais et de deux chevaux de main,
s'avança respectueusement sur le seuil de
la porte. Or, comme il avait déjà fait
onze lieues, d'Artagnan jugea à propos de s'arrêter, que Porthos fût ou ne
fût pas dans l'hôtel. Puis peut-être n'é-
tait-il pas prudent de s'informer du premier coup de ce qu'était devenu le mousquetaire. Il résulta de ces réflexions que
d'Artagnan, sans demander aucune nouvelle de qui que ce fût, descendit, recommanda les chevaux à son laquais, entra

dans une petite chambre destinée à recevoir ceux qui désiraient être seuls, et demanda à son hôte une bouteille de son meilleur vin et un déjeuner aussi bon que possible, demande qui corrobora encore la bonne opinion que l'aubergiste avait prise de son voyageur à la première vue.

Aussi d'Artagnan fut-il servi avec une célérité miraculeuse. Le régiment des gardes se recrutait parmi les premiers gentilshommes du royaume, et d'Artagnan, suivi d'un laquais et voyageant avec quatre chevaux magnifiques, ne pouvait, malgré la simplicité de son uniforme, manquer de faire sensation. L'hôte voulut le servir lui-même; ce que voyant, d'Artagnan fit apporter deux verres et entama la conversation suivante :

— Ma foi, mon cher hôte, dit d'Artagnan en remplissant les deux verres, je vous ai demandé de votre meilleur vin, et si vous m'avez trompé, vous allez être puni par où vous avez péché, attendu que, comme je déteste boire seul, vous allez boire avec moi. Prenez donc ce verre et buvons. A quoi boirons-nous, voyons, pour ne blesser aucune susceptibilité? Buvons à la prospérité de votre établissement.

— Votre seigneurie me fait honneur, dit l'hôte, et je la remercie bien sincèrement de son bon souhait.

— Mais ne vous y trompez pas, dit d'Artagnan, il y a plus d'égoïsme peut-être que vous ne le pensez dans mon toast; il n'y a que les établissements qui prospèrent dans lesquels on soit bien reçu ; dans les hôtels qui périclitent, tout va à la débandade, et le voyageur est victime des embarras de son hôte ; or, moi qui voyage beaucoup et surtout sur cette route, je voudrais voir tous les aubergistes faire fortune.

—En effet, dit l'hôte, il me semble que ce n'est pas la première fois que j'ai l'honneur de voir monsieur.

—Bah ! je suis passé dix fois peut-être à Chantilly, et sur les dix fois je me suis arrêté au moins trois ou quatre fois chez vous. Tenez, j'y étais encore il y a dix ou douze jours à peu près ; je faisais la conduite à des amis, à des mousquetaires, à telle enseigne que l'un d'eux s'est pris de dispute avec un étranger, un inconnu, un homme qui lui a cherché je ne sais quelle querelle.

— Ah! oui, vraiment! dit l'hôte, et je me le rappelle parfaitement. N'est-ce pas de M. Porthos que votre seigneurie veut me parler?

— C'est justement le nom de mon compagnon de voyage. Mon Dieu! mon cher hôte, dites-moi, lui serait-il arrivé malheur?

— Mais votre seigneurie a dû remarquer qu'il n'a pas pu continuer sa route.

— En effet, il nous avait promis de nous rejoindre et nous ne l'avons pas revu.

— Il nous a fait l'honneur de rester ici.

15.

— Comment! il vous a fait l'honneur de rester ici?

— Oui, monsieur, dans cet hôtel; nous sommes même bien inquiets.

— Et de quoi?

— De certaines dépenses qu'il a faites.

— Eh bien ! mais les dépenses qu'il a faites, il les payera.

— Ah, monsieur, vous me mettez véritablement du baume dans le sang ! Nous avons fait de fort grandes avances, et ce matin encore le chirurgien nous déclarait que si M. Porthos ne le payait pas, c'était à moi qu'il s'en prendrait, attendu que c'était moi qui l'avais envoyé chercher.

— Mais Porthos est donc blessé?

— Je ne saurais vous le dire, monsieur.

— Comment, vous ne sauriez me le dire? vous devriez cependant être mieux informé que personne.

— Oui, mais dans notre état nous ne disons pas tout ce que nous savons, monsieur, surtout quand on nous a prévenus que nos oreilles répondaient pour notre langue.

— Eh bien! puis-je voir Porthos?

— Certainement, monsieur. Prenez l'escalier, montez au premier et frappez au numéro 1. Seulement, prévenez que c'est vous.

— Comment, que je prévienne que c'est moi?

— Oui, car il pourrait vous arriver malheur.

— Et quel malheur voulez-vous qu'il m'arrive?

— M. Porthos peut vous prendre pour quelqu'un de la maison, et dans un mouvement de colère vous passer son épée à travers le corps ou vous brûler la cervelle.

— Que lui avez-vous donc fait?

— Nous lui avons demandé de l'argent.

— Ah! diable, je comprends cela; c'est une demande que Porthos reçoit très-mal quand il n'est pas en fonds; mais je sais qu'il devait y être.

— C'est ce que nous avions pensé aussi, monsieur; comme la maison est fort régulière et que nous faisons nos comptes toutes les semaines, au bout de huit jours nous lui avons présenté notre note, mais il paraît que nous sommes tombés dans un mauvais moment, car au premier mot que nous avons prononcé sur la chose, il nous a envoyés à tous les diables; il est vrai qu'il avait joué la veille.

— Comment, il avait joué la veille, et avec qui?

— Oh! mon Dieu, qui sait cela? avec un seigneur qui passait et auquel il avait fait proposer une partie de lansquenet.

— C'est cela, le malheureux aura tout perdu.

— Jusqu'à son cheval, monsieur, car lorsque l'étranger a été pour partir, nous nous sommes aperçus que son laquais sellait le cheval de M. Porthos. Alors nous lui en avons fait l'observation, mais il nous a répondu que nous nous mêlions de ce qui ne nous regardait pas et que ce cheval était à lui. Nous avons aussitôt fait prévenir M. Porthos de ce qui se passait, mais il nous a fait dire que nous étions des faquins de douter de la parole d'un gentilhomme, et que, puisque celui-là avait dit que le cheval était à lui, il fallait bien que cela fût.

— Je le reconnais bien là, murmura d'Artagnan.

—Alors, continua l'hôte, je lui fis répondre que du moment où nous paraissions destinés à ne pas nous entendre à l'endroit du payement, j'espérais qu'il aurait au moins la bonté d'accorder la faveur de sa pratique à mon confrère le maître de l'Aigle-d'Or; mais M. Porthos me répondit que mon hôtel étant le meilleur, il désirait y rester.

Cette réponse était trop flatteuse pour que j'insistasse sur son départ. Je me bornai donc à le prier de me rendre sa chambre, qui est la plus belle de l'hôtel, et de se contenter d'un joli petit cabinet au troisième. Mais à ceci M. Porthos répondit que, comme il attendait d'un moment à l'autre sa maîtresse, qui était une des plus grandes dames de la cour, je devais comprendre que la chambre qu'il me faisait l'honneur d'habiter chez moi était encore un peu bien médiocre pour une pareille personne.

Cependant, tout en reconnaissant la vérité de ce qu'il disait, je crus devoir insister; mais, sans même se donner la peine d'entrer en discussion avec moi, il prit son pistolet, le mit sur sa table de nuit et déclara qu'au premier mot qu'on lui dirait d'un déménagement quelconque à l'extérieur ou à l'intérieur, il brûlerait la cervelle à celui qui serait assez imprudent pour se mêler d'une chose qui ne regardait que lui. Aussi depuis ce temps-là, monsieur, personne n'entre plus dans sa chambre, si ce n'est son domestique.

— Mousqueton est donc ici?

— Oui, monsieur; cinq jours après son départ, il est revenu de fort mauvaise humeur de son côté; il paraît que lui aussi a eu du désagrément dans son voyage. Malheureusement il est plus ingambe que son maître, ce qui fait que pour son maître il met tout sens dessus dessous, attendu que, comme il pense qu'on pourrait lui refuser ce qu'il demande, il prend tout ce dont il a besoin sans demander.

— Le fait est, répondit d'Artagnan, que j'ai toujours remarqué dans Mousqueton un dévouement et une intelligence très-supérieurs.

— Cela est possible, monsieur, mais supposez qu'il m'arrive seulement quatre fois par an de me trouver en contact avec

une intelligence et un dévouement sembla-
bles, et je suis un homme ruiné.

— Non, car Porthos vous payera.

— Hum ! fit l'hôtellier d'un ton de
doute.

— C'est le favori d'une très-grande dame
qui ne le laissera pas dans l'embarras pour
une misère comme celle qu'il vous doit.

— Si j'osais dire ce que je crois là-dessus.....

— Ce que vous croyez ?

— Je dirai plus : ce que je sais.

— Ce que vous savez ?

— Et même ce dont je suis sûr.

— Et de quoi êtes-vous sûr, voyons ?

— Je dirai que je connais cette grande dame.

— Vous ?

— Oui, moi.

— Et comment la connaissez-vous ?

— Oh ! monsieur, si je croyais pouvoir me fier à votre discrétion....

— Parlez, et, foi de gentilhomme, vous n'aurez pas à vous repentir de votre confiance.

— Eh bien, monsieur, vous concevez, l'inquiétude fait faire bien des choses.

— Qu'avez-vous fait ?

—Oh ! d'ailleurs, rien qui ne soit dans le droit d'un créancier.

—Enfin ?

—M. Porthos nous a remis un billet pour cette duchesse, en nous recommandant de le jeter à la poste. Son domestique n'était pas encore arrivé. Comme il ne pouvait pas quitter sa chambre, il fallait bien qu'il nous chargeât de ses commissions.

—Ensuite ?

—Au lieu de mettre la lettre à la poste, ce qui n'est jamais bien sûr, j'ai profité de l'occasion de l'un de mes garçons qui allait à Paris, et je lui ai ordonné de la remettre à cette duchesse elle-même. C'était remplir les intentions de

M. Porthos, qui nous avait si fort recommandé cette lettre: n'est-ce pas?

— A peu près.

— Eh bien! monsieur, savez-vous ce que
c'est que cette grande dame?

— Non; j'en ai entendu parler à Porthos,
voilà tout.

— Savez-vous ce que c'est que cette prétendue duchesse?

— Je vous le répète, je ne la connais
pas.

— C'est une vieille procureuse au Châ-
telet, monsieur, nommée Mme Coquenard,
laquelle a au moins cinquante ans et se
donne encore des airs d'être jalouse. Cela

me paraissait aussi fort singulier, une princesse qui demeure rue aux Ours !

— Comment savez-vous cela ?

— Parce qu'elle s'est mise dans une grande colère en recevant la lettre, disant que M. Porthos était un volage, et que c'était encore pour quelque femme qu'il avait reçu ce coup d'épée.

— Mais il a donc reçu un coup d'épée ?

— Ah ! mon Dieu ! qu'ai-je dit là !

— Vous avez dit que Porthos avait reçu un coup d'épée.

— Oui, mais il m'avait si fort défendu de le dire !

— Pourquoi cela ?

— Dame ! monsieur, parce qu'il s'était

vanté de perforer cet étranger avec lequel
vous l'avez laissé en dispute, et que c'est cet
étranger, au contraire, qui, malgré toutes
ses rodomontades, l'a couché sur le carreau.
Or, comme M. Porthos est un homme fort
glorieux, excepté envers la duchesse, qu'il
avait cru intéresser en lui faisant le récit de
son aventure, il ne veut avouer à personne
que c'est un coup d'épée qu'il a reçu.

— Ainsi, c'est donc un coup d'épée qui
le retient dans son lit ?

— Et un maître coup d'épée, je vous l'assure. Il faut que votre ami ait l'âme chevillée dans le corps.

— Vous étiez donc là ?

—Monsieur, je les avais suivis par curiosité, de sorte que j'ai vu le combat sans que les combattants me vissent..

— Et comment cela s'est-il passé ?

—Oh ! la chose n'a pas été longue, je vous en réponds. Ils se sont mis en garde, l'étranger a fait une feinte et s'est fendu, tout cela si rapidement que, lorsque M. Porthos est arrivé à la parade, il avait déjà trois pouces de fer dans la poitrine. Il est tombé en arrière. L'étranger lui a mis aussitôt la pointe de son épée à la gorge; et M. Porthos, se voyant à la merci de son adversaire, s'est avoué vaincu. Sur quoi l'étranger lui a demandé son nom, et apprenant qu'il s'appelait M. Porthos et non M. d'Artagnan, lui a offert son bras, l'a ramené à l'hôtel, est monté à cheval et a disparu.

—Ainsi, c'est à M. d'Artagnan qu'en voulait cet étranger ?

—Il paraît qu'oui.

—Et savez-vous ce qu'il est deveuu ?

—Non; je ne l'avais jamais vu jusqu'à ce moment, et nous ne l'avons pas revu depuis.

—Très-bien, je sais ce que je voulais savoir. Maintenant vous dites que la chambre de Porthos est au premier, numéro 1 ?

—Oui, monsieur, la plus belle de l'auberge; une chambre que j'aurais déjà eu dix fois l'occasion de louer.

—Bah! tranquillisez-vous, dit d'Arta-

16.

gnan en riant ; Porthos vous payera avec l'argent de la duchesse Coquenard.

— Oh ! monsieur, procureuse ou duchesse, si elle lâchait les cordons de sa bourse, ce ne serait rien ; mais elle a positivement répondu qu'elle était lasse des exigences et des infidélités de M. Porthos, et qu'elle ne lui enverrait pas un denier.

—Et avez-vous rendu cette réponse à votre hôte?

— Nous nous en sommes bien gardés, il aurait vu de quelle manière nous avions fait la commission.

— Si bien qu'il attend toujours son argent?

— Oh ! mon Dieu oui ! Hier encore il a

écrit; mais, cette fois, c'est son domestique qui a mis la lettre à la poste.

— Et vous dites que la procureuse est vieille et laide?

— Cinquante ans au moins, monsieur, et pas belle du tout, à ce qu'a dit Pathaud.

— En ce cas, soyez tranquille, elle se laissera attendrir; d'ailleurs Porthos ne peut pas vous devoir grand'chose.

— Comment, pas grand'chose! Une vingtaine de pistoles déjà, sans compter le médecin. Oh! il ne se refuse rien, allez; on voit qu'il est habitué à bien vivre.

— Eh bien! si sa maîtresse l'abandonne, il trouvera des amis, je vous le certifie.

Ainsi, mon cher hôte, n'ayez aucune inquiétude et continuez d'avoir pour lui tous les soins qu'exige son état.

— Monsieur m'a promis de ne pas ouvrir la bouche de la procureuse et de ne pas dire un mot de la blessure.

— C'est chose convenue, vous avez ma parole.

— Oh! c'est qu'il me tuerait, voyez-vous!

— N'ayez pas peur, il n'est pas si diable qu'il en a l'air.

Et en disant ces mots, d'Artagnan monta l'escalier, laissant son hôte un peu plus rassuré à l'endroit de deux choses aux-

quelles il paraissait beaucoup tenir : sa
créance et sa vie.

Au haut de l'escalier, sur la porte la plus
apparente du corridor, était tracé, à l'en-
cre noire, un n° 1 gigantesque; d'Artagnan
frappa un coup, et, sur l'invitation de passer outre qui lui vint de l'intérieur, il
entra.

Porthos était couché et faisait une partie
de lansquenet avec Mousqueton, pour s'entretenir la main, tandis qu'une broche
chargée de perdrix tournait devant le feu,
et qu'à chaque coin d'une grande chemi-
née bouillaient sur deux réchauds deux
casseroles d'où s'exhalait une double odeur
de gibelotte et de matelotte qui réjouissait
l'odorat. En outre, le haut d'un secrétaire

et le marbre d'une commode étaient cou-
verts de bouteilles vides.

A la vue de son ami, Porthos jeta un
grand cri de joie; et Mousqueton, se levant
respectueusement, lui céda la place et s'en
alla donner un coup d'œil aux deux casseroles, dont il paraissait avoir l'inspection
particulière.

— Ah! pardieu! c'est vous, dit Porthos
à d'Artagnan, soyez le bienvenu, et excusez-moi si je ne vais pas au-devant de vous.
Mais, ajouta-t-il en regardant d'Artagnan
avec une certaine inquiétude, vous savez ce
qui m'est arrivé?

— Non.

— L'hôte ne vous a rien dit?

— J'ai demandé après vous et je suis monté tout droit.

Porthos parut respirer plus librement.

—Et que vous est-il donc arrivé, mon cher Porthos? continua d'Artagnan.

— Il m'est arrivé qu'en me fendant sur mon adversaire, à qui j'avais déjà allongé trois coups d'épée et avec lequel je voulais en finir d'un quatrième, mon pied a porté sur une pierre, et je me suis foulé le genou.

— Vraiment !

—D'honneur ! Heureusement pour le maraud, car je ne l'aurais laissé que mort sur la place, je vous en réponds.

—Et qu'est-il devenu ?

— Oh ! je n'en sais rien ; il en a eu assez, et il est parti sans demander son reste ; mais vous, mon cher d'Artagnan, que vous est-il arrivé ?

— De sorte, continua d'Artagnan, que cette foulure, mon cher Porthos, vous retient au lit.

— Ah ! mon Dieu, oui, voilà tout ; reste, dans quelques jours je serai sur pied.

— Pourquoi alors ne vous êtes-vous pas fait transporter à Paris ? Vous devez vous ennuyer cruellement ici.

— C'était mon intention ; mais, mon cher ami, il faut que je vous avoue une chose.

— Laquelle ?

— C'est que, comme je m'ennuyais cruellement, ainsi que vous le dites, et que j'avais dans ma poche les soixante-quinze pistoles que vous m'aviez distribuées, j'ai, pour me distraire, fait monter près de moi un gentilhomme qui était de passage, et auquel j'ai proposé de faire une partie de dés. Il a accepté, et, ma foi, mes soixante-quinze pistoles sont passées de ma poche dans la sienne, sans compter mon cheval, qu'il a encore emporté par-dessus le marché. Mais vous, mon cher d'Artagnan ?

— Que voulez-vous, mon cher Porthos ! on ne peut pas être privilégié de toutes façons, dit d'Artagnan ; vous savez le proverbe : « Malheureux au jeu, heureux en amour. » Vous êtes trop heureux en amour pour que le jeu ne se venge pas ; mais, que vous importent, à vous, les revers de la fortune! n'avez-vous pas, heureux coquin que vous êtes, n'avez-vous pas votre duchesse, qui ne peut manquer de vous venir en aide?

—Eh bien, voyez, mon cher d'Artagnan, comme je joue de guignon! répondit Porthos de l'air le plus dégagé du monde; je lui ai écrit de m'envoyer quelque cinquante louis dont j'avais absolument besoin, vu la position où je me trouvais....

—Eh bien?

—Eh bien! il faut qu'elle soit dans ses terres, car elle ne m'a pas répondu.

—Vraiment?

—Non. Aussi je lui ai adressé hier une

seconde épître plus pressante encore que la première ; mais vous voilà, mon très-cher, parlons de vous. Je commençais, je vous l'avoue, à être dans une certaine inquiétude sur votre compte.

—Mais votre hôte se conduit bien envers vous, à ce qu'il paraît, mon cher Porthos, dit d'Artagnan montrant au malade les casseroles pleines et les bouteilles vides.

—Coussi, coussi ! répondit Porthos. Il y a déjà trois ou quatre jours que l'impertinent m'a monté son compte, et que je les ai mis à la porte, son compte et lui ; de sorte que je suis ici comme une façon de vainqueur, comme une manière de conquérant. Aussi, vous le voyez, craignant toujours d'être forcé dans la position, je suis armé jusqu'aux dents.

—Cependant, dit en riant d'Artagnan, il me semble que de temps en temps vous faites des sorties.

Et il montrait du doigt les bouteilles et les casseroles.

—Non pas moi, malheureusement! dit Porthos. Cette misérable foulure me retient au lit; mais Mousqueton bat la campagne et il rapporte des vivres. Mousqueton, mon ami, continua Porthos, vous voyez qu'il nous arrive du renfort, il nous faudra un supplément de victuailles.

—Mousqueton, dit d'Artagnan, il faudra que vous me rendiez un service.

—Lequel, monsieur ?

—C'est de donner votre recette à Planchet; je pourrais me trouver assiégé à mon tour, et je ne serais pas fâché qu'il me fît jouir des mêmes avantages dont vous gratifiez votre maître.

—Eh mon Dieu! monsieur, dit Mousqueton d'un air modeste, rien de plus facile. Il s'agit d'être adroit, voilà tout. J'ai été élevé à la campagne, et mon père, dans ses moments perdus, était quelque peu braconnier.

—Et le reste du temps, que faisait-il?

—Monsieur, il pratiquait une industrie que j'ai toujours trouvée assez heureuse.

—Laquelle?

—Comme c'était au temps des guerres

des catholiques et des huguenots, et qu'il voyait les catholiques exterminer les huguenots et les huguenots exterminer les catholiques, le tout au nom de la religion, il s'était fait une croyance mixte, ce qui lui permettait d'être tantôt catholique, tantôt huguenot. Or, il se promenait habituellement son escopette sur l'épaule, derrière les haies qui bordent les chemins, et quand il voyait venir un catholique seul, la religion protestante l'emportait aussitôt dans son esprit, il abaissait son escopette dans la direction du voyageur, puis, lorsqu'il était à dix pas de lui, il entamait un dialogue qui finissait presque toujours par l'abandon que le voyageur faisait de sa bourse pour sauver sa vie. Il va sans dire que lorsqu'il voyait venir un huguenot, il se sentait pris d'un zèle catholique si ardent qu'il ne comprenait pas com-

ment, un quart d'heure auparavant, il avait
pu avoir des doutes sur la supériorité de
notre sainte religion. Car moi, monsieur,
je suis catholique, mon père, fidèle à ses
principes, ayant fait mon frère aîné huguenot.

— Et comment a fini ce digne homme?
demanda d'Artagnan.

— Oh! de la façon la plus malheureuse, monsieur; un jour il s'est trouvé
pris dans un chemin creux entre un huguenot et un catholique à qui il avait déjà
eu affaire, et qui le reconnurent tous
deux : de sorte qu'ils se réunirent contre
lui et le pendirent à un arbre; puis ils vin-
rent se vanter de la belle équipée qu'ils
avaient faite dans le cabaret du premier

village, où nous étions à boire, mon frère et moi.

— Et que fites-vous? dit d'Artagnan.

— Nous les laissâmes dire, reprit Mousqueton. Puis comme, en sortant de ce cabaret, ils prenaient chacun une route opposée, mon frère alla s'embusquer sur le chemin du catholique et moi sur celui du protestant. Deux heures après tout était fini, nous leur avions fait à chacun son affaire, tout en admirant la prévoyance de notre pauvre père, qui avait pris la précaution de nous élever chacun dans une religion différente.

— En effet, comme vous le dites, Mousqueton, votre père me paraît avoir été un gaillard fort intelligent. Et vous dites donc

que dans ses moments perdus le brave
homme était braconnier?

— Oui, monsieur, et c'est lui qui m'a
appris à nouer un collet et à placer une ligne
de fond. Il en résulte que lorsque j'ai vu
que notre gredin d'hôte nous nourrissait
d'un tas de grosses viandes bonnes pour
des manants, et qui n'allaient point à deux
estomacs aussi débilités que les nôtres, je
me suis remis quelque peu à mon ancien
métier. Tout en me promenant dans le
bois de monsieur le prince, j'ai tendu des
collets dans les passées; tout en me couchant au bord des pièces d'eau de Son
Altesse, j'ai glissé des lignes dans les étangs.
De sorte que maintenant, grâce à Dieu,
nous ne manquons pas, comme monsieur
peut s'en assurer, de perdrix et de lapins,

17.

de carpes et d'anguilles, tous aliments légers et sains, convenables pour des malades.

— Mais le vin, dit d'Artagnan, qui fournit le vin? c'est votre hôte?

— C'est-à-dire oui et non.

— Comment oui et non?

— Il le fournit, il est vrai; mais il ignore qu'il a cet honneur.

— Expliquez-vous, Mousqueton, votre conversation est pleine de choses instructives.

— Voici, monsieur: le hasard a fait que j'ai rencontré dans mes pérégrinations un Espagnol qui avait vu beaucoup de pays, et entre autres le Nouveau-Monde.

— Quel rapport le Nouveau-Monde peut-il avoir avec les bouteilles qui sont sur ce secrétaire et sur cette commode?

— Patience, monsieur, chaque chose viendra à son tour.

— C'est juste, Mousqueton; je m'en rapporte à vous et j'écoute.

— Cet Espagnol avait à son service un laquais qui l'avait accompagné dans son voyage au Mexique. Ce laquais était mon compatriote, de sorte que nous nous liâmes d'autant plus rapidement qu'il y avait entre nous de grands rapports de caractère. Nous aimions tous deux la chasse par-dessus tout; de sorte qu'il me racontait comment, dans les plaines de Pampas, les na-

turels du pays chassent le tigre et les tau-
reaux avec de simples nœuds coulants qu'ils
jettent au cou de ces terribles animaux. D'a-
bord, je ne voulais pas croire qu'on pût en
arriver à ce degré d'adresse, de jeter à vingt
ou trente pas l'extrémité d'une corde où
l'on veut; mais devant la preuve il fallait
bien reconnaître la vérité du récit. Mon
ami plaçait une bouteille à trente pas, et à
chaque coup il lui prenait le goulot dans
un nœud coulant. Je me livrai à cet exercice, et comme la nature m'a doué de quelque faculté, aujourd'hui je jette le *lasso*
aussi bien qu'homme du monde. Eh bien,
comprenez-vous? notre hôte a une cave
très-bien garnie, mais dont la clef ne le
quitte pas; seulement, cette cave a un soupirail. Or, par ce soupirail, je jette le lasso.
Et comme je sais maintenant où est le bon

coin, j'y puise. Voici, monsieur, comment le Nouveau-Monde se trouve être en rapport avec les bouteilles qui sont sur cette commode et sur ce secrétaire. Maintenant voulez-vous goûter notre vin; et, sans prévention, vous nous direz ce que vous en pensez.

— Merci, mon ami, merci; malheureusement je viens de déjeuner.

— Eh bien, dit Porthos, mets la table, Mousqueton, et tandis que nous déjeunerons, nous, d'Artagnan nous racontera ce qu'il est devenu lui-même, depuis dix jours qu'il nous a quittés.

— Volontiers, dit d'Artagnan.

Tandis que Porthos et Mousqueton déjeunaient avec des appétits de convalescents et cette cordialité de frères qui rapproche les hommes dans le malheur, d'Artagnan raconta comment Aramis blessé avait été forcé de s'arrêter à Crèvecœur, comment il avait laissé Athos se débattre à Amiens entre les mains de quatre hommes qui l'accusaient d'être un faux monnayeur, et comment, lui, d'Artagnan, avait été forcé de passer sur le ventre du comte de Wardes pour arriver jusqu'en Angleterre.

Mais là s'arrêta la confidence de d'Artagnan; il annonça seulement qu'à son retour de la Grande-Bretagne il avait ramené quatre chevaux magnifiques, dont un pour lui et un autre pour chacun de ses compagnons; puis il termina en annonçant à Porthos que celui qui lui était destiné était déjà installé dans l'écurie de l'hôtel.

En ce moment Planchet entra ; il prévenait son maître que les chevaux étaient suffisamment reposés, et qu'il serait possible d'aller coucher à Clermont.

Comme d'Artagnan était à peu près rassuré sur Porthos, et qu'il lui tardait d'avoir des nouvelles de ses deux autres amis, il tendit la main au malade, et le prévint qu'il allait se mettre en route pour continuer ses recherches. Au reste, comme il comptait revenir par la même route, si, dans sept à huit jours, Porthos était encore à l'hôtel du Grand-Saint-Martin, il le reprendrait en passant.

Porthos répondit que, selon toute probabilité, sa foulure ne lui permettrait pas de s'éloigner d'ici là. D'ailleurs il fallait qu'il restât à Chantilly pour attendre une réponse de sa duchesse.

D'Artagnan lui souhaita cette réponse prompte et bonne; et après avoir recommandé de nouveau Porthos à Mousqueton, et payé sa dépense à l'hôte, il se remit en route avec Planchet, déjà débarrassé d'un de ses chevaux de main.

CHAPITRE VIII.

LA THÈSE D'ARAMIS.

D'Artagnan n'avait rien dit à Porthos de sa blessure ni de sa procureuse. C'était un garçon fort sage que notre Béarnais, si jeune qu'il fût. En conséquence, il avait fait semblant de croire tout ce que lui avait raconté le glorieux mousquetaire; convaincu qu'il n'y a pas d'amitié qui tienne à un secret surpris, surtout quand ce secret intéresse l'orgueil : puis on a toujours une certaine supériorité morale sur ceux dont on sait la vie. Or d'Artagnan, dans ses projets d'intrigue à venir, et décidé qu'il était à faire de ses trois compagnons les instruments de sa fortune, d'Artagnan n'était pas fâché de réunir d'avance dans sa main les fils invisibles à l'aide desquels il comptait les mener.

Cependant, tout le long de la route, une profonde tristesse lui serrait le cœur : il pensait à cette jeune et jolie madame Bonacieux qui devait lui donner le prix de son dévouement; mais, hâtons-nous de le dire, cette tristesse venait moins chez le jeune homme du regret de son bonheur perdu que de la crainte qu'il éprouvait qu'il arrivât malheur à cette pauvre femme. Pour lui, il n'y avait pas de doute, elle était victime d'une vengeance du cardinal, et, comme on le sait, les vengeances de Son Éminence étaient terribles. Comment avait-il trouvé grâce devant les yeux du ministre, c'est ce qu'il ignorait lui-même et sans doute ce que lui eût révélé M. de Cavois, si le capitaine des gardes l'eût trouvé chez lui.

Rien ne fait marcher le temps et n'abrège la route comme une pensée qui absorbe en elle-même toutes les facultés de l'organisation de celui qui pense. L'existence extérieure ressemble alors à un sommeil dont cette pensée est le rêve. Par son influence, le temps n'a plus de mesure, l'espace n'a plus de distance. On part d'un lieu, et l'on arrive à un autre, voilà tout. De l'intervalle parcouru, rien ne reste présent à votre souvenir qu'un brouillard vague dans lequel s'effacent mille images confuses d'arbres, de montagnes et de paysages. Ce fut en proie à cette hallucination que d'Artagnan franchit, à l'allure que voulut prendre son cheval, les six ou huit lieues qui séparent Chantilly de Crèvecœur, sans qu'en arrivant dans ce village il se souvînt d'aucune des choses qu'il avait rencontrées sur sa route.

Là seulement la mémoire lui revint, il secoua la tête, aperçut le cabaret où il avait laissé Aramis, et, mettant son cheval au trot, il s'arrêta à la porte.

Cette fois ce ne fut pas un hôte, mais

une hôtesse qui le reçut; d'Artagnan était physionomiste, il enveloppa d'un coup d'œil la grosse figure réjouie de la maîtresse du lieu, et comprit qu'il n'avait pas besoin de dissimuler avec elle, et qu'il n'avait rien à craindre de la part d'une si joyeuse physionomie.

— Ma bonne dame, lui demanda d'Artagnan, pourriez-vous me dire ce qu'est devenu un de mes amis, que nous avons été forcés de laisser ici il y a une douzaine de jours?

— Un beau jeune homme de vingt-trois à vingt-quatre ans, doux, aimable, bien fait?

— C'est cela; de plus blessé à l'épaule.

— Justement.

— Eh bien, monsieur, il est toujours ici!

— Ah, pardieu! ma chère dame, dit d'Artagnan en mettant pied à terre et en jetant la bride de son cheval au bras de Planchet, vous me rendez la vie; où est-il, ce cher Aramis, que je l'embrasse! car, je l'avoue, j'ai hâte de le revoir.

— Pardon, monsieur! mais je doute qu'il puisse vous recevoir en ce moment.

— Pourquoi cela? est-ce qu'il est avec une femme?

— Jésus! que dites-vous là! Le pauvre garçon! Non, monsieur, il n'est pas avec une femme.

— Et avec qui est-il donc?

— Avec le curé de Montdidier et le supérieur des jésuites d'Amiens.

— Mon Dieu! s'écria d'Artagnan, le pauvre garçon irait-il plus mal?

— Non, monsieur, au contraire; mais à la suite de sa maladie, la grâce l'a touché et il s'est décidé à entrer dans les ordres.

— C'est juste, dit d'Artagnan, j'avais oublié qu'il n'était mousquetaire que par intérim.

— Monsieur insiste-t-il toujours pour le voir?

— Plus que jamais.

— Eh bien! monsieur n'a qu'à prendre

l'escalier à droite dans la cour, au second, n° 5.

D'Artagnan s'élança dans la direction indiquée et trouva un de ces escaliers extérieurs comme nous en voyons encore aujourd'hui dans les cours des anciennes auberges. Mais on n'arrivait pas ainsi chez le futur abbé : les défilés de la chambre d'Aramis étaient gardés ni plus ni moins que les jardins d'Armide ; Bazin stationnait dans le corridor et lui barra le passage avec d'autant plus d'intrépidité qu'après bien des années d'épreuve Bazin se voyait enfin près d'arriver au résultat qu'il avait éternellement ambitionné.

En effet, le rêve du pauvre Bazin avait toujours été de servir un homme d'église,

et il attendait avec impatience le moment
sans cesse entrevu dans l'avenir où Aramis
jetterait enfin la casaque aux orties pour
prendre la soutane. La promesse renouve-
lée chaque jour par le jeune homme que
le moment ne pouvait tarder, l'avait seule
retenu au service d'un mousquetaire, service dans lequel, disait-il, il ne pouvait
manquer de perdre son âme.

Bazin était donc au comble de la joie.
Selon toute probabilité, cette fois son maître ne s'en dédirait pas. La réunion de la
douleur physique à la douleur morale avait
produit l'effet si long-temps désiré : Aramis, souffrant à la fois du corps et de l'âme,
avait enfin arrêté sur la religion ses yeux
et sa pensée, et il avait regardé comme un
avertissement du ciel le double accident

18.

qui lui était arrivé, c'est-à-dire la disparition subite de sa maîtresse et sa blessure à
l'épaule.

On comprend que rien ne pouvait, dans
la disposition où il se trouvait, être plus
désagréable à Bazin que l'arrivée de d'Artagnan, laquelle pouvait rejeter son maître
dans le tourbillon des idées mondaines qui
l'avaient si long-temps entraîné. Il résolut
donc de défendre bravement la porte; et
comme, trahi par la maîtresse de l'auberge,
il ne pouvait dire qu'Aramis était absent,
il essaya de prouver au nouvel arrivant que
ce serait le comble de l'indiscrétion que de
déranger son maître dans la pieuse conférence qu'il avait entamée depuis le matin,
et qui, au dire de Bazin, ne pouvait être
terminée avant le soir.

Mais d'Artagnan ne tint aucun compte de l'éloquent discours de maître Bazin, et comme il ne se souciait pas d'entamer une polémique avec le valet de son ami, il l'écarta tout simplement d'une main, et de l'autre il tourna le bouton de la porte du n° 5.

La porte s'ouvrit, et d'Artagnan pénétra dans la chambre.

Aramis, en surtout noir, le chef accommodé d'une espèce de coiffure ronde et plate qui ne ressemblait pas mal à une calotte, était assis devant une table oblongue couverte de rouleaux de papier et d'énormes in-folio ; à sa droite était assis le supérieur des jésuites et à sa gauche le curé de Montdidier. Les rideaux étaient à demi

clos et ne laissaient pénétrer qu'un jour
mystérieux, ménagé pour une béate rêverie.
Tous les objets mondains qui peuvent frapper l'œil quand on entre dans la chambre
d'un jeune homme, et surtout lorsque ce
jeune homme est mousquetaire, avaient
disparu comme par enchantement, et, de
peur sans doute que leur vue ne ramenât
son maître aux idées de ce monde, Bazin
avait fait main basse sur l'épée, les pistolets, le chapeau à plumes et les broderies
et les dentelles de tout genre et de toute
espèce.

Mais, en leur lieu et place, d'Artagnan
crut apercevoir dans un coin obscur comme
une forme de discipline suspendue par un
clou à la muraille.

Au bruit que fit d'Artagnan en ouvrant

la porte, Aramis leva la tête et reconnut son ami. Mais, au grand étonnement du jeune homme, sa vue ne parut pas produire une grande impression sur le mousquetaire, tant son esprit était détaché des choses de la terre.

— Bonjour, cher d'Artagnan, dit Aramis ; croyez que je suis heureux de vous voir.

— Et moi aussi, dit d'Artagnan, quoique je ne sois pas encore bien sûr que ce soit à Aramis que je parle.

— À lui-même, mon ami, à lui-même ; mais qui a pu vous faire douter...

— J'avais peur de me tromper de chambre et j'ai cru d'abord entrer dans l'appartement de quelque homme d'église; puis une autre terreur m'a pris en vous trouvant en compagnie de ces messieurs : c'est que vous ne fussiez gravement malade.

Les deux hommes noirs lancèrent sur d'Artagnan, dont ils comprirent l'intention, un regard presque menaçant; mais d'Artagnan ne s'en inquiéta pas.

— Je vous trouble peut-être, mon cher Aramis, continua d'Artagnan; car, d'après ce que je vois, je suis porté à croire que vous vous confessez à ces messieurs.

Aramis rougit imperceptiblement.—

— Vous, me troubler? oh! bien au contraire, cher ami, je vous le jure; et comme preuve de ce que je dis, permettez-moi de me réjouir en vous voyant sain et sauf.

— Ah! il y vient enfin! pensa d'Artagnan, ce n'est pas malheureux!

— Car, monsieur, qui est mon ami, vient d'échapper à un rude danger, continua Aramis avec onction, en montrant de la main d'Artagnan aux deux ecclésiastiques.

— Louez Dieu, monsieur, répondirent ceux-ci en s'inclinant à l'unisson.

— Je n'y ai pas manqué, mes révérends, répondit le jeune homme en leur rendant leur salut à son tour.

— Vous arrivez à propos, cher d'Artagnan, dit Aramis, et vous allez, en prenant

part à la discussion, l'éclairer de vos lumières. M. le principal d'Amiens, M. le curé
de Montdidier et moi, nous argumentons
sur certaines questions théologiques dont
l'intérêt nous captive depuis long-temps;
je serais charmé d'avoir votre avis.

— L'avis d'un homme d'épée est bien
dénué de poids, répondit d'Artagnan, qui
commençait à s'inquiéter de la tournure
que prenaient les choses, et vous pouvez
vous en tenir, croyez-moi, à la science de
ces messieurs.

Les deux hommes noirs saluèrent à leur
tour.

— Au contraire, reprit Aramis, et votre
avis nous sera précieux; voici de quoi il
s'agit : M. le principal croit que ma thèse

doit être surtout dogmatique et didactique.

— Votre thèse! vous faites donc une thèse?

— Sans doute, répondit le jésuite : pour l'examen qui précède l'ordination, une thèse est de rigueur.

— L'ordination! s'écria d'Artagnan, qui ne pouvait croire à ce que lui avaient dit successivement l'hôtesse et Bazin : l'ordination!

Et il promenait ses yeux stupéfaits sur les trois personnages qu'il avait devant lui.

— Or, continua Aramis en prenant sur son fauteuil la même pose gracieuse que s'il eût été dans une ruelle et en examinant avec complaisance sa main blanche et potelée comme une main de femme, qu'il tenait en l'air pour en faire descendre le sang; or, comme vous l'avez entendu, d'Artagnan, M. le principal voudrait que ma thèse fût dogmatique, tandis que je voudrais, moi, qu'elle fût idéale. C'est donc pourquoi M. le principal me proposait ce sujet qui n'a point encore été traité et dans lequel je reconnais qu'il y a matière à de magnifiques développements.

« *Utraque manus in benedicendo clericis inferioribus necessaria est.* »

D'Artagnan, dont nous connaissons l'érudition, ne sourcilla pas plus à cette citation qu'à celle que lui avait faite M. de

Tréville à propos des présents qu'il préten-
dait que d'Artagnan avait reçus de M. de
Buckingham.

— Ce qui veut dire, reprit Aramis pour
lui donner toute facilité : Les deux mains
sont indispensables aux prêtres des ordres
inférieurs, quand ils donnent la béné-
diction.

— Admirable sujet ! s'écria le jésuite.

— Admirable et dogmatique ! répéta le
curé, qui, de la force de d'Artagnan à peu
près sur le latin, surveillait soigneusement
le jésuite pour emboîter le pas avec lui et
répéter ses paroles comme un écho.

Quant à d'Artagnan, il demeura parfaitement indifférent à l'enthousiasme des
deux hommes noirs.

— Oui, admirable! *prorsùs admirabile!* continua Aramis, mais qui exige une étude approfondie des Pères et des Écritures. Or, j'ai avoué à ces savants ecclésiastiques, et cela en toute humilité, que les veilles des corps-de-garde et le service du roi m'avaient fait un peu négliger l'étude. Je me trouverais donc plus à mon aise, *faciliùs natans,* dans un sujet de mon choix, qui serait à ces rudes questions théologiques, ce que la morale est à la métaphysique en philosophie.

D'Artagnan s'ennuyait profondément, le curé aussi.

— Voyez quel exorde! s'écria le jésuite.

— *Exordium*, répéta le curé pour dire quelque chose.

— *Quem ad modum inter colorum immensitatem.*

Aramis jeta un coup d'œil de côté sur d'Artagnan, et il vit que son ami bâillait à se démonter la mâchoire.

— Parlons français, mon père, dit-il au jésuite, M. d'Artagnan goûtera plus vivement nos paroles.

— Oui, je suis fatigué de la route, dit d'Artagnan, et tout ce latin m'échappe.

— D'accord, dit le jésuite un peu dépisté, tandis que le curé, transporté d'aise, tournait sur d'Artagnan un regard plein de reconnaissance; eh bien! voyez le parti qu'on tirerait de cette glose.

« Moïse, serviteur de Dieu..., il n'est que serviteur, entendez-vous bien! Moïse bénit avec les mains; il se fait tenir les deux bras, tandis que les Hébreux battent leurs ennemis: donc il bénit avec les deux mains. D'ailleurs, que dit l'Évangile : *Imposuite manus*, et non pas *manum* : Imposez les mains, et non pas la main.

— Imposez les mains, répéta le curé en faisant le geste.

— A saint Pierre, au contraire, de qui les papes sont successeurs, continua le jésuite : *Porrige digitos*, Présentez les doigts; y êtes-vous, maintenant?

— Certes, répondit Aramis en se délectant, mais la chose est subtile.

—Les doigts! reprit le jésuite; Saint Pierre bénit avec les doigts. Le pape bénit donc aussi avec les doigts. Et avec combien de doigts bénit-il? Avec trois doigts, un pour le Père, un pour le Fils et un pour le Saint-Esprit.

Tout le monde se signa; d'Artagnan crut devoir imiter cet exemple.

— Le pape est successeur de saint Pierre et représente les trois pouvoirs divins; le reste, *ordines inferiores* de la hiérarchie ecclésiastique, bénit par le nom des saints archanges et des anges. Les plus humbles clercs, tels que nos diacres et sacristains, bénissent avec les goupillons, qui simulent

un nombre indéfini de doigts bénissants.
Voilà le sujet simplifié, *Argumentum omni
denudatum ornamento*. Je ferais avec cela,
continua le jésuite, deux volumes de la
taille de celui-ci.

Et dans son enthousiasme il frappait sur
le Saint-Chrysostome in-folio, qui faisait
plier la table sous son poids.

D'Artagnan frémit.

— Certes, dit Aramis, je rends justice
aux beautés de cette thèse, mais en même
temps je la reconnais écrasante pour moi.
J'avais choisi ce texte; dites-moi, cher d'Artagnan, s'il n'est point de votre goût : *Non
inutile est desiderium in oblatione*, ou mieux
encore : Un peu de regret ne messied pas
dans une offrande au Seigneur.

— Halte là! s'écria le jésuite, car cette thèse frise l'hérésie; il y a une proposition presque semblable dans l'*Augustinus* de l'hérésiarque Jansénius, dont tôt ou tard le livre sera brûlé par les mains du bourreau. Prenez garde, mon jeune ami; vous penchez vers les fausses doctrines, mon jeune ami, vous vous perdrez !

— Vous vous perdrez, dit le curé en secouant douloureusement la tête.

— Vous touchez à ce fameux point du libre arbitre, qui est un écueil mortel. Vous abordez de front les insinuations des pélagiens et des demi-pélagiens.

— Mais, mon révérend, reprit Aramis quelque peu abasourdi de la grêle d'arguments qui lui tombait sur la tête...

19.

— Comment prouverez-vous, continua le jésuite sans lui donner le temps de parler, que l'on doit regretter le monde lorsqu'on s'offre à Dieu? Écoutez ce dilemme: Dieu est Dieu, et le monde est le diable. Regretter le monde, c'est regretter le diable : voilà ma conclusion.

— C'est la mienne aussi, dit le curé.

— Mais, de grâce, reprit Aramis...

—*Desideras diabolum*, infortuné! s'écria le jésuite.

—Il regrette le diable ! Ah ! mon jeune ami, reprit le curé en gémissant, ne regrettez pas le diable, c'est moi qui vous en supplie.

D'Artagnan tournait à l'idiotisme ; il lui semblait être dans une maison de fous , et qu'il allait devenir fou comme ceux qu'il voyait. Seulement il était forcé de se taire, ne comprenant point la langue qui se parlait devant lui.

—Mais écoutez-moi donc, reprit Aramis avec une politesse sous laquelle commençait de percer un peu d'impatience ; je ne dis pas que je regrette ; non , je ne prononcerai jamais cette phrase, qui ne serait pas orthodoxe.....

Le jésuite leva les bras au ciel, et le curé en fit autant.

—Non , mais convenez au moins qu'on a mauvaise grâce de n'offrir au Seigneur que ce dont on est parfaitement dégoûté. Ai-je raison, d'Artagnan?

— Je le crois pardieu bien! s'écria celui-ci.

Le curé et le jésuite firent un bond sur leur chaise.

— Voici mon point de départ, c'est un syllogisme : le monde ne manque pas d'attraits, je quitte le monde, donc je fais un sacrifice ; or, l'Écriture dit positivement : Faites un sacrifice au Seigneur.

— Cela est vrai, dirent les antagonistes.

— Et puis, continua Aramis en se pinçant l'oreille pour la rendre rouge, comme il se secouait les mains pour les rendre blanches, et puis j'ai fait certain rondeau là-dessus que je communiquai à M. Voiture l'an passé, et duquel ce grand homme m'a fait mille compliments.

— Un rondeau ! fit dédaigneusement le jésuite.

— Un rondeau ! dit machinalement le curé.

— Dites, dites, s'écria d'Artagnan, cela nous changera quelque peu.

— Non, car il est religieux, répondit Aramis, et c'est de la théologie en vers.

—Diable ! fit d'Artagnan.

— Le voici, dit Aramis d'un petit air

modeste qui n'était pas exempt d'une certaine teinte d'hypocrisie :

> Vous qui pleurez un passé plein de charmes,
> Et qui traînez des jours infortunés,
> Tous vos malheurs se verront terminés,
> Quand à Dieu seul vous offrirez vos larmes,
> Vous qui pleurez.

D'Artagnan et le curé parurent flattés. Le jésuite persista dans son opinion.

— Gardez-vous du goût profane dans le style théologique. Que dit en effet saint Augustin ! *Severus sit clericorum sermo :*

— Oui, que le sermon soit clair ! dit le curé.

— Or, se hâta d'interrompre le jésuite en voyant que son acolyte se fourvoyait ; or votre thèse plaira aux dames, voilà tout :

elle aura le succès d'une plaidoirie de
M⁰ Patru.

— Plaise à Dieu! s'écria Aramis transporté.

— Vous le voyez, s'écria le jésuite, le
monde parle encore en vous à haute voix,
altissimâ voce. Vous suivez le monde, mon
jeune ami, et je tremble que la grâce ne
soit point efficace.

— Rassurez-vous, mon révérend, je réponds de moi.

— Présomption mondaine!

— Je me connais, mon père, ma résolution est irrévocable.

— Alors vous vous obstinez à poursuivre cette thèse?

— Je me sens appelé à traiter celle-là, et non pas une autre; je vais donc la continuer, et demain j'espère que vous serez satisfait des corrections que j'y aurai faites d'après vos avis.

— Travaillez lentement, dit le curé, nous vous laissons dans des dispositions excellentes.

— Oui, le terrain est tout ensemencé, dit le jésuite, et nous n'avons pas à craindre qu'une partie du grain soit tombée sur la pierre, l'autre le long du chemin, et que les oiseaux du ciel aient mangé le reste, *Aves cœli comederunt illam.*

— Que la peste t'étouffe avec ton latin ! dit d'Artagnan, qui se sentait au bout de ses forces.

— Adieu, mon fils, dit le curé, à demain.

— A demain, jeune téméraire, dit le jésuite ; vous promettez d'être une des lumières de l'Église ; veuille le ciel que cette lumière ne soit pas un feu dévorant !

D'Artagnan, qui pendant une heure s'était rongé les ongles d'impatience, commençait à attaquer la chair.

Les deux hommes noirs se levèrent, saluèrent Aramis et d'Artagnan, et s'avancèrent vers la porte. Bazin, qui s'était tenu

debout et qui avait écouté toute cette con-
troverse avec une pieuse jubilation, s'é-
lança vers eux, prit le bréviaire du curé, le
missel du jésuite, et marcha respectueusement devant eux pour leur frayer le
chemin.

Aramis les conduisit jusqu'au bas de
l'escalier et remonta aussitôt près de d'Artagnan, qui rêvait encore.

Restés seuls, les deux amis gardèrent
d'abord un silence embarrassé ; cependant il fallait que l'un des deux le rompît
le premier, et comme d'Artagnan paraissait
décidé à laisser cet honneur à son ami :

— Vous le voyez, dit Aramis, vous
me trouvez revenu à mes idées fonda-
mentales.

— Oui, la grâce efficace vous a touché : comme disait ce monsieur tout à
l'heure.

— Oh! ces plans de retraite sont formés
depuis long-temps ; et vous m'en avez déjà
ouï parler : n'est ce pas, mon ami?

— Sans doute, mais je vous avoue que
j'ai cru que vous plaisantiez.

— Avec ces sortes de choses! Oh! d'Artagnan !

— Dame! on plaisante bien avec la
mort.

— Et l'on a tort, d'Artagnan, car la mort
c'est la porte qui conduit à la perdition ou
au salut.

—D'accord ; mais, s'il vous plaît, ne théologisons pas, Aramis ; vous devez en avoir assez pour le reste de la journée : quant à moi, j'ai à peu près oublié le peu de latin que je n'ai jamais su ; puis, je vous l'avouerai, je n'ai rien mangé depuis ce matin dix heures, et j'ai une faim de tous les diables.

— Nous dînerons tout à l'heure, cher ami ; seulement, vous vous rappelez que c'est aujourd'hui vendredi : or, dans un pareil jour, je ne puis manger ni voir manger de la chair. Si vous voulez vous contenter de mon dîner, il se compose de tétragones cuits et de fruits.

— Qu'entendez-vous par tétragones? demanda d'Artagnan avec inquiétude.

— J'entends des épinards, reprit Aramis ; mais pour vous j'ajouterai des œufs, et c'est une grave infraction à la règle : car les œufs sont viande, puisqu'ils engendrent le poulet.

— Ce festin n'est pas succulent, mais n'importe ; pour rester avec vous, je le subirai.

— Je vous suis reconnaissant du sacrifice, dit Aramis ; mais s'il ne profite pas à votre corps, il profitera, soyez-en certain, à votre âme.

—Ainsi, décidément, Aramis, vous entrez en religion. Que vont dire nos amis, que va dire M. Tréville ? Ils vous traiteront de déserteur, je vous en préviens.

— Je n'entre pas en religion, j'y rentre. C'est l'Église que j'avais désertée pour le monde, car vous savez que je me suis fait violence pour prendre la casaque de mousquetaire.

— Moi, je ne sais rien.

— Vous ignorez comment j'ai quitté le séminaire?

— Tout à fait.

— Voici mon histoire; d'ailleurs les Écritures disent : Confessez-vous les uns aux autres; et je me confesse à vous, d'Artagnan.

— Et moi je vous donne l'absolution d'avance, vous voyez que je suis bon homme.

— Ne plaisantez pas avec les choses sain-
tes, mon ami.

— Alors, dites, je vous écoute.

— J'étais donc au séminaire depuis l'âge
de neuf ans, j'en avais vingt dans trois
jours, j'allais être abbé et tout était dit.

Un soir que je me rendais, selon mon
habitude, dans une maison que je fréquen-
tais avec plaisir — on est jeune, que voulez-vous, on est faible, — un officier qui
me voyait d'un œil jaloux lire les vies des
saints à la maîtresse de la maison, entra
tout à coup et sans être annoncé. Justement, ce soir-là j'avais traduit un épisode
de Judith, et je venais de communiquer
mes vers à la dame, qui me faisait toutes
sortes de compliments, et, penchée sur mon

épaule, les relisait avec moi. La pose, qui
était quelque peu abandonnée, je l'avoue,
blessa cet officier : il ne dit rien, mais lorsque je sortis, il sortit derrière moi, et me
rejoignant :

— Monsieur l'abbé, dit-il, aimez vous
les coups de canne?

— Je ne puis le dire, monsieur, répondis-je, personne n'ayant jamais osé m'en
donner.

— Eh bien, écoutez-moi, monsieur
l'abbé, si vous retournez dans la maison où
je vous ai rencontré ce soir, j'oserai, moi.

Je crois que j'eus peur, je devins fort
pâle, je sentis les jambes qui me man-

quaient, je cherchai une réponse que je ne
trouvai pas, je me tus.

L'officier attendit cette réponse et, voyant
qu'elle tardait, il se mit à rire, me tourna
le dos et rentra dans la maison.

Je rentrai au séminaire.

Je suis bon gentilhomme et j'ai le sang
vif, comme vous avez pu le remarquer,
mon cher d'Artagnan; l'insulte était terrible, et, tout inconnue qu'elle était restée
au monde, je la sentais vivre et remuer au
fond de mon cœur. Je déclarai à mes su-
périeurs que je ne me sentais pas suffisamment préparé pour l'ordination, et sur ma
demande on remit la cérémonie à un an.

J'allai trouver le meilleur maître d'armes de Paris, je fis condition avec lui pour prendre une leçon d'escrime chaque jour, et chaque jour, pendant une année, je pris cette leçon. Puis, le jour anniversaire de celui où j'avais été insulté, j'accrochai ma soutane à un clou, je pris un costume complet de cavalier et je me rendis à un bal que donnait une dame de mes amies, et où je savais que devait se trouver mon homme. C'était rue des Francs-Bourgeois, tout près de la Force.

En effet, mon officier y était; je m'approchai de lui, comme il chantait un lai d'amour en regardant tendrement une femme, et je l'interrompis au beau milieu du second couplet.

— Monsieur, lui dis-je, vous déplaît-il

toujours que je retourne dans certaine maison de la rue Payenne, et me donnerez-vous encore des coups de canne, s'il me prend fantaisie de vous désobéir?

L'officier me regarda avec étonnement, puis il dit :

— Que me voulez-vous, monsieur? je ne vous connais pas.

— Je suis, répondis-je, le petit abbé qui lit les Vies des saints et qui traduit Judith en vers.

— Ah! ah! je me rappelle, dit l'officier en goguenardant; que me voulez-vous?

— Je voudrais que vous eussiez le loisir de venir faire un tour de promenade avec moi.

— Demain matin, si vous le voulez bien, et ce sera avec le plus grand plaisir.

— Non pas demain matin, s'il vous plaît, tout de suite.

— Si vous l'exigez absolument...

— Mais, oui, je l'exige.

— Alors, sortons. Mesdames, dit l'officier, ne vous dérangez pas. Le temps de tuer monsieur seulement, et je reviens vous achever le dernier couplet.

Nous sortîmes.

Je le menai rue Payenne, juste à l'endroit où un an auparavant, heure pour heure, il m'avait fait le compliment que je vous ai rapporté. Il faisait un clair de lune superbe. Nous mîmes l'épée à la main, et à la première passe je le tuai roide.

— Diable ! fit d'Artagnan.

— Or, continua Aramis, comme les dames ne virent pas revenir leur chanteur, et qu'on le trouva rue Payenne avec un grand coup d'épée au travers du corps, on pensa que c'était moi qui l'avais accommodé ainsi, et la chose fit scandale. Je fus donc pour quelque temps forcé de renoncer à la soutane. Athos, dont je fis la connaissance à cette époque, et Porthos, qui m'avait, en dehors de mes leçons d'escrime, appris quelques bottes gaillardes, me décidèrent à demander une casaque de mousquetaire. Le roi avait fort aimé mon père, tué au siége d'Arras, et l'on m'accorda cette casaque. Vous comprenez donc qu'aujourd'hui le moment est venu pour moi de rentrer dans le sein de l'église.

— Et pourquoi aujourd'hui plutôt qu'hier et que demain? Que vous est-il donc arrivé aujourd'hui, qui vous donne de si méchantes idées?

— Cette blessure, mon cher d'Artagnan, m'a été un avertissement du ciel.

— Cette blessure? bah! elle est à peu près guérie, et je suis sûr qu'aujourd'hui ce n'est pas celle-là qui vous fait le plus souffrir.

— Et laquelle? demanda Aramis en rougissant.

— Vous en avez une au cœur, Aramis, une plus vive et plus sanglante, une blessure faite par une femme.

L'œil d'Aramis étincela malgré lui.

—Ah! dit-il en dissimulant son émotion sous une feinte négligence, ne parlez pas de ces choses-là : moi, penser à ces choses-là; avoir des chagrins d'amour! *Vanitas vanitatum!* Me serais-je donc, à votre avis, retourné la cervelle, et pour qui? pour quelque grisette, pour quelque fille de chambre, à qui j'aurais fait la cour dans une garnison, fi!

— Pardon, mon cher Aramis, mais je croyais que vous portiez vos visées plus haut.

— Plus haut? et que suis-je pour avoir

tant d'ambition ?— un pauvre mousquetaire fort gueux et fort obscur, qui hait
les servitudes, et se trouve grandement
déplacé dans le monde ?

—Aramis, Aramis! s'écria d'Artagnan en
regardant son ami avec un air de doute.

— Poussière, je rentre dans la poussière. La vie est pleine d'humiliations
et de douleurs, continua-t-il en s'assombrissant ; tous les fils qui la rattachent
au bonheur se rompent tour à tour
dans la main de l'homme, surtout les
fils d'or. O mon cher d'Artagnan, reprit Aramis en donnant à sa voix une légère teinte d'amertume, croyez-moi, ca-
chez bien vos plaies quand vous en aurez.
Le silence est la dernière des joies des mal-

heureux ; gardez-vous de mettre qui que ce soit sur la trace de vos douleurs, les curieux pompent nos larmes comme les mouches font du sang d'un daim blessé.

— Hélas, mon cher Aramis ! dit d'Artagnan en poussant à son tour un profond soupir, c'est mon histoire à moi-même que vous faites là.

— Comment ?

— Oui, une femme que j'aimais, que j'adorais, vient de m'être enlevée de force. Je ne sais pas où elle est, où on l'a conduite ; elle est peut-être prisonnière, elle est peut-être morte.

— Mais vous avez au moins cette consolation de vous dire qu'elle ne vous a pas quitté volontairement; que, si vous n'avez point de ses nouvelles, c'est que toute communication avec vous lui est interdite, tandis que...

— Tandis que...

— Rien, reprit Aramis, rien.

— Ainsi, vous renoncez à jamais au monde; c'est un parti pris, une résolution arrêtée?

— A tout jamais. Vous êtes mon ami aujourd'hui, demain vous ne serez plus pour moi qu'une ombre; ou plutôt même, vous n'existerez plus. Quant au monde, c'est un sépulcre et pas autre chose.

— Diable! c'est fort triste, ce que vous me dites là.

— Que voulez-vous ! ma vocation m'attire, elle m'enlève.

D'Artagnan sourit et ne répondit point. Aramis continua :

— Et cependant, tandis que je tiens encore à la terre, j'eusse voulu vous parler de vous, de nos amis.

— Et moi, dit d'Artagnan, j'eusse voulu vous parler de vous-même, mais je vous vois si détaché de tout : les amours, vous en faites fi ; les amis sont des ombres, le monde est un sépulcre.

— Hélas, vous le verrez par vous-même! dit Aramis avec un soupir.

— N'en parlons donc plus, dit d'Artagnan, et brûlons cette lettre qui, sans doute, vous annonçait quelque nouvelle infidélité de votre grisette ou de votre fille de chambre.

—Quelle lettre? s'écria vivement Aramis.

— Une lettre qui était venue chez vous en votre absence et qu'on m'a remise pour vous.

— Mais de qui cette lettre?

— Ah ! de quelque suivante éplorée, de quelque grisette au désespoir, de la fille de chambre de madame de Chevreuse peut-être, qui aura été obligée de retourner à Tours avec sa maîtresse, et qui, pour se faire pimpante, aura pris du papier parfumé et aura cacheté sa lettre avec une couronne de duchesse.

— Que dites-vous là ?

— Tiens, je l'aurais perdue! dit sournoisement le jeune homme en faisant semblant de chercher. Heureusement que le monde est un sépulcre, que les hommes et par conséquent les femmes sont des ombres, que l'amour est un sentiment dont vous faites fi !

— Ah! d'Artagnan, d'Artagnan! s'écria Aramis, tu me fais mourir !

— Enfin, la voici! dit d'Artagnan, et il tira la lettre de sa poche.

Aramis fit un bond, saisit la lettre, la lut ou plutôt la dévora; son visage rayonnait.

— Il paraît que la suivante a un beau

style , dit nonchalamment le messager.

— Merci, d'Artagnan ! s'écria Aramis presque en délire. Elle a été forcée de retourner à Tours ; elle ne m'est pas infidèle, elle m'aime toujours. Viens, mon ami, viens, que je t'embrasse : le bonheur m'étouffe !

Et les deux amis se mirent à danser autour du vénérable Saint-Chrysostome, piétinant bravement les feuillets de la thèse, qui avaient roulé sur le parquet.

En ce moment, Bazin entrait avec les épinards et l'omelette.

— Fuis, malheureux ! s'écria Aramis en lui jetant sa calotte au visage ; retourne d'où tu viens, remporte ces horribles légumes et cet affreux entremets! demande un lièvre piqué, un chapon gras, un gigot à l'ail et quatre bouteilles de vieux bourgogne.

Bazin, qui regardait son maître et qui ne comprenait rien à ce changement, laissa mélancoliquement glisser l'omelette dans les épinards, et les épinards sur le parquet.

— Voilà le moment de consacrer votre existence au Roi des Rois, dit d'Artagnan, si vous tenez à lui faire une politesse : *Non inutile desiderium in oblatione.*

— Allez-vous-en au diable, avec votre latin! Mon cher d'Artagnan, buvons, morbleu, buvons frais, buvons beaucoup, et racontez-moi un peu ce qu'on fait là-bas.

[illegible]
[illegible]
[illegible]
[illegible]

[illegible]
[illegible]
[illegible]
[illegible]

[illegible]
[illegible]
[illegible]
[illegible]

[illegible]
[illegible]
[illegible]
[illegible]

CHAPITRE IX.

LA FEMME D'ATHOS.

— Il reste maintenant à savoir des nouvelles d'Athos, dit d'Artagnan au fringant
Aramis quand il l'eut mis au courant de ce
qui s'était passé dans la capitale depuis
leur départ, et qu'un excellent dîner leur

eut fait oublier à l'un sa thèse, à l'autre sa fatigue.

— Croyez-vous donc qu'il lui soit arrivé malheur? demanda Aramis. Athos est si froid, si brave et manie si habilement son épée.

— Oui, sans doute, et personne ne reconnaît mieux que moi le courage et l'adresse d'Athos; mais j'aime mieux sur mon épée le choc des lances que celui des bâtons: je crains qu'Athos n'ait été étrillé par de la valetaille: les valets sont gens qui frappent fort et ne finissent pas tôt. Voilà pourquoi, je vous l'avoue, je voudrais repartir le plus tôt possible.

— Je tâcherai de vous accompagner, dit Aramis, quoique je ne me sente guère en état de monter à cheval. Hier j'essayai de la discipline que vous voyez sur ce mur, et la douleur m'empêcha de continuer ce pieux exercice.

— C'est qu'aussi, mon cher ami, on n'a jamais vu essayer de guérir des coups d'escopette avec des coups de martinet; mais vous étiez malade, et la maladie rend la tête faible: ce qui fait que je vous excuse.

— Et quand partez-vous?

— Demain, au point du jour; reposez-vous de votre mieux cette nuit, et demain, si vous le pouvez, nous partirons ensemble.

— A demain donc, dit Aramis, car, tout

de fer que vous êtes, vous devez avoir besoin de repos.

Le lendemain, lorsque d'Artagnan entra chez Aramis, il le trouva à sa fenêtre.

— Que regardez-vous donc là? demanda d'Artagnan.

— Ma foi! j'admire ces trois magnifiques chevaux que les garçons d'écurie tiennent en bride; c'est un plaisir de prince que de voyager sur de pareilles montures.

—Eh bien, mon cher Aramis, vous vous donnerez ce plaisir-là, car l'un de ces trois chevaux est à vous.

— Ah bah! et lequel?

— Celui des trois que vous voudrez, je n'ai pas de préférence.

— Et le riche caparaçon qui le couvre est à moi aussi?

— Sans doute.

— Vous voulez rire, d'Artagnan.

— Je ne ris plus depuis que vous parlez français.

— C'est pour moi, ces fontes dorées, cette housse de velours, cette selle chevillée d'argent?

— A vous-même, comme le cheval qui piaffe est à moi, comme cet autre cheval qui caracole est à Athos.

— Peste! ce sont trois bêtes superbes.

— Je suis flatté qu'elles soient de votre goût.

— C'est donc le roi qui vous a fait ce cadeau-là?

— A coup sûr ce n'est point le cardinal; mais ne vous inquiétez pas d'où ils viennent, et songez seulement qu'un des trois est votre propriété.

— Je prends celui que tient le valet roux.

— A merveille!

— Vive Dieu! s'écria Aramis, voilà qui me fait passer le reste de ma douleur; je monterais là-dessus avec trente balles dans le corps. Ah! sur mon âme, les beaux étriers! Holà! Bazin, venez çà, et à l'instant même.

Bazin apparut morne et languissant sur le seuil de la porte.

— Fourbissez mon épée, redressez mon feutre, brossez mon manteau et chargez mes pistolets! dit Aramis.

— Cette dernière recommandation est inutile, interrompit d'Artagnan, il y a des pistolets chargés dans vos fontes.

Bazin soupira.

— Allons, maître Bazin, tranquillisez-vous, dit d'Artagnan, on gagne le royaume des cieux dans toutes les conditions.

— Monsieur était déjà si bon théologien,

dit Bazin presque larmoyant, il fût devenu évêque et peut-être cardinal.

— Eh bien! mon pauvre Bazin, voyons, réfléchis un peu; à quoi sert d'être homme d'église, je te prie? on n'évite pas pour cela d'aller faire la guerre; tu vois bien que le cardinal va faire la première campagne avec le pot en tête et la pertuisane au poing: et M. de Nogaret de La Valette, qu'en dis-tu? il est cardinal aussi; demande à son laquais combien de fois il lui a fait de la charpie.

— Hélas! soupira Bazin, je le sais, monsieur, tout est bouleversé dans le monde aujourd'hui.

Pendant ce temps les deux jeunes gens et le pauvre laquais étaient descendus.

— Tiens-moi l'étrier, Bazin, dit Aramis.

Et Aramis s'élança en selle avec sa grâce et sa légèreté ordinaires; mais après quelques voltes et quelques courbettes du noble animal, son cavalier ressentit des douleurs tellement insupportables qu'il pâlit et chancela. D'Artagnan, qui, dans la prévision de cet accident, ne l'avait pas perdu des yeux, s'élança vers lui, le retint dans ses bras et le conduisit à sa chambre.

— C'est bien, mon cher Aramis, soignez-vous, dit-il, j'irai seul à la recherche d'Athos.

— Vous êtes un homme d'airain, lui dit Aramis.

— Non : j'ai du bonheur, voilà tout;

mais comment allez-vous vivre en m'attendant? plus de thèse, plus de glose sur les doigts, et les bénédictions, hein!

Aramis sourit.

— Je ferai des vers, dit-il.

— Oui, des vers parfumés à l'odeur du billet de la suivante de madame de Chevreuse. Enseignez donc la prosodie à Bazin, cela le consolera. Quant au cheval, montez-le tous les jours, un peu, et cela vous habituera aux manœuvres.

— Oh! pour cela, soyez tranquille, dit Aramis, vous me retrouverez prêt à vous suivre.

Ils se dirent adieu et, dix minutes après,

d'Artagnan, après avoir recommandé son ami à Bazin et à l'hôtesse, trottait dans la direction d'Amiens.

Comment allait-il retrouver Athos, et même le retrouverait-il?

La position dans laquelle il l'avait laissé était critique, il pouvait bien avoir succombé. Cette idée, en assombrissant son front, lui arracha quelques soupirs et lui fit formuler tout bas quelques serments de vengeance. De tous ses amis Athos était le plus âgé, et partant le moins rapproché en apparence de ses goûts et de ses sympathies.

Cependant, il avait pour ce gentilhomme une préférence marquée. L'air noble et distingué d'Athos, ces éclairs de grandeur qui jaillissaient de temps en temps de l'ombre où il se tenait volontairement enfermé, cette inaltérable égalité d'humeur qui en faisait le plus facile compagnon de la terre, cette gaieté forcée et mordante, cette bravoure qu'on eût appelée aveugle si elle n'eût été le résultat du plus rare sang-froid, tant de qualités attiraient plus que l'estime, plus que l'amitié de d'Artagnan, elles attiraient son admiration.

En effet, considéré même auprès de M. de Tréville, l'élégant et noble courtisan, Athos, dans ses jours de belle humeur, pouvait soutenir avantageusement la comparaison ; il était de taille moyenne, mais cette taille était si admirablement prise et si bien proportionnée, que plus d'une fois dans ses luttes avec Porthos il avait fait

plier le géant dont la force physique était
devenue proverbiale parmi les mousquetaires; sa tête, aux yeux perçants, au nez
droit, au menton dessiné comme celui
de Brutus, avait un caractère indéfinissable de grandeur et de grâce; ses mains,
dont il ne prenait aucun soin, faisaient le
désespoir d'Aramis, qui cultivait les siennes
à grand renfort de pâte d'amandes et d'huile
parfumée ; le son de sa voix était pénétrant et mélodieux tout à la fois ; et puis
ce qu'il y avait d'indéfinissable dans Athos,
qui se faisait toujours obscur et petit, c'é-
tait cette science délicate du monde et des
usages de la plus brillante société, cette
habitude de bonne maison qui perçait
comme à son insu dans ses moindres actions.

S'agissait-il d'un repas, Athos l'ordonnait mieux qu'aucun homme du monde, plaçant chaque convive à la place et au rang que lui avaient fait ses ancêtres ou qu'il s'était fait lui-même. S'agissait-il de science héraldique, Athos connaissait toutes les familles nobles du royaume, leur généalogie, leurs alliances, leurs armes et l'origine de leurs armes. L'étiquette n'avait pas de minuties qui lui fussent étrangères, il savait quels étaient les droits des grands propriétaires, il connaissait à fond la vénerie et la fauconnerie, et un jour il avait, en causant de ce grand art, étonné le roi Louis XIII lui-même, qui cependant y était passé maître.

Comme tous les grands seigneurs de cette époque, il montait à cheval et faisait des armes dans la perfection. Il y a plus : son éducation avait été si peu négligée,

même sous le rapport des études scolasti-
ques, si rares à cette époque chez les gentilshommes, qu'il souriait aux bribes de
latin que détachait Aramis, et qu'avait
l'air de comprendre Porthos; deux ou trois
fois même, au grand étonnement de ses
amis, il lui était arrivé, lorsque Aramis
laissait échapper quelque erreur de rudiment, de remettre un verbe à son temps
et un nom à son cas; en outre, sa probité
était inattaquable, dans ce siècle où les
hommes de guerre transigeaient si facilement avec leur religion et leur conscience,
les amants avec la délicatesse rigoureuse de
nos jours, et les pauvres avec le septième
commandement de Dieu. C'était donc un
homme fort extraordinaire qu'Athos.

Et cependant on voyait cette nature si
distinguée, cette créature si belle, cette

essence si fine, tourner insensiblement vers la vie matérielle, comme les vieillards tournent vers l'imbécillité physique et morale. Athos, dans ses heures de privation, et ces heures étaient fréquentes, s'éteignait dans toute sa partie lumineuse, et son côté brillant disparaissait comme dans une profonde nuit.

Alors, le demi-dieu évanoui, il restait à peine un homme. La tête basse, l'œil terne, la parole lourde et pénible, Athos regardait pendant de longues heures, soit sa bouteille et son verre, soit Grimaud, qui, habitué à lui obéir par signe, lisait dans le regard atone de son maître jusqu'à son moindre désir, qu'il satisfaisait aussitôt. La réunion des quatre amis avait-elle lieu dans un de ces moments-là, un mot, échappé avec un violent effort, était tout le contingent qu'Athos fournissait à la conversation. En échange, Athos à lui seul buvait comme quatre, et cela sans qu'il y parût autrement que par un froncement de sourcil plus indiqué et par une tristesse plus profonde.

D'Artagnan, dont nous connaissons l'esprit investigateur et pénétrant, n'avait, quelque intérêt qu'il eût à satisfaire sa curiosité sur ce sujet, pu encore assigner aucune cause à ce marasme, ni en noter les occurrences. Jamais Athos ne recevait de lettres, jamais Athos ne faisait une démarche qui ne fût connue de tous ses amis.

On ne pouvait dire que ce fût le vin qui lui donnât cette tristesse, car au contraire il ne buvait que pour combattre cette tristesse, que ce remède, comme nous l'avons dit, rendait plus sombre encore. On ne pouvait attribuer cet excès d'humeur noire au jeu, car, au contraire de Porthos, qui accompagnait de ses chants ou de ses jurons toutes les variations de la chance, Athos, lorsqu'il avait gagné, demeurait aussi impassible que lorsqu'il avait perdu. On l'avait vu au cercle des mousquetaires gagner un soir trois mille pistoles, les perdre jusqu'au ceinturon brodé d'or des jours de gala; regagner tout cela, plus cent louis, sans que son beau sourcil noir eût haussé ou baissé d'une demi-ligne, sans que ses mains eussent perdu leur nuance nacrée, sans que sa conversation, qui était agréable ce soir-là, eût cessé d'être calme et agréable.

Ce n'était pas non plus, comme chez nos voisins les Anglais, une influence atmosphérique qui assombrissait son visage, car cette tristesse devenait plus intense en général vers les plus beaux jours de l'année : juin et juillet étaient les mois terribles d'Athos.

Pour le présent, il n'avait pas de chagrin, il haussait les épaules quand on lui parlait de l'avenir; son secret était donc dans le passé, comme on l'avait dit vaguement à d'Artagnan.

Cette teinte mystérieuse répandue sur toute sa personne rendait encore plus intéressant l'homme dont jamais les yeux ni la bouche, dans l'ivresse la plus complète, n'avaient rien révélé, quelle que fût l'adresse des questions dirigées contre lui.

— Eh bien, pensait d'Artagnan, le pauvre Athos est peut-être mort à cette heure, et mort par ma faute, car c'est moi qui l'ai entraîné dans cette affaire, dont il ignorait l'origine, dont il ignorera le résultat et dont il ne devait tirer aucun profit.

— Sans compter, monsieur, répondait Planchet, que nous lui devons probablement la vie. Vous rappelez-vous comme il a crié : Au large, d'Artagnan ! je suis pris. Et après avoir déchargé ses deux pistolets, quel bruit terrible il faisait avec son épée ! On eût dit vingt hommes, ou plutôt vingt diables enragés !

Et ces mots redoublaient l'ardeur de d'Artagnan, qui excitait son cheval, lequel n'ayant pas besoin d'être excité, emportait son cavalier au galop.

Vers onze heures du matin, on aperçut Amiens; à onze heures et demie, on était à la porte de l'auberge maudite.

D'Artagnan avait souvent médité contre l'hôte perfide une de ces bonnes vengeances qui consolent, rien qu'en espérance. Il entra donc dans l'hôtellerie le feutre sur les yeux, la main gauche sur le pommeau de l'épée et faisant siffler sa cravache de la main droite.

— Me reconnaissez-vous? dit-il à l'hôte, qui s'avançait pour le saluer.

—Je n'ai pas cet honneur, monseigneur, répondit celui-ci, les yeux encore éblouis du brillant équipage avec lequel d'Artagnan se présentait.

— Ah! vous ne me connaissez pas!

— Non, monseigneur.

— Eh bien! deux mots vont vous rendre la mémoire. Qu'avez-vous fait de ce gentilhomme à qui vous eûtes l'audace, voici quinze jours passés à peu près, d'intenter une accusation de fausse monnaie?

L'hôte pâlit, car d'Artagnan avait pris l'attitude la plus menaçante, et Planchet se modelait sur son maître.

— Ah! monseigneur, ne m'en parlez pas, s'écria l'hôte de son ton de voix le plus larmoyant; ah! seigneur, combien j'ai payé cher cette faute. Ah! malheureux que je suis !

— Ce gentilhomme, vous dis-je, qu'est-il devenu?

— Daignez m'écouter, monseigneur, et soyez clément. Voyons, asseyez-vous, par grâce !

D'Artagnan, muet de colère et d'inquiétude, s'assit menaçant comme un juge. Planchet s'adossa fièrement à son fauteuil.

— Voici l'histoire, monseigneur, reprit l'hôte tout tremblant, car je vous reconnais à cette heure : c'est vous qui êtes parti quand j'eus ce malheureux démêlé avec ce gentilhomme dont vous parlez.

—Oui, c'est moi; ainsi vous voyez bien que vous n'avez pas de grâce à attendre si vous ne me dites pas toute la vérité.

— Aussi, veuillez m'écouter, et vous la saurez tout entière.

— J'écoute.

—J'avais été prévenu par les autorités qu'un faux monnayeur célèbre arriverait à mon auberge avec plusieurs de ses compagnons, tous déguisés sous le costume de gardes ou de mousquetaires. Vos chevaux, vos laquais, votre figure, messeigneurs, tout m'avait été dépeint.

— Après, après? dit d'Artagnan, qui reconnut bien vite d'où venait le signalement si exactement donné.

—Je pris donc, d'après les ordres de l'autorité, qui m'envoya un renfort de six hommes, telles mesures que je crus urgentes afin de m'assurer de la personne des prétendus faux monnayeurs.

—Encore! dit d'Artagnan, à qui ce mot de faux monnayeurs échauffait terriblement les oreilles.

—Pardonnez-moi, monseigneur, de dire de telles choses, mais elles sont justement mon excuse. L'autorité m'avait fait peur, et vous savez qu'un aubergiste doit ménager l'autorité.

—Mais, encore une fois, ce gentilhomme, où est-il? qu'est-il devenu? Est-il mort? est-il vivant?

— Patience, monseigneur, nous y voici. Il arriva donc ce que vous savez, et dont votre départ précipité, ajouta l'hôte avec une finesse qui n'échappa point à d'Artagnan, semblait autoriser l'issue. Ce gentilhomme, votre ami, se défendit en désespéré. Son valet, qui, par un malheur imprévu, avait cherché querelle aux gens de l'autorité, déguisés en garçons d'écurie.....

— Ah! misérable! s'écria d'Artagnan, vous étiez tous d'accord, et je ne sais à quoi tient que je ne vous extermine tous!

— Hélas! non, monseigneur, nous n'étions pas tous d'accord, et vous l'allez bien voir. Monsieur votre ami (pardon de ne point l'appeler par le nom honorable qu'il porte sans doute, mais nous ignorons ce nom), monsieur votre ami, après avoir mis hors de combat deux hommes de ses deux coups de pistolet, battit en retraite, en se défendant avec son épée, dont il estropia encore un de mes hommes, et d'un coup du plat de laquelle il m'étourdit.

—Mais, bourreau, finiras-tu! dit d'Artagnan. Athos, que devint Athos?

—En battant en retraite, comme je l'ai dit à monseigneur, il trouva derrière lui l'escalier de la cave, et, comme la porte était ouverte, il tira la clef à lui et se barricada en dedans. Comme on était sûr de le retrouver là, on le laissa libre.

— Oui, dit d'Artagnan, on ne tenait pas tout à fait à le tuer, on ne cherchait qu'à l'emprisonner.

— Juste Dieu ! à l'emprisonner, mon-seigneur ? il s'emprisonne bien lui-même, je vous le jure. D'abord il avait fait de rude besogne ; un homme était tué sur le coup, et deux autres étaient blessés grièvement. Le mort et les deux blessés furent emportés par leurs camarades, et jamais je n'ai plus entendu parler ni des uns ni des autres. Moi-même, quand je repris mes sens, j'allai trouver M. le gouverneur, auquel je racontai tout ce qui s'était passé, et auquel je demandai ce que je devais faire du prisonnier, mais M. le gouverneur eut l'air de tomber des nues ; il me dit qu'il ignorait complétement ce que je voulais dire, que les ordres qui m'étaient parve-nus n'émanaient pas de lui, et que si j'a-vais le malheur de dire à qui que ce fût qu'il était pour quelque chose dans toute cette échaufourée, il me ferait prendre. Il paraît que je m'étais trompé, monsieur, que j'avais arrêté l'un pour l'autre, et que celui qu'on devait arrêter était sauvé.

— Mais Athos? s'écria d'Artagnan, dont l'impatience doublait de l'abandon où l'autorité laissait la chose ; Athos, qu'est-il devenu ?

— Comme j'avais hâte de réparer mes torts envers le prisonnier, reprit l'aubergiste, je m'acheminai vers la cave afin de lui rendre sa liberté. Ah, monsieur, ce n'était plus un homme, c'était un diable. A cette proposition de liberté, il déclara que c'était un piége qu'on lui tendait et qu'avant de sortir il entendait imposer ses conditions. Je lui dis bien humblement, car je ne me dissimulais pas la mauvaise position où je m'étais mis en portant la main sur un mousquetaire de Sa Majesté, je lui dis que j'étais prêt à me soumettre à ses conditions.

— D'abord, dit-il, je veux qu'on me rende mon valet tout armé.

On s'empressa d'obéir à cet ordre ; car, vous comprenez bien, monsieur, nous étions disposés à faire tout ce que voudrait votre ami. M. Grimaud (il a dit son nom, celui-là, quoiqu'il ne parle pas beaucoup), M. Grimaud fut donc descendu à la cave, tout blessé qu'il était ; alors, son maître l'ayant reçu, rebarricada la porte et nous ordonna de rester dans notre boutique.

— Mais enfin, s'écria d'Artagnan, où
est-il? où est Athos?

— Dans la cave, monsieur.

— Comment, malheureux, vous le re-
tenez dans la cave depuis ce temps-là?

— Bonté divine! Non, monsieur. Nous,
le retenir dans la cave! Vous ne savez donc
pas ce qu'il y fait, dans la cave? Ah! si vous
pouviez l'en faire sortir, monsieur, je vous
en serais reconnaissant toute ma vie, je
vous adorerais comme mon patron.

— Alors il est là? je le retrouverai là?

— Sans doute, monsieur; il s'est obs-
tiné à y rester. Tous les jours on lui passe

par le soupirail du pain au bout d'une fourche, et de la viande quand il en demande; mais, hélas! ce n'est pas de pain et de viande qu'il fait la plus grande consommation. Une fois j'ai essayé de descendre avec deux de mes garçons, mais il est entré dans une terrible fureur. J'ai entendu le bruit de ses pistolets qu'il armait et de son mousqueton qu'armait son domestique. Puis comme nous leur demandions quelles étaient leurs intentions, le maître a répondu qu'ils avaient quarante coups à tirer lui et son laquais, et qu'ils les tireraient jusqu'au dernier plutôt que de permettre qu'un seul de nous mît le pied dans la cave. Alors, monsieur, j'ai été me plaindre au gouverneur, lequel m'a répondu que je n'avais que ce que je méritais et que cela m'apprendrait à insulter les honorables seigneurs qui prenaient gîte chez moi.

— De sorte que depuis ce temps... reprit d'Artagnan ne pouvant s'empêcher de rire de la figure piteuse de son hôte.

— De sorte que depuis ce temps, monsieur, continua celui-ci, nous menons la vie la plus triste qui se puisse voir; car, monsieur, il faut que vous sachiez que toutes nos provisions sont dans la cave : il y a notre vin en bouteilles et notre vin en pièces, la bière, l'huile et les épices, le lard et les saucissons; et, comme il nous est défendu d'y descendre, nous sommes forcés de refuser le boire et le manger aux voyageurs qui nous arrivent, de sorte que tous les jours notre hôtellerie se perd. En-

23.

core une semaine avec votre ami dans ma cave, et nous sommes ruinés.

—Et ce sera justice, drôle. Ne voyait-on pas bien, à notre mine, que nous étions gens de qualité et non faussaires, dites?

—Oui, monsieur, oui, vous avez raison, dit l'hôte. Mais tenez, tenez, le voilà qui s'emporte.

—Sans doute qu'on l'aura troublé, dit d'Artagnan.

—Mais il faut bien qu'on le trouble, s'écria l'hôte; il vient de nous arriver deux gentilshommes anglais.

—Eh bien?

—Eh bien! les Anglais aiment le bon

vin, comme vous savez, monsieur; ceux-
ci ont demandé du meilleur. Ma femme
alors aura sollicité de M. Athos la permission d'entrer pour satisfaire ces messieurs,
et il aura refusé comme de coutume. Ah!
bonté divine! voilà le sabbat qui redouble!

D'Artagnan, en effet, entendit mener
un grand bruit du côté de la cave; il se
leva, et précédé de l'hôte, qui se tordait
les mains, et suivi de Planchet, qui tenait
son mousqueton tout armé, il s'approcha
du lieu de la scène.

Les deux gentilshommes étaient exas-
pérés, ils avaient fait une longue course et
mouraient de faim et de soif.

— Mais c'est une tyrannie! s'écriaient-ils en très-bon français quoique avec un accent étranger, que ce maître fou ne veuille pas laisser à ces bonnes gens l'usage de leur vin. Çà, nous allons enfoncer la porte, et s'il est trop enragé, eh bien! nous le tuerons.

— Tout beau, messieurs! dit d'Artagnan en tirant ses pistolets de sa ceinture ; vous ne tuerez personne, s'il vous plaît.

— Bon, bon! disait derrière la porte la voix calme d'Athos, qu'on les laisse un peu entrer, ces mangeurs de petits enfants, et nous allons voir.

Tout braves qu'ils paraissaient être, les deux gentilshommes anglais se regardèrent en hésitant; on eût dit qu'il y avait dans cette cave un de ces ogres faméliques, gigantesques héros de légendes populaires et dont nul ne force impunément la caverne.

Il y eut un moment de silence; mais enfin les deux Anglais eurent honte de reculer, et le plus hargneux des deux descendit les cinq ou six marches dont se composait l'escalier, et donna dans la porte un coup de pied à fendre une muraille.

— Planchet, dit Artagnan en armant ses pistolets, je me charge de celui qui est en haut, charge-toi de celui qui est en bas. Ah, messieurs! vous voulez de la bataille! eh bien, on va vous en donner!

— Mon Dieu, s'écria la voix creuse d'Athos, j'entends d'Artagnan, ce me semble.

— En effet, dit d'Artagnan en haussant la voix à son tour, c'est moi-même, mon ami.

— Ah, bon! alors, dit Athos, nous allons les travailler, ces enfonceurs de portes!

Les gentilshommes avaient mis l'épée à la main, mais ils se trouvaient pris entre deux feux; ils hésitèrent un instant encore; mais, comme la première fois, l'orgueil l'emporta, et un second coup de pied fit craquer la porte dans toute sa hauteur.

— Range-toi, d'Artagnan, range-toi, cria Athos, range-toi, je vais tirer.

— Messieurs! cria d'Artagnan, que la réflexion n'abandonnait jamais; messieurs, songez-y! De la patience, Athos. Vous vous engagez là dans une mauvaise affaire et vous allez être criblés. Voici mon valet et moi qui vous lâcherons trois coups de feu, autant vous arriveront de la cave; puis nous aurons encore nos épées, dont, je vous assure, mon ami et moi nous jouons passablement. Laissez-moi faire vos affaires et les miennes. Tout à l'heure vous aurez à boire, je vous en donne ma parole.

— S'il en reste, grogna la voix railleuse d'Athos.

L'hôtelier sentit une sueur froide couler le long de son échine.

— Comment, s'il en reste! murmura-t-il.

— Que diable! il en restera, reprit

d'Artagnan ; soyez donc tranquille, à eux deux ils n'auront pas bu toute la cave. Messieurs, remettez vos épées au fourreau.

— Eh bien ! vous, remettez vos pistolets à votre ceinture.

— Volontiers.

Et d'Artagnan donna l'exemple. Puis, se retournant vers Planchet, il lui fit signe de désarmer son mousqueton.

Les Anglais, convaincus, remirent en grommelant leurs épees au fourreau. On leur raconta l'histoire de l'emprisonnement d'Athos. Et comme ils étaient bons gentils-hommes, ils donnèrent tort à l'hôtelier.

— Maintenant, messieurs, dit d'Artagnan, remontez chez vous, et, dans dix minutes, je vous réponds qu'on vous y portera tout ce que vous pourrez désirer.

Les Anglais saluèrent et sortirent.

— Maintenant que je suis seul, mon cher Athos, dit d'Artagnan, ouvrez-moi la porte, je vous en prie.

— A l'instant même, dit Athos.

Alors on entendit un grand bruit de fagots entrechoqués et de poutres gémissantes : c'étaient les contrescarpes et les bastions d'Athos, que l'assiégé démolissait lui-même.

Un instant après la porte s'ébranla, et l'on vit paraître la tête pâle d'Athos qui,

d'un coup d'œil rapide, explorait les environs.

D'Artagnan se jeta à son cou et l'em-
brassa tendrement; puis il voulut l'entraîner hors de ce séjour humide, alors seulement il s'aperçut qu'Athos chancelait.

— Vous êtes blessé? lui dit-il.

— Moi! pas le moins du monde; je suis
ivre-mort, voilà tout, et jamais homme
n'a mieux fait ce qu'il fallait pour cela.
Vive Dieu, mon hôte! il faut que j'en aie
bu au moins pour ma part cent cinquante
bouteilles.

— Miséricorde! s'écria l'hôte, si le valet
en a bu la moitié du maître seulement, je
suis ruiné.

— Grimaud est un laquais de bonne maison, qui ne se serait pas permis de faire le même ordinaire que moi; il a bu à la pièce seulement : tenez, je crois qu'il a oublié de remettre le fosset. Entendez-vous? cela coule !

D'Artagnan partit d'un éclat de rire, qui changea le frisson de l'hôte en fièvre chaude.

En même temps, Grimaud parut à son tour derrière son maître, le mousqueton sur l'épaule, la tête tremblante, comme ces satyres ivres des tableaux de Rubens. Il était arrosé par-devant et par-derrière d'une liqueur grasse que l'hôte reconnut pour être sa meilleure huile d'olive.

Le cortége traversa la grande salle et

alla s'installer dans la meilleure chambre de l'auberge, que d'Artagnan occupa d'autorité.

Pendant ce temps l'hôte et sa femme se précipitèrent avec des lampes dans la cave qui leur avait été si long-temps interdite et où un affreux spectacle les attendait.

Au delà des fortifications auxquelles Athos avait fait brèche pour sortir et qui se composaient de fagots, de planches et de futailles vides entassés selon toutes les règles de l'art stratégique, on voyait çà et là, nageant dans des mares d'huile et de vin, les ossements de tous les jambons mangés, tandis qu'un amas de bouteilles cassées jonchait tout l'angle gauche de la cave et qu'un tonneau, dont le robinet

était resté ouvert, perdait par cette ouver-
ture les dernières gouttes de son sang.
L'image de la dévastation et de la mort,
comme dit le poète de l'antiquité, régnait
là comme sur un champ de bataille.

Sur cinquante saucissons pendus aux
solives, dix restaient à peine.

Alors les hurlements de l'hôte et de
l'hôtesse percèrent la voûte de la cave,
d'Artagnan lui-même en fut ému. Athos
ne tourna pas même la tête.

Mais à la douleur succéda la rage. L'hôte
s'arma d'une broche, et, dans son désespoir, s'élança dans la chambre où les deux
amis s'étaient retirés.

—Du vin! dit Athos en apercevant l'hôte.

—Du vin! s'écria l'hôte stupéfait, du vin! mais vous m'en avez bu pour plus de cent pistoles; mais je suis un homme ruiné, perdu, anéanti!

—Bah! dit Athos, nous sommes constamment restés sur notre soif.

—Si vous vous étiez contentés de boire, encore; mais vous avez cassé toutes les bouteilles.

—Vous m'avez poussé sur un tas qui a dégringolé. C'est votre faute.

—Toute mon huile perdue!

—L'huile est un baume souverain

pour les blessures, et il fallait bien que ce pauvre Grimaud pansât celles que vous lui avez faites.

— Tous mes saucissons rongés !

— Il y a énormément de rats dans cette cave.

— Vous allez me payer tout cela, cria l'hôte exaspéré.

— Triple drôle, dit Athos en se soulevant; mais il retomba aussitôt : il venait de donner la mesure de ses forces. D'Artagnan vint à son secours en levant sa cravache.

L'hôte recula d'un pas et se mit à fondre en larmes.

— Cela vous apprendra, dit d'Artagnan,

III.   24

à traiter d'une façon plus courtoise les hôtes que Dieu vous envoie.

— Dieu ! dites le diable !

— Mon cher ami, dit d'Artagnan, si vous nous rompez encore les oreilles, nous allons nous renfermer tous les quatre dans votre cave, et nous verrons si véritablement le dégât est aussi grand que vous le dites.

— Eh bien, oui, messieurs ! dit l'hôte, j'ai tort, je l'avoue, mais à tout péché miséricorde ; vous êtes des seigneurs et je suis un pauvre aubergiste : vous aurez pitié de moi.

— Ah ! si tu parles comme cela, dit Athos, tu vas me fendre le cœur, et les larmes vont me couler des yeux comme le vin coulait de tes futailles. On n'est pas si diable qu'on en a l'air. Voyons, viens ici et causons.

L'hôte s'approcha avec inquiétude.

— Viens, te dis-je, et n'aie pas peur, continua Athos. Au moment où j'allais te payer, j'avais posé ma bourse sur la table.

— Oui, monseigneur.

— Cette bourse contenait soixante pistoles, où est-elle?

— Déposée au greffe, monseigneur : on avait dit que c'était de la fausse monnaie.

— Eh bien! fais-toi rendre ma bourse et garde les soixante pistoles.

24.

— Mais monseigneur sait bien que le greffe ne lâche pas ce qu'il tient ; si c'était de la fausse monnaie, il y aurait encore de l'espoir, mais malheureusement ce sont de bonnes pièces.

— Arrange-toi avec lui, mon brave homme, cela ne me regarde pas, d'autant plus qu'il ne me reste pas une livre.

— Voyons, dit d'Artagnan, l'ancien cheval d'Athos, où est-il ?

— A l'écurie.

— Combien vaut-il ?

— Cinquante pistoles tout au plus.

— Il en vaut quatre-vingts, prends-le et que tout soit dit.

— Comment! tu vends mon cheval, dit Athos, tu vends mon Bajazet? et sur quoi ferai-je la campagne? sur Grimaud?

— Je t'en amène un autre, dit d'Artagnan.

— Un autre!

— Et magnifique! s'écria l'hôte.

— Alors, s'il y en a un autre plus beau et plus jeune, prends le vieux; et à boire!

— Duquel? demanda l'hôte tout à fait rasséréné.

— De celui qui est au fond, près des lattes; il en reste encore vingt-cinq bouteilles, toutes les autres ont été cassées dans ma chute. Montez-en six.

— Mais c'est un foudre que cet homme! dit l'hôte à part lui ; s'il reste seulement quinze jours ici, et qu'il paye ce qu'il boira, je rétablirai mes affaires.

— Et n'oublie pas, continua d'Artagnan, de monter quatre bouteilles du pareil aux deux seigneurs anglais.

— Maintenant, dit Athos, en attendant qu'on nous apporte du vin, conte-moi, d'Artagnan, ce que sont devenus les autres, voyons.

D'Artagnan lui raconta comment il avait trouvé Porthos dans son lit avec une foulure, et Aramis à une table entre les deux théologiens. Comme il achevait, l'hôte rentra avec les bouteilles demandées et un

jambon qui, heureusement pour lui, était
resté hors de la cave.

— C'est bien, dit Athos en remplissant
son verre et celui de d'Artagnan, voilà pour
Porthos et pour Aramis; mais vous, mon
ami, qu'avez-vous, et que vous est-il arrivé
personnellement? Je vous trouve un air
sinistre.

— Hélas! dit d'Artagnan, c'est que je
suis le plus malheureux de nous tous, moi!

— Toi malheureux, d'Artagnan! dit
Athos. Voyons, comment es-tu malheureux? Dis-moi cela.

— Plus tard, dit d'Artagnan.

— Plus tard, et pourquoi plus tard?
parce que tu crois que je suis ivre, d'Arta-

gnan? Retiens bien ceci : je n'ai jamais les idées plus nettes que dans le vin. Parle donc, je suis tout oreilles.

D'Artagnan raconta son aventure avec madame Bonacieux. Athos l'écouta sans sourciller ; puis, lorsqu'il eut fini :

— Misères que tout cela, dit Athos, misères !

C'était le mot d'Athos.

— Vous dites toujours misères, mon cher Athos ! dit d'Artagnan ; cela vous sied bien mal, à vous qui n'avez jamais aimé.

L'œil mort d'Athos s'enflamma soudain ; mais ce ne fut qu'un éclair, il redevint terne et vague comme auparavant.

— C'est vrai, dit-il tranquillement, je n'ai jamais aimé, moi.

— Vous voyez bien, alors, cœur de pierre, dit d'Artagnan, que vous avez tort d'être dur pour nous autres cœurs tendres.

— Cœurs tendres, cœurs percés, dit Athos.

— Que dites-vous?

— Je dis que l'amour est une loterie où celui qui gagne, gagne la mort! Vous êtes bien heureux d'avoir perdu, croyez-moi, mon cher d'Artagnan. Et si j'ai un conseil à vous donner, c'est de perdre toujours.

— Elle avait l'air de si bien m'aimer!

— Elle en avait l'air.

— Oh! elle m'aimait.

— Enfant! Il n'y a pas un homme qui n'ait cru comme vous que sa maîtresse l'aimait, et il n'y a pas un homme qui n'ait été trompé par sa maîtresse.

— Excepté vous, Athos, qui n'en avez jamais eu.

— C'est vrai, dit Athos après un moment de silence, je n'en ai jamais eu, moi. Buvons!

— Mais alors, philosophe que vous êtes, dit d'Artagnan, instruisez-moi, soutenez-moi; j'ai besoin de savoir et d'être consolé.

— Consolé de quoi?

— De mon malheur.

— Votre malheur fait rire, dit Athos en haussant les épaules; je serais curieux de savoir ce que vous diriez si je vous racontais une histoire d'amour.

— Arrivée à vous?

— Ou à un de mes amis, qu'importe!

— Dites, Athos, dites.

— Buvons, nous ferons mieux.

— Buvez et racontez.

—Au fait, cela se peut, dit Athos en vidant et en remplissant son verre, les deux choses vont à merveille ensemble.

— J'écoute, dit d'Artagnan.

Athos se recueillit, et, à mesure qu'il se recueillait, d'Artagnan le voyait pâlir; il en était à cette période de l'ivresse où les buveurs vulgaires tombent et dorment. Lui, il rêvait tout haut sans dormir. Ce somnambulisme de l'ivresse avait quelque chose d'effrayant.

— Vous le voulez absolument? demanda-t-il.

— Je vous en prie, dit d'Artagnan.

— Qu'il soit donc fait comme vous le désirez. Un de mes amis... un de mes amis, entendez-vous bien? pas moi, dit Athos en s'interrompant avec un sourire sombre; un des comtes de ma province, c'est-à-dire du Berry, noble comme un Dandolo ou un Montmorency, devint amoureux à vingt-cinq ans d'une jeune fille de seize, belle comme les amours. A travers la naïveté de son âge perçait un esprit ardent, un esprit, non pas de femme, mais de poète; elle ne plaisait pas, elle enivrait; elle vivait dans un petit bourg, près de son frère, qui était curé. Tous deux étaient arrivés dans le pays : ils venaient on ne savait d'où ; mais en la voyant si belle et en voyant son frère si pieux, on ne songeait pas à leur demander d'où ils venaient. Du reste, on les disait de bonne extraction. Mon ami, qui était le seigneur du pays, aurait pu la séduire ou la prendre de force, à son gré, il était le maître; qui serait venu à l'aide de deux étrangers, de deux inconnus? Malheureusement il était honnête homme, il l'épousa. Le sot, le niais, l'imbécile!

— Mais pourquoi cela, puisqu'il l'aimait? demanda d'Artagnan.

— Attendez donc, dit Athos. Il l'emmena dans son château, et en fit la première dame de sa province; et, il faut lui rendre justice, elle tenait parfaitement son rang.

— Eh bien? demanda d'Artagnan.

— Eh bien! un jour qu'elle était à la chasse avec son mari, continua Athos à voix basse et en parlant fort vite, elle tomba de cheval et s'évanouit; le comte s'élança à son secours, et comme elle étouffait dans ses habits il les fendit avec son poignard, et lui découvrit l'épaule. Devinez ce qu'elle avait sur l'épaule, d'Artagnan? dit Athos avec un grand éclat de rire.

— Puis-je le savoir? demanda d'Artagnan.

— Une fleur de lis, dit Athos. Elle était marquée.

Et Athos vida d'un seul trait le verre qu'il tenait à la main.

— Horreur! s'écria d'Artagnan, que me dites-vous là?

— La vérité. Mon cher, l'ange était un démon. La pauvre jeune fille avait volé.

— Et que fit le comte?

— Le comte était un grand seigneur, il avait sur ses terres droit de justice basse et haute, il acheva de déchirer les habits de la comtesse, il lui lia les mains derrière le dos et la pendit à un arbre.

—Ciel! Athos! un meurtre! s'écria d'Artagnan.

— Oui, un meurtre, pas davantage, dit Athos pâle comme la mort. Mais on me laisse manquer de vin, ce me semble.

Et Athos saisit au goulot la dernière bouteille qui restait, l'approcha de sa bouche et la vida d'un trait comme il eût fait d'un verre ordinaire.

Puis il laissa tomber sa tête sur ses deux mains; d'Artagnan demeura devant lui saisi d'épouvante.

— Cela m'a guéri des femmes, belles, poétiques et amoureuses, dit Athos en se relevant et sans songer à continuer l'apologue du comte. Dieu vous en accorde autant! — Buvons!

— Ainsi elle est morte? balbutia d'Artagnan.

— Parbleu! dit Athos. Mais tendez votre verre. Du jambon, drôle! cria Athos, nous ne pouvons plus boire!

— Et son frère? ajouta timidement d'Artagnan.

— Son frère? reprit Athos.

— Oui, le prêtre.

— Ah! je m'en informai pour le faire pendre à son tour; mais il avait pris les devants, il avait quitté sa cure depuis la veille.

—A-t-on su au moins ce que c'était que ce misérable?

—C'était sans doute le premier amant et le complice de la belle, un digne homme qui avait fait semblant d'être curé peut-être pour marier sa maîtresse et lui assurer un sort. Il aura été écartelé, je l'espère.

— Oh ! mon Dieu ! mon Dieu ! fit d'Artagnan tout étourdi de cette horrible aventure.

— Mangez donc de ce jambon, d'Artagnan, il est exquis, dit Athos en coupant une tranche qu'il mit sur l'assiette du jeune homme. Quel malheur qu'il n'y en ait pas eu seulement quatre comme celui-là dans la cave, j'aurais bu cinquante bouteilles de plus.

D'Artagnan ne pouvait plus supporter cette conversation, qui l'eût rendu fou ; il laissa tomber sa tête sur ses deux mains et fit semblant de s'endormir.

— Les jeunes gens ne savent plus boire, dit Athos en le regardant en pitié ; et pourtant celui-là est des meilleurs !

FIN DU TROISIÈME VOLUME.

TABLE DES CHAPITRES.

LES TROIS

MOUSQUETAIRES.

PARIS. IMPRIMÉ PAR BÉTHUNE ET PLON,

RUE DE VAUGIRARD, 36.

LES TROIS MOUSQUETAIRES.

PAR

ALEXANDRE DUMAS.

IV.

PARIS.

BAUDRY, LIBRAIRE-ÉDITEUR,

34, RUE COQUILLIÈRE;

ET RUE DE LA CHAUSSÉE-D'ANTIN, 22.

M DCCC XLIV.

1844

LES TROIS MOUSQUETAIRES.

CHAPITRE PREMIER.

RETOUR.

D'Artagnan était resté étourdi de la terrible confidence d'Athos ; cependant bien des choses lui paraissaient encore obscures dans cette demi-révélation : d'abord elle avait été faite par un homme tout à fait ivre à un homme qui l'était à moitié, et cependant, malgré ce vague que fait monter au cerveau la fumée de deux ou trois bouteilles de bourgogne, d'Artagnan, en se réveillant le lendemain matin, avait chaque parole d'Athos aussi présente à son esprit que si, à mesure qu'elles étaient tombées de sa bouche, elles s'étaient imprimées dans son esprit. Tout ce doute ne lui donna qu'un plus vif désir d'arriver à une certitude, et il passa chez son ami avec l'intention bien arrêtée de renouer sa conversation de la veille; mais il trouva Athos de sens tout à fait rassis, c'est-à-dire le plus fin et le plus impénétrable des hommes.

Au reste, le mousquetaire, après avoir échangé avec lui une poignée de main, alla le premier au-devant de sa pensée.

—J'étais bien ivre hier, mon cher d'Artagnan, dit-il, j'ai senti cela ce matin à ma langue, qui était encore fort épaisse, et à mon pouls, qui était encore fort agité; je parie que j'ai dit mille extravagances.

Et, en disant ces mots, il regarda son ami avec une fixité qui l'embarrassa.

—Mais non pas, répliqua d'Artagnan, et, si je me le rappelle bien, vous n'avez rien dit que de fort ordinaire.

—Ah, vous m'étonnez! Je croyais vous avoir raconté une histoire des plus lamentables.

Et il regardait le jeune homme comme s'il eût voulu lire au plus profond de son cœur.

1.

— Ma foi! dit d'Artagnan, il paraît que j'étais encore plus ivre que vous, puisque je ne me souviens de rien.

Athos ne se paya point de cette parole, et il reprit :

— Vous n'êtes pas sans avoir remarqué, mon cher ami, que chacun a son genre d'ivresse, triste ou gaie ; moi, j'ai l'ivresse triste, et, quand une fois je suis gris, ma manie est de raconter toutes les histoires lugubres que ma sotte nourrice m'a inculquées dans le cerveau. C'est mon défaut ; défaut capital, j'en conviens, mais, à cela près, je suis bon buveur.

Athos disait cela d'une façon si naturelle, que d'Artagnan fut ébranlé dans sa conviction.

— Oh! c'est donc cela, en effet, reprit le jeune homme en essayant de ressaisir la vérité, c'est donc cela que je me souviens, comme, au reste, on se souvient d'un rêve, que nous avons parlé de pendus.

— Ah! vous voyez bien, dit Athos en pâlissant et cependant en essayant de rire, j'en étais sûr, les pendus sont mon cauchemar, à moi.

— Oui, oui, reprit d'Artagnan, et voilà la mémoire qui me revient; oui, il s'agissait, attendez donc, il s'agissait d'une femme.

— Voyez, répondit Athos en devenant presque livide, c'est ma grande histoire de la femme blonde, et, quand je raconte celle-là, c'est que je suis ivre-mort.

— Oui, c'est cela, dit d'Artagnan, l'histoire de la femme blonde, grande et belle, aux yeux bleus.

— Oui, et pendue.

— Par son mari, qui était un seigneur de votre connaissance, continua d'Artagnan en regardant fixement Athos.

— Eh bien! voyez cependant comme on compromettrait un homme quand on ne sait plus ce que l'on dit, reprit Athos en haussant les épaules, comme s'il se fût pris lui-même en pitié. Décidément je ne veux plus me griser, d'Artagnan, c'est une trop mauvaise habitude.

D'Artagnan garda le silence.

Puis Athos changeant tout à coup de conversation :

—A propos, dit-il, je vous remercie du cheval que vous m'avez amené.

— Est-il de votre goût? demanda d'Artagnan.

— Oui, mais ce n'était pas un cheval de fatigue.

— Vous vous trompez; j'ai fait avec lui dix lieues en moins d'une heure et demie, et il n'y paraissait pas plus que s'il eût fait le tour de la place Saint-Sulpice.

—Ah çà! mais vous allez me donner des regrets.

— Des regrets ?

— Oui, je m'en suis défait.

— Comment cela?

— Voici le fait; ce matin, je me suis réveillé à six heures, vous dormiez comme un sourd, et je ne savais que faire; j'étais encore tout hébété de notre débauche d'hier, je descendis dans la grande salle, et j'avisai un de nos Anglais qui marchandait un cheval à un maquignon, le sien étant mort hier d'un coup de sang. Je m'approchai de lui, et comme je vis qu'il offrait cent pistoles d'un alezan brûlé : Par Dieu, lui dis-je, mon gentilhomme, moi aussi, j'ai un cheval à vendre.

— Et très-beau même, dit-il, je l'ai vu hier; le valet de votre ami le tenait en main.

— Trouvez-vous qu'il vaille cent pistoles?

— Oui, et vous voulez me le donner pour ce prix-là?

— Non, mais je vous le joue.

— Vous me le jouez?

— Oui.

— A quoi?

— Aux dés.

— Ce qui fut dit fut fait; et j'ai perdu le cheval. Ah! mais, par exemple, continua Athos, j'ai regagné le caparaçon.

D'Artagnan fit une mine assez maussade.

— Cela vous contrarie? dit Athos.

— Mais oui, je vous l'avoue, reprit d'Artagnan; ce cheval devait servir à nous faire reconnaître un jour de bataille; c'était un gage, un souvenir. Athos, vous avez eu tort.

— Eh ! mon cher ami, mettez-vous à ma place, reprit le mousquetaire ; je m'ennuyais à périr, moi, et puis, d'honneur, je n'aime pas les chevaux anglais. Voyons, s'il ne s'agit que d'être reconnu par quelqu'un, eh bien ! la selle suffira ; elle est assez remarquable. Quant au cheval, nous trouverons quelque excuse pour motiver sa disparition. Que diable ! un cheval est mortel ; mettons que le mien a eu la morve ou le farcin.

D'Artagnan ne se déridait pas.

— Cela me contrarie, continua Athos, que vous paraissiez tant tenir à ces animaux, car je ne suis pas au bout de mon histoire.

— Qu'avez-vous donc fait encore ?

— Après avoir perdu mon cheval, neuf contre dix, voyez le coup, l'idée me vint de jouer le vôtre.

— Oui, mais vous vous en tîntes, j'espère, à l'idée?

— Non pas, je la mis à exécution à l'instant même.

— Ah, par exemple! s'écria d'Artagnan inquiet.

— Je jouai, et je perdis.

— Mon cheval?

— Votre cheval : sept contre huit; faute d'un point... vous connaissez le proverbe.

— Athos, vous n'êtes pas dans votre bon sens, je vous jure!

— Mon cher, c'était hier, quand je vous

contais mes sottes histoires, qu'il fallait me dire cela, et non pas ce matin. Je le perdis donc avec tous les équipages et harnais possibles.

— Mais c'est affreux !

— Attendez donc, vous n'y êtes point, je ferais un joueur excellent, si je ne m'entêtais pas; mais je m'entête; c'est comme quand je bois, je m'entêtai donc....

— Mais que pûtes-vous jouer, il ne vous restait plus rien?

— Si fait, si fait, mon ami; il nous restait ce diamant qui brille à votre doigt, et que j'avais remarqué hier.

— Ce diamant! s'écria d'Artagnan en portant vivement la main à sa bague.

— Et comme je suis connaisseur, en ayant eu quelques-uns pour mon propre compte, je l'avais estimé mille pistoles.

— J'espère, dit sérieusement d'Artagnan à demi mort de frayeur, que vous n'avez aucunement fait mention de mon diamant?

—Au contraire, cher ami, vous comprenez, ce diamant devenait notre seule ressource; avec lui, je pouvais regagner nos harnais et nos chevaux, et de plus, l'argent pour faire la route.

—Athos, vous me faites frémir! s'écria d'Artagnan.

— Je parlai donc de votre diamant à mon partner, lequel l'avait aussi remar-

qué. Que diable aussi, mon cher, vous portez à votre doigt une étoile du ciel, et vous
ne voulez pas qu'on y fasse attention? Impossible !

— Achevez, mon cher, achevez! dit
d'Artagnan, car, d'honneur! avec votre
sang-froid, vous me faites mourir !

— Nous divisâmes donc ce diamant en
dix parties de cent pistoles chacune.

— Ah, vous voulez rire et m'éprouver !
dit d'Artagnan, que la colère commençait
à prendre aux cheveux comme Minerve
prend Achille dans l'*Iliade*.

— Non, je ne plaisante pas, mordieu !
j'aurais bien voulu vous y voir, vous ! il y
avait quinze jours que je n'avais envisagé

face humaine et que j'étais là à m'abrutir en m'abouchant avec des bouteilles.

— Ce n'est point une raison pour jouer mon diamant, cela ! répondit d'Artagnan en serrant sa main avec une crispation nerveuse.

— Écoutez donc la fin ; dix parties de cent pistoles chacune en dix coups sans revanche ; en treize coups je perdis tout, en treize coups, le nombre 13 m'a toujours été fatal ; c'était le treize du mois de juillet que...

— Ventrebleu! s'écria d'Artagnan en se levant de table, l'histoire du jour lui faisant oublier celle de la veille.

—Patience, dit Athos, j'avais un plan. L'Anglais était un original, je l'avais vu le matin causer avec Grimaud, et Grimaud m'avait averti qu'il lui avait fait des propositions pour entrer à son service. Je lui joue Grimaud, le silencieux Grimaud, divisé en dix portions.

— Ah, pour le coup! dit d'Artagnan éclatant de rire malgré lui.

— Grimaud lui-même, entendez-vous cela! et avec les dix parts de Grimaud, qui ne vaut pas en tout un ducaton, je regagne le diamant. Dites maintenant que la persistance n'est pas une vertu.

— Ma foi, c'est très-drôle! s'écria d'Artagnan consolé et se tenant les côtes de rire.

— Vous comprenez que me sentant en

veine, je me remis aussitôt à jouer sur le diamant.

—Ah! diable, dit d'Artagnan, assombri de nouveau.

—J'ai regagné vos harnais, puis votre cheval, puis mes harnais, puis mon cheval, puis reperdu. Bref, j'ai rattrapé votre harnais, puis le mien. Voilà où nous en sommes. C'est un coup superbe ; aussi je m'en suis tenu là.

D'Artagnan respira comme si on lui eût enlevé l'hôtellerie de dessus la poitrine.

— Enfin, le diamant me reste, dit-il timidement.

— Intact, cher ami ; plus les harnais de votre Bucéphale et du mien.

— Mais que ferons-nous de nos harnais sans chevaux ?

— J'ai une idée sur eux.

— Athos, vous me faites frémir.

— Écoutez, vous n'avez pas joué depuis long-temps, vous, d'Artagnan ?

— Et je n'ai point l'envie de jouer.

— Ne jurons de rien. Vous n'avez pas joué depuis long-temps, disais-je, vous devez donc avoir la main bonne.

— Eh bien ! après ?

— Eh bien ! l'Anglais et son compagnon sont encore là. J'ai remarqué qu'ils regrettaient beaucoup les harnais. Vous, vous paraissez tenir à votre cheval. A votre place, je jouerais vos harnais contre votre cheval.

— Mais il ne voudra pas un seul harnais.

— Jouez les deux, pardieu ! je ne suis point un égoïste comme vous, moi.

— Vous feriez cela ? dit d'Artagnan indécis, tant la confiance d'Athos commençait à le gagner à son insu.

— Parole d'honneur, en un seul coup.

—Mais c'est qu'ayant perdu les chevaux, je tenais énormément à conserver du moins les harnais.

—Jouez votre diamant alors.

2.

— Oh ! ceci , c'est autre chose ; jamais , jamais.

— Diable ! dit Athos, je vous proposerais bien de jouer Planchet ; mais comme cela a déjà été fait, l'Anglais ne voudrait peut-être plus.

— Décidément, mon cher Athos, dit d'Artagnan , j'aime mieux ne rien risquer.

— C'est dommage , dit froidement Athos, l'Anglais est cousu de pistoles. Eh ! mon Dieu ! essayez un coup ; un coup est bientôt joué.

— Et si je perds ?

— Vous gagnerez.

— Mais si je perds ?

— Eh bien ! vous donnerez les harnais.

— Va pour un coup, dit d'Artagnan.

Athos se mit en quête de l'Anglais et le trouva dans l'écurie, où il examinait les harnais d'un œil de convoitise. L'occasion était bonne. Il fit ses conditions : les deux harnais contre un cheval ou cent pistoles, à choisir. L'Anglais calcula vite : les deux harnais valaient bien trois cents pistoles à eux deux ; il topa.

D'Artagnan jeta les dés en tremblant et amena le nombre trois ; sa pâleur effraya Athos, qui se contenta de dire :

— Voilà un triste coup, compagnon ; vous aurez les chevaux tout harnachés, monsieur.

L'Anglais, triomphant, ne se donna même pas la peine de rouler les dés, il les jeta sur la table sans regarder, tant il était sûr de la victoire ; d'Artagnan s'était détourné pour cacher sa mauvaise humeur.

— Tiens, tiens, tiens, dit Athos avec sa voix tranquille, ce coup de dé est extraordinaire, et je ne l'ai vu que quatre fois dans ma vie : deux as !

L'Anglais regarda et fut saisi d'étonnement, d'Artagnan regarda et fut saisi de plaisir.

— Oui, continua Athos, quatre fois seulement : une fois chez M. de Créquy ; une autre fois chez moi à la campagne, dans mon château de..... quand j'avais un château ; une troisième fois chez M. de Treville, où il nous surprit tous ; enfin une quatrième fois au cabaret, où il échut à moi et où je perdis sur lui cent louis et un souper.

— Alors monsieur reprend son cheval, dit l'Anglais.

— Certes, dit d'Artagnan.

— Alors il n'y a pas de revanche.

— Nos conditions disaient pas de revanche, vous vous le rappelez.

— C'est vrai ; le cheval va être rendu à votre valet, monsieur.

— Un moment, dit Athos ; avec votre permission, monsieur, je demande à dire un mot à mon ami.

— Dites.

Athos tira d'Artagnan à part.

— Eh bien! lui dit d'Artagnan, que me veux-tu encore, tentateur, tu veux que je joue, n'est-ce pas?

— Non, je veux que vous réfléchissiez.

— A quoi?

— Vous allez reprendre le cheval, n'est-ce pas?

— Sans doute.

— Vous avez tort, je prendrais les cent pistoles; vous savez que vous avez joué les harnais contre le cheval ou cent pistoles, à votre choix.

— Oüi.

— Je prendrais les cent pistoles.

— Eh bien, moi, je prends le cheval.

— Et vous avez tort, je vous le répète ; que ferons-nous d'un cheval pour nous deux, je ne puis pas monter en croupe, nous aurions l'air de deux fils Aymon qui ont perdu leur frère ; vous ne pouvez pas m'humilier en chevauchant près de moi, en chevauchant sur ce magnifique destrier. Moi, sans balancer un seul instant, je prendrais les cent pistoles, nous avons besoin d'argent pour revenir à Paris.

— Je tiens à ce cheval, Athos.

— Et vous avez tort, mon ami ; un cheval prend un écart, un cheval butte et se couronne, un cheval mange dans un râtelier où a mangé un cheval morveux : voilà un cheval ou plutôt cent pistoles perdues ; puis il faut que le maître nourrisse son cheval, tandis qu'au contraire cent pistoles nourrissent leur maître.

— Mais comment reviendrons-nous?

— Sur les chevaux de nos laquais, pardieu! On verra toujours bien à l'air de nos figures que nous sommes gens de condition.

— La belle mine que nous aurons sur des bidets, tandis qu'Aramis et Porthos caracoleront sur leurs chevaux!

— Aramis! Porthos! s'écria Athos, et il se mit à rire.

— Quoi? demanda d'Artagnan, qui ne comprenait rien à l'hilarité de son ami.

— Bien, bien, continuons, dit Athos.

— Ainsi, votre avis...

—Est de prendre les cent pistoles, d'Artagnan; avec les cent pistoles nous allons festiner jusqu'à la fin du mois, nous avons essuyé des fatigues, voyez-vous, et il sera bon de nous reposer un peu.

— Me reposer! oh! non, Athos, aussitôt à Paris je me mets à la recherche de cette pauvre femme.

— Eh bien! croyez-vous que votre cheval vous sera aussi utile pour cela que de bons louis d'or! Prenez les cent pistoles, mon ami, prenez les cent pistoles.

D'Artagnan n'avait besoin que d'une raison pour se rendre. Celle-là lui parut excellente. D'ailleurs, en résistant plus long-temps, il craignait de paraître égoïste aux yeux d'Athos ; il acquiesça donc et choisit les cent pistoles, que l'Anglais lui compta sur-le-champ.

Puis l'on ne songea plus qu'à partir. La paix signée, outre le vieux cheval d'Athos coûta six pistoles. D'Artagnan et Athos prirent les chevaux de Planchet et de Grimaud, les deux valets se mirent en route à pied portant les selles sur leurs têtes.

Si mal montés que fussent les deux amis, ils prirent bientôt les devant sur leurs laquais et arrivèrent à Crèvecœur. De loin ils aperçurent Aramis mélancoliquement appuyé sur sa fenêtre et regardant comme *ma sœur Anne* poudroyer l'horizon.

— Holà ! eh ! Aramis ! que diable faites-vous donc là ? crièrent les deux amis.

— Ah ! c'est vous, d'Artagnan, c'est vous, Athos, dit le jeune homme, je songeais avec quelle rapidité s'en vont les biens de ce monde, et mon cheval anglais qui s'éloignait et qui vient de disparaître au milieu d'un tourbillon de poussière m'était une vivante image de la fragilité des choses de la terre. La vie elle-même peut se résoudre en trois mots : *Erat, est, fuit.*

— Cela veut dire, au fond ? demanda d'Artagnan, qui commençait à se douter de la vérité.

— Cela veut dire que je viens de faire un marché de dupe : soixante louis, un cheval qui, à la manière dont il file, peut faire au trot cinq lieues à l'heure !

D'Artagnan et Athos éclatèrent de rire.

— Mon cher d'Artagnan, dit Aramis, ne m'en voulez pas trop, je vous prie, nécessité n'a pas de loi ; d'ailleurs je suis le premier puni, puisque cet infâme maquignon m'a volé de cinquante louis au moins. Ah ! vous êtes bons messagers, vous autres ! vous venez sur les chevaux de vos laquais et vous faites mener vos chevaux de luxe en main, doucement et à petites journées !

Au même instant un fourgon, qui depuis quelques instants pointait sur la route d'Amiens, s'arrêta et l'on vit sortir Grimaud et Planchet leurs selles sur la tête. Le fourgon retournait à vide vers Paris, et les deux laquais s'étaient engagés, moyennant leur transport, à désaltérer le voiturier tout le long de la route.

— Qu'est-ce que cela! dit Aramis en voyant ce qui se passait, rien que les selles?

— Comprenez-vous maintenant? dit Athos.

— Mes amis, c'est exactement comme moi. J'ai conservé le harnais, par instinct. Holà, Bazin! portez mon harnais neuf auprès de celui de ces messieurs.

— Et qu'avez-vous fait de vos curés? demanda d'Artagnan.

— Mon cher, je les ai invités à dîner le

lendemain, dit Aramis : il y a ici du vin exquis, cela soit dit en passant, je les ai grisés de mon mieux ; alors le curé m'a défendu de quitter la casaque, et le jésuite m'a prié de le faire recevoir mousquetaire.

— Sans thèse, cria d'Artagnan, sans thèse ! je demande la suppression de la thèse, moi !

— Depuis lors, continua Aramis, je vis agréablement. J'ai commencé un poème en vers d'une syllabe ; c'est assez difficile, mais le mérite en toutes choses est dans la difficulté. La matière en est galante, je vous lirai le premier chant, il a quatre cents vers et dure une minute.

— Ma foi, mon cher Aramis, dit d'Artagnan, qui détestait presque autant les vers que le latin, ajoutez au mérite de la difficulté celui de la briéveté, et vous êtes sûr au moins que votre poème aura deux mérites.

— Puis, continua Aramis, il respire des passions honnêtes, vous verrez. Ah çà! mes amis, nous retournons donc à Paris? Bravo, je suis prêt; nous allons donc revoir ce bon Porthos, tant mieux, vous ne croyez pas qu'il me manquait, ce grand niais-là? Ce n'est pas lui qui aurait vendu son cheval, fût-ce contre un royaume. Je voudrais déjà le voir sur sa bête et sur sa selle. Il aura, j'en suis sûr, l'air du grand-Mogol.

On fit une halte d'une heure pour faire souffler les chevaux; Aramis solda son compte, plaça Bazin dans le fourgon avec ses camarades, et l'on se mit en route pour aller retrouver Porthos.

On le trouva debout, moins pâle que ne l'avait vu d'Artagnan à sa première visite, et assis à une table où, quoiqu'il fût seul, figurait un dîner de quatre personnes; ce dîner se composait de viandes galamment troussées, de vins choisis et de fruits superbes.

— Ah, pardieu! dit-il en se levant, vous arrivez à merveille, messieurs; j'en étais justement au potage, et vous allez dîner avec moi.

— Oh! oh! fit d'Artagnan, ce n'est pas Mousqueton qui a pris au lasso de pareilles bouteilles, puis voilà un fricandeau piqué et un filet de bœuf...

— Je me refais, dit Porthos, je me refais, rien n'affaiblit comme ces diables de
foulures; avez-vous eu des foulures, Athos?

— Jamais, seulement je me rappelle que
dans notre échauffourée de la rue Férou je
reçus un coup d'épée qui au bout de quinze
ou dix-huit jours m'avait produit exactement le même effet.

— Mais ce dîner n'était pas pour vous
seul, mon cher Porthos? dit Aramis.

— Non, dit Porthos, j'attendais quelques
gentilshommes du voisinage qui viennent
de me faire dire qu'ils ne viendraient pas,
vous les remplacerez, et je ne perdrai pas
au change. Holà, Mousqueton! des siéges,
et que l'on double les bouteilles.

3.

— Savez-vous ce que nous mangeons ici? dit Athos au bout de dix minutes.

— Pardieu! répondit d'Artagnan, moi je mange du veau piqué aux cardons et à la moelle.

— Et moi des filets d'agneau, dit Porthos.

— Et moi un blanc de volaille, dit Aramis.

— Vous vous trompez tous, messieurs, répondit gravement Athos, vous mangez du cheval.

— Allons donc! dit d'Artagnan.

— Du cheval! fit Aramis avec une grimace de dégoût.

— Porthos seul ne répondit pas.

— Oui, du cheval, n'est-ce pas, Porthos, que nous mangeons du cheval ? peut-être même les caparaçons avec ?

— Non, messieurs, j'ai gardé le harnais, dit Porthos.

— Ma foi, nous nous valons tous, dit Aramis, on dirait que nous nous sommes donné le mot.

— Que voulez-vous, dit Porthos, ce cheval faisait honte à mes visiteurs, et je n'ai pas voulu les humilier !

— Puis, votre duchesse est toujours aux eaux, n'est-ce pas ? reprit d'Artagnan.

— Toujours, répondit Porthos. Or,

ma foi, le gouverneur de la province, un des gentilshommes que j'attendais aujourd'hui à dîner, m'a paru le désirer si fort que je le lui ai donné.

— Donné! s'écria d'Artagnan.

— Oh, mon Dieu! oui, donné! c'est le mot, dit Porthos, car il valait certainement cent cinquante louis, et le ladre n'a voulu me le payer que quatre-vingts.

— Sans la selle? dit Aramis.

— Oui, sans la selle.

— Vous remarquerez, messieurs, dit Athos, que c'est encore Porthos qui a fait le meilleur marché de nous tous.

Ce fut alors un hourra de rires dont le

pauvre Porthos fut tout saisi; mais on lui expliqua bientôt la raison de cette hilarité, qu'il partagea bruyamment selon sa coutume.

— De sorte que nous sommes tous en fonds, dit d'Artagnan.

— Mais pas pour mon compte, dit Athos; j'ai trouvé le vin d'Espagne d'Aramis si bon, que j'en ai fait charger une soixantaine de bouteilles dans le fourgon des laquais : ce qui m'a fort désargenté.

— Et moi, dit Aramis, imaginez donc que j'avais donné jusqu'à mon dernier sou à l'église de Montdidier et aux jésuites d'Amiens; que j'avais pris en outre des engagements qu'il m'a fallu tenir; des messes

LES TROIS MOUSQUETAIRES.

commandées pour moi, et pour vous, messieurs, que l'on dira, messieurs, et dont je ne doute pas que nous ne nous trouvions à merveille.

— Et moi, dit Porthos, ma foulure, croyez-vous qu'elle ne m'a rien coûté ; sans compter la blessure de Mousqueton, pour laquelle j'ai été obligé de faire venir le chirurgien deux fois par jour, lequel m'a fait payer ses visites doubles, sous prétexte que cet imbécile de Mousqueton avait été se faire donner une balle dans un endroit qu'on ne montre ordinairement qu'aux apothicaires ; aussi je lui ai bien recommandé de ne plus se faire blesser là!

— Allons, allons, dit Athos en échangeant un sourire avec d'Artagnan et Aramis, je vois que vous vous êtes conduit grandement à l'égard du pauvre garçon ; c'est d'un bon maître.

— Bref, continua Porthos, ma dépense payée, il me restera bien une trentaine d'écus.

— Et à moi une dixaine de pistoles, dit Aramis.

— Allons, allons, dit Athos, il paraît que nous sommes les Crésus de la société. Combien vous reste-t-il sur vos cent pistoles, d'Artagnan ?

— Sur mes cent pistoles ? D'abord je vous en ai donné cinquante.

— Vous croyez ?

— Pardieu !

— Ah ! c'est vrai, je me rappelle.

— Puis j'en ai payé six à l'hôte.

— Quel animal que cet hôte ! pourquoi lui avez-vous donné six pistoles ?

— C'est vous qui m'avez dit de les lui donner.

— C'est vrai, je suis trop bon. Bref, en reliquat ?

— Vingt-cinq pistoles, dit d'Artagnan.

— Et moi, dit Athos en tirant quelque menue monnaie de sa poche, moi...

— Vous, rien.

— Ma foi, ou si peu de chose que ce n'est pas la peine de rapporter à la masse.

— Maintenant calculons combien nous possédons en tout :

— Porthos ?

— Trente écus.

— Aramis ?

— Dix pistoles.

— Et vous, d'Artagnan ?

— Vingt-cinq.

— Cela fait en tout ? dit Athos.

— Quatre cent soixante-quinze livres ! dit d'Artagnan, qui comptait comme Archimède.

— Arrivés à Paris, nous en aurons bien encore quatre cents, dit Porthos, plus les harnais.

— Mais nos chevaux d'escadron ? dit Aramis.

— Eh bien! des quatre chevaux des laquais nous en ferons deux de maître que nous tirerons au sort, avec les quatre cents livres on en fera un demi pour un des démontés, puis nous donnerons les grattures de nos poches à d'Artagnan, qui a la main bonne, et qui ira les jouer dans le premier tripot venu, voilà!

— Dînons donc, dit Porthos, cela refroidit.

Les quatre amis, plus tranquilles désormais sur leur avenir, firent honneur au repas, dont les restes furent abandonnés à MM. Mousqueton, Bazin, Planchet et Grimaud.

En arrivant à Paris, d'Artagnan trouva une lettre de M. de Tréville qui le prévenait que, sur sa demande, le roi venait de lui accorder la faveur d'entrer dans les mousquetaires.

Comme c'était tout ce que d'Artagnan ambitionnait au monde, à part bien entendu le désir de retrouver madame Bonacieux, il courut tout joyeux chez ses camarades qu'il venait de quitter il y avait une demi-heure, et qu'il trouva fort tristes et fort préoccupés. Ils étaient réunis en conseil chez Athos, ce qui indiquait toujours des circonstances d'une certaine gravité.

M. de Tréville venait de les faire prévenir que l'intention bien arrêtée de Sa Majesté étant d'ouvrir la campagne le 1er mai, ils eussent à préparer incontinent leurs équipages.

Les quatre philosophes se regardèrent

tout ébahis, M. de Tréville ne plaisantait pas sous le rapport de la discipline.

— Et à combien estimez-vous ces équipages? dit d'Artagnan.

— Oh! il n'y a pas à dire, reprit Aramis, nous venons de faire nos comptes avec une lésinerie de Spartiates, et il nous faut à chacun quinze cents livres.

— Quatre fois quinze font soixante, soit six mille livres, dit Athos.

— Moi, dit d'Artagnan, il me semble qu'avec mille livres chacun, il est vrai que je ne parle pas en Spartiate, mais en procureur...

Ce mot de procureur réveilla Porthos.

— Tiens, j'ai une idée! dit-il.

— C'est déjà quelque chose, moi je n'en ai pas même l'ombre, dit froidement Athos; mais quant à d'Artagnan, messieurs, le bonheur d'être désormais des nôtres l'a rendu fou; mille livres! je déclare que pour moi seul il m'en faut deux mille.

— Quatre fois deux font huit, dit alors Aramis, c'est donc huit mille livres qu'il nous faut pour nos équipages, sur lesquels équipages, il est vrai, nous avons déjà les selles.

— Plus, dit Athos, en attendant que d'Artagnan, qui allait remercier M. de Tréville, eût fermé la porte, plus ce beau diamant qui brille au doigt de notre ami. Que diable! d'Artagnan est trop bon camarade pour laisser des frères dans l'embarras, quand il porte à son médium la rançon d'un roi.

CHAPITRE II.

LA CHASSE A L'ÉQUIPEMENT.

Le plus préoccupé des quatre amis était bien certainement d'Artagnan, quoique d'Artagnan, en sa qualité de garde, fût bien plus facile à équiper que messieurs les mousquetaires, qui étaient des seigneurs; mais notre cadet de Gascogne était, comme on a pu le voir, d'un caractère prévoyant et presque avare, et avec cela (expliquez les contraires) glorieux presque à rendre des points à Porthos. A cette préoccupation de sa vanité, d'Artagnan joignait en ce moment une inquiétude moins égoïste. Quelques informations qu'il eût pu prendre sur madame Bonacieux, il ne lui en était venu aucune nouvelle : M. de Tréville en avait parlé à la reine; la reine ignorait où était la jeune mercière et avait promis de la faire chercher. Mais cette promesse était bien vague et ne rassurait guère d'Artagnan.

Athos ne sortait pas de sa chambre; il était résolu à ne pas risquer une enjambée pour s'équiper.

— Il nous reste quinze jours, disait-il à

ses amis. Eh bien ! si au bout de ces quinze jours je n'ai rien trouvé, ou plutôt si rien n'est venu me trouver, comme je suis trop bon catholique pour me casser la tête d'un coup de pistolet, je chercherai une bonne querelle à quatre gardes de Son Éminence ou à huit Anglais, et je me battrai jusqu'à ce qu'il y en ait un qui me tue, ce qui, sur la quantité, ne peut manquer de m'arriver. On dira alors que je suis mort pour le roi, de sorte que j'aurai fait mon service sans avoir eu besoin de m'équiper.

Porthos continuait à se promener les mains derrière le dos en hochant la tête de haut en bas et en disant :

— Je poursuivrai mon idée.

Aramis, soucieux et mal frisé, ne disait rien.

4.

On peut voir par ces détails désastreux que la désolation régnait dans la communauté.

Les laquais, de leur côté, comme les coursiers d'Hippolyte, partageaient la triste peine de leurs maîtres. Mousqueton faisait des provisions de croûtes; Bazin, qui avait toujours donné dans la dévotion, ne quittait plus les églises; Planchet regardait voler les mouches; et Grimaud, que la détresse générale ne pouvait déterminer à rompre le silence imposé par son maître, poussait des soupirs à attendrir des pierres.

Les trois amis, car, ainsi que nous l'avons dit, Athos avait juré de ne pas faire un pas pour s'équiper; les trois amis sortaient donc de grand matin et rentraient fort tard. Ils erraient par les rues, regardant sur chaque pavé pour savoir si les personnes qui y étaient passés avant eux n'y avaient pas laissé quelque bourse. On eût dit qu'ils suivaient des pistes, tant ils étaient attentifs partout où ils allaient. Quand ils se rencontraient, ils avaient des regards désolés qui voulaient dire : As-tu trouvé quelque chose?

Cependant, comme Porthos avait trouvé le premier son idée, et comme il l'avait poursuivie avec persistance, il fut le premier à agir. C'était un homme d'exécution que ce digne Porthos. D'Artagnan l'aperçut un jour qu'il s'acheminait vers l'église de Saint-Leu, et le suivit instinctivement : il entra au lieu saint après avoir relevé sa moustache et allongé sa royale, ce qui annonçait toujours de sa part les intentions les plus conquérantes. Comme d'Artagnan prenait quelques précautions pour se dissimuler, Porthos crut n'avoir point été vu. D'Artagnan entra derrière lui. Porthos alla s'adosser au côté d'un pilier ; d'Artagnan, toujours inaperçu , s'appuya de l'autre.

Justement il y avait un sermon, ce qui faisait que l'église était fort peuplée. Porthos profita de la circonstance pour lorgner les femmes : grâce aux bons soins de Mousqueton, l'extérieur était loin d'annoncer la détresse de l'intérieur; son feutre était bien un peu râpé, sa plume était bien un peu déteinte, ses broderies étaient bien un peu ternies, ses dentelles étaient bien un peu éraillées , mais dans la demi-teinte toutes ces bagatelles disparaissaient, et Porthos était toujours le beau Porthos.

D'Artagnan remarqua sur le banc le plus rapproché du pilier où Porthos et lui étaient adossés une espèce de beauté mûre, un peu jaune, un peu sèche, mais roide et hautaine sous ses coiffes noires. Les yeux de Porthos s'abaissaient furtivement sur cette dame, puis papillonnaient au large dans la nef.

De son côté, la dame, qui de temps en temps rougissait, lançait avec la rapidité de l'éclair un coup d'œil sur le volage Porthos, et aussitôt les yeux de Porthos de papillonner avec fureur. Il était clair que c'était un manége qui piquait au vif la dame aux coiffes noires, car elle se mordait les lèvres jusqu'au sang, se grattait le bout du nez; et se démenait désespérément sur son siége.

Ce que voyant Porthos, il retroussa de nouveau sa moustache, allongea une seconde fois sa royale, et se mit à faire des signaux à une belle dame qui était près du chœur, et qui non-seulement était une belle dame, mais encore une grande dame sans doute, car elle avait derrière elle un négrillon qui avait apporté le coussin sur lequel elle était agenouillée, et une suivante qui tenait le sac armorié dans lequel on renfermait le livre où elle lisait sa messe.

La dame aux coiffes noires suivit à travers tous ses détours les regards de Porthos, et reconnut qu'ils s'arrêtaient sur la dame au coussin de velours, au négrillon et à la suivante.

Pendant ce temps, Porthos jouait serré : c'étaient des clignements d'yeux, des doigts posés sur les lèvres, de petits sourires assassins qui réellement assassinaient la belle dédaignée.

Aussi poussa-t-elle, en forme de *meâ culpâ* et en se frappant la poitrine, un hum ! tellement vigoureux, que tout le monde, même la dame au coussin rouge, se retourna de son côté ; Porthos tint bon : pourtant il avait bien compris, mais il fit le sourd.

La dame au coussin rouge fit un grand effet, car elle était fort belle, sur la dame aux coiffes noires, qui vit en elle une rivale véritablement à craindre; un grand effet sur Porthos, qui la trouva beaucoup plus jolie que la dame aux coiffes noires; un grand effet sur d'Artagnan, qui reconnut la dame de Meung, de Calais et de Douvres, que son persécuteur, l'homme à la cicatrice, avait saluée du nom de milady.

D'Artagnan, sans perdre de vue la dame au coussin rouge, continua de suivre le manége de Porthos, qui l'amusait fort; il crut deviner que la dame aux coiffes noires était la procureuse de la rue aux Ours, d'autant mieux que l'église de Saint-Leu n'était pas très-éloignée de ladite rue.

Il devina alors par induction que Porthos cherchait à prendre sa revanche de

sa défaite de Chantilly, alors que la procureuse s'était montrée si récalcitrante à l'endroit de la bourse.

Mais, au milieu de tout cela, d'Artagnan
remarqua aussi que pas une figure ne cor-
respondait aux galanteries de Porthos. Ce
n'étaient que chimères et illusions ; mais
pour un amour réel, pour une jalousie véritable, y a-t-il d'autre réalité que les illusions et les chimères ?

Le sermon finit : la procureuse s'avança
vers le bénitier ; Porthos l'y devança, et, au
lieu d'un doigt, y mit toute la main. La
procureuse sourit, croyant que c'était pour
elle que Porthos se mettait en frais ; mais
elle fut promptement et cruellement dé-
trompée : lorsqu'elle ne fut plus qu'à trois

pas de lui, il détourna la tête, fixant inva-
riablement les yeux sur la dame au coussin
rouge, qui s'était levée et qui s'approchait
suivie de son négrillon et de sa fille de
chambre.

Lorsque la dame au coussin rouge fut
près de Porthos, Porthos tira sa main toute
ruisselante du bénitier; la belle dévote
toucha de sa main effilée la grosse main de
Porthos, fit en souriant le signe de la croix
et sortit de l'église.

C'en fut trop pour la procureuse: elle ne
douta plus que cette dame et Porthos fussent en galanterie. Si elle eût été une grande
dame elle se serait évanouie; mais, comme
elle n'était qu'une procureuse, elle se contenta de dire au mousquetaire avec une
fureur concentrée:

—Eh ! monsieur Porthos, vous ne m'en offrez pas à moi d'eau bénite ?

Porthos fit, au son de cette voix, un soubresaut comme ferait un homme qui se réveillerait après un somme de cent ans.

—Ma... madame! s'écria-t-il, est-ce bien vous ? Comment se porte votre mari, ce cher monsieur Coquenard ? Est-il toujours aussi ladre qu'il était? Où avais-je donc les yeux que je ne vous ai pas même aperçue pendant les deux heures qu'a duré ce sermon.

— J'étais à deux pas de vous, monsieur, répondit la procureuse; mais vous ne m'avez pas aperçue parce que vous n'aviez d'yeux que pour la belle dame à qui vous venez de donner de l'eau bénite.

Porthos feignit d'être embarrassé.

— Ah ! dit-il, vous avez remarqué...

— Il eût fallu être aveugle pour ne pas le voir.

— Oui, dit négligemment Porthos, c'est une duchesse de mes amies avec laquelle j'ai grand'peine à me rencontrer, à cause de la jalousie de son mari, et qui m'avait fait prévenir qu'elle viendrait aujourd'hui, rien que pour me voir, dans cette chétive église, au fond de ce quartier perdu.

— Monsieur Porthos, dit la procureuse, auriez-vous la bonté de m'offrir le bras pendant cinq minutes, je causerais volontiers avec vous.

— Comment donc, madame! dit Porthos en se clignant de l'œil à lui-même comme un joueur qui rit de la dupe qu'il va faire.

Dans ce moment, d'Artagnan passait poursuivant milady; il jeta un regard de côté sur Porthos et vit ce coup d'œil triomphant.

— Eh! eh! se dit-il à lui-même en raisonnant dans le sens de la morale étrangement facile de cette époque galante, en voici un qui pourrait bien être équipé pour le terme voulu.

Porthos, cédant à la pression du bras

de sa procureuse comme une barque cède au gouvernail, arriva au cloître Saint-Magloire, passage peu fréquenté, enfermé d'un tourniquet à ses deux bouts. On n'y voyait, le jour, que mendiants qui mangeaient ou enfants qui jouaient.

—Ah! monsieur Porthos! s'écria la procureuse quand elle se fut assurée qu'aucune personne étrangère à la population habituelle de la localité ne pouvait les voir ni les entendre; ah! monsieur Porthos! vous êtes un grand vainqueur, à ce qu'il paraît!

— Moi, madame! dit Porthos en se rengorgeant, et pourquoi cela?

— Et les signes de tantôt, et l'eau bénite! Mais c'est une princesse, pour le moins, que cette dame avec son négrillon et sa fille de chambre !

— Vous vous trompez ; mon Dieu non, répondit Porthos, c'est tout bonnement une duchesse.

— Et ce coureur qui attendait à la porte, et ce carrosse avec un cocher à grande livrée qui attendait sur son siége ?

Porthos n'avait vu ni le coureur ni le carrosse, mais, de son regard de femme jalouse, madame Coquenard avait tout vu.

Porthos regretta de n'avoir pas du premier coup fait la dame au coussin rouge princesse.

— Ah ! vous êtes l'enfant chéri des bel-

les, monsieur Porthos! reprit en soupirant
la procureuse.

— Mais, reprit Porthos, vous comprenez qu'avec un physique comme celui dont
la nature m'a doué, je ne manque pas de
bonnes fortunes.

— Mon Dieu, comme les hommes ou-
blient vite! s'écria la procureuse en levant
les yeux au ciel.

— Moins vite encore que les femmes, ce
me semble, répondit Porthos, car enfin,
moi, madame, je puis dire que j'ai été votre
victime, lorsque blessé, mourant, je me suis
vu abandonné des chirurgiens; moi, [le
rejeton d'une famille illustre, qui m'étais
fié à votre amitié, j'ai manqué mourir de

mes blessures d'abord, et de faim ensuite, dans une mauvaise auberge de Chantilly, et cela sans que vous ayez daigné répondre une seule fois aux lettres brûlantes que je vous ai écrites.

— Mais, monsieur Porthos! murmura la procureuse, qui sentait qu'à en juger par la conduite des grandes dames de ce temps-là elle était dans son tort.

— Moi qui avais sacrifié pour vous la comtesse de Penaflor!

— Je le sais bien.

— La baronne de...

— Monsieur Porthos, ne m'accablez pas.

— La comtesse de...

5.

— Monsieur Porthos, soyez généreux.

— Vous avez raison, madame, et je n'a-chèverai pas.

— Mais c'est mon mari qui ne veut pas entendre parler de prêter.

— Madame Coquenard, dit Porthos, rappelez-vous la première lettre que vous m'avez écrite et que je conserve gravée dans ma mémoire.

La procureuse poussa un gémissement.

— Mais c'est qu'aussi, dit-elle, la somme que vous demandiez à emprunter était un peu bien forte; vous disiez qu'il vous fallait mille livres.

— Madame Coquenard, je vous donnais la préférence. Je n'ai eu qu'à écrire à la duchesse de... Je ne veux pas dire son nom, car je ne sais pas ce que c'est que de compromettre une femme; mais ce que je sais, c'est que je n'ai eu qu'à lui écrire pour qu'elle m'en envoyât quinze cents.

La procureuse versa une larme.

—Monsieur Porthos, dit-elle, je vous jure que vous m'avez grandement punie, et que si dans l'avenir vous vous retrouviez en pareille passe vous n'auriez qu'à vous adresser à moi.

—Fi donc, madame! dit Porthos comme révolté; ne parlons pas argent, s'il vous plaît, c'est humiliant.

— Ainsi, vous ne m'aimez plus ? dit lentement et tristement la procureuse.

Porthos garda un majestueux silence.

— C'est ainsi que vous me répondez ? hélas ! je comprends.

— Songez à l'offense que vous m'avez faite, madame : elle est restée là, dit Porthos en posant la main à son cœur et en l'y appuyant avec force.

— Je la réparerai ; voyons, mon cher Porthos !

— D'ailleurs, que vous demandé-je, moi ? reprit Porthos avec un mouvement d'épaules plein de bonhomie ; un prêt, pas autre chose! Après tout, je ne suis pas un homme déraisonnable. Je sais que vous n'êtes pas riche, madame Coquenard, et que votre mari est obligé de censurer les pauvres plaideurs pour en tirer quelques pauvres écus. Oh! si vous étiez comtesse, marquise ou duchesse, ce serait autre chose et vous seriez impardonnable.

La procureuse fut piquée.

—Apprenez, monsieur Porthos, dit-elle, que mon coffre-fort, tout coffre-fort de procureuse qu'il est, est peut-être mieux garni que celui de toutes vos mijaurées ruinées.

— Double offense que vous m'avez faite alors, dit Porthos en dégageant le bras de la procureuse de dessous le sien; car si vous êtes riche, madame Coquenard, alors votre refus n'a plus d'excuse.

— Quand je dis riche, reprit la procureuse, qui vit qu'elle s'était laissé entraîner trop loin, il ne faut pas prendre le mot au pied de la lettre. Je ne suis pas précisément riche, je suis à mon aise.

— Tenez, madame, dit Porthos, ne parlons plus de tout cela, je vous prie. Vous m'avez méconnu, toute sympathie est éteinte entre nous.

— Ingrat que vous êtes!

— Ah, je vous conseille de vous plaindre! dit Porthos.

— Allez donc avec votre belle duchesse, je ne vous retiens plus!

— Eh ! elle n'est déjà point si déchirée, que je crois.

— Voyons, monsieur Porthos, encore une fois, c'est la dernière : m'aimez-vous encore ?

— Hélas, madame ! dit Porthos du ton le plus mélancolique qu'il put prendre, quand nous allons entrer en campagne, dans une campagne où mes pressentiments me disent que je serai tué...

— Oh ! ne dites pas de pareilles choses, s'écria la procureuse en éclatant en sanglots.

— Quelque chose me le dit, continua Porthos en mélancolisant de plus en plus.

— Dites plutôt que vous avez un nouvel amour.

— Non pas, je vous parle franc. Nul objet nouveau ne me touche, et même je sens là, au fond de mon cœur, quelque chose qui parle pour vous. Mais, dans quinze jours, comme vous le savez ou comme vous ne le savez pas, cette fatale campagne s'ouvre ; je vais être affreusement préoccupé de mon équipement. Puis je vais faire un voyage dans ma famille, au fond de la Bretagne, pour réaliser la somme nécessaire à mon départ...

Porthos remarqua un dernier combat entre l'amour et l'avarice.

— Et comme, continua-t-il, la duchesse que vous venez de voir à l'église a ses terres près des miennes, nous ferons le voyage ensemble. Les voyages, vous le savez, paraissent beaucoup moins longs quand on les fait à deux.

—Vous n'avez donc point d'amis à Paris, monsieur Porthos? dit la procureuse.

—J'ai cru en avoir, dit Porthos en prenant son air mélancolique, mais j'ai bien vu que je me trompais.

—Vous en avez, monsieur Porthos, vous en avez, reprit la procureuse dans un transport qui la surprit elle-même; revenez demain à la maison. Vous êtes le fils de ma tante, mon cousin par conséquent; vous venez de Noyon en Picardie, vous avez plusieurs procès à Paris et pas de procureur. Retiendrez-vous bien tout cela?

—Parfaitement, madame.

— Venez à l'heure du dîner.

— Fort bien.

— Et tenez ferme devant mon mari, qui est retors malgré ses soixante-seize ans.

— Soixante-seize ans ! peste ! le bel âge ! reprit Porthos.

—Le grand âge, vous voulez dire, monsieur Porthos. Aussi le pauvre cher homme peut me laisser veuve d'un moment à l'autre, continua-t-elle en jetant un regard significatif à Porthos. Heureusement que par contrat de mariage nous nous sommes tout passé au dernier vivant.

— Tout? dit Porthos.

—Tout.

— Vous êtes femme de précaution, je le

vois, ma chère madame Coquenard , dit Porthos en serrant tendrement la main de la procureuse.

— Nous sommes donc réconciliés, cher monsieur Porthos? dit-elle en minaudant.

— Pour la vie, répliqua Porthos sur le même air.

— Au revoir donc, mon traître.

— Au revoir, mon oublieuse.

— A demain, mon ange.

— A demain, flamme de ma vie!

CHAPITRE III.

MILADY.

D'Artagnan avait suivi milady sans être aperçu par elle; il la vit monter dans son carrosse, et il l'entendit donner à son cocher l'ordre d'aller à Saint-Germain.

Il était inutile d'essayer de suivre à pied

une voiture emportée au trot de deux vigoureux chevaux. D'Artagnan revint donc rue Férou.

Dans la rue de Seine il rencontra Planchet, qui était arrêté devant la boutique d'un pâtissier, et qui semblait en extase devant une brioche de la forme la plus appétissante.

Il lui donna l'ordre d'aller seller deux chevaux dans les écuries de M. de Tréville, un pour lui d'Artagnan, l'autre pour lui Planchet, et de venir le rejoindre chez Athos; M. de Tréville, une fois pour toutes, avait mis ses écuries au service de d'Artagnan.

Planchet s'achemina vers la rue du Colombier et d'Artagnan vers la rue Férou.

Athos était chez lui, vidant tristement une des bouteilles de ce fameux vin d'Espagne qu'il avait rapporté de son voyage en Picardie. Il fit signe à Grimaud d'apporter un verre pour d'Artagnan; et Grimaud obéit, toujours silencieux comme d'habitude.

D'Artagnan raconta alors à Athos tout ce qui s'était passé à l'église entre Porthos et la procureuse, et comment leur camarade était probablement à cette heure en voie de s'équiper.

— Quant à moi, répondit Athos à tout ce récit, je suis bien tranquille, ce ne seront pas les femmes qui feront les frais de mon harnais.

— Et vous avez tort; beau, poli, grand

seigneur comme vous l'êtes, mon cher Athos, il n'y aurait ni princesses, ni reines à l'abri de vos traits amoureux.

— Que ce d'Artagnan est jeune! dit Athos en haussant les épaules, et il fit signe à Grimaud d'apporter une seconde bouteille.

En ce moment, Planchet passa modestement la tête par la porte entre-bâillée et annonça à son maître que les deux chevaux étaient là.

— Quels chevaux? demanda Athos.

— Deux chevaux que M. de Tréville me prête pour la promenade et avec lesquels je vais aller faire un tour à Saint-Germain.

— Et qu'allez-vous faire à Saint-Germain? demanda Athos.

Alors d'Artagnan lui raconta la rencontre que, de son côté, il avait faite dans l'église, et comment il avait retrouvé cette femme qui avec le seigneur au manteau noir et à la cicatrice près de la tempe était sa préoccupation éternelle.

— C'est-à-dire que vous êtes amoureux de celle-là comme vous l'étiez de madame Bonacieux, dit Athos, en haussant dédaigneusement les épaules comme s'il eût pris en pitié la faiblesse humaine.

— Moi, point du tout, s'écria d'Artagnan, je suis seulement curieux d'éclaircir le mystère auquel elle se rattache. Je ne

6.

sais pourquoi je me figure que cette femme, tout inconnue qu'elle m'est, et tout inconnu que je lui suis, a une action sur ma vie.

— Au fait, vous avez raison, dit Athos, je ne connais pas une femme qui vaille la peine qu'on la cherche quand elle est perdue. Madame Bonacieux est perdue, tant pis pour elle! qu'elle se retrouve.

— Non, Athos, non, vous vous trompez, dit Artagnan; j'aime ma pauvre Constance plus que jamais, et si je savais le lieu où elle est, fût-elle au bout du monde, je partirais pour la tirer des mains de ses ennemis; mais je l'ignore, toutes mes recherches ont été inutiles : que voulez-vous, il faut bien se distraire!

— Distrayez-vous donc avec milady,

mon cher d'Artagnan, je le souhaite de tout mon cœur, si cela peut vous amuser.

— Écoutez, Athos, dit d'Artagnan, au lieu de vous tenir renfermé ici, comme si vous étiez aux arrêts, montez à cheval et venez promener avec moi à Saint-Germain.

— Mon cher, dit Athos, je monte mes chevaux quand j'en ai, sinon je vais à pied.

— Eh bien, moi, dit d'Artagnan en souriant de la misanthropie d'Athos, qui dans un autre l'eût certainement blessé, moi je suis moins fier que vous; je monte ce que je trouve. Ainsi au revoir, mon cher Athos!

— Au revoir! dit le mousquetaire en

faisant signe à Grimaud de déboucher la bouteille qu'il venait d'apporter.

D'Artagnan et Planchet se mirent en selle et prirent le chemin de Saint-Germain.

Tout le long de la route, ce qu'Athos avait dit au jeune homme, de madame Bonacieux, lui revenait à l'esprit. Quoique d'Artagnan ne fût pas d'un caractère fort sentimental, la jolie mercière avait fait une impression réelle sur son cœur. Comme il le disait, il était prêt à aller au bout du monde pour la chercher. Mais le monde a bien des bouts, par cela même qu'il est rond : de sorte qu'il ne savait de quel côté se tourner ; en attendant, il allait tâcher de savoir ce que c'était que milady. Milady

avait parlé à l'homme au manteau noir,
donc elle le connaissait. Or, dans l'esprit
de d'Artagnan, c'était certes l'homme au
manteau noir qui avait enlevé madame
Bonacieux une seconde fois comme il l'a-
vait enlevée une première. D'Artagnan ne
mentait donc qu'à moitié, ce qui est bien
peu mentir, quand il disait qu'en se mettant à la recherche de milady il se mettait en
même temps à la recherche de Constance.

Tout en songeant ainsi et en donnant de
temps en temps un coup d'éperon à son
cheval, d'Artagnan avait fait la route et
était arrivé à Saint-Germain. Il venait de
longer le pavillon où dix ans plus tard devait naître Louis XIV. Il traversait une rue
fort déserte, regardant à droite et à gauche
s'il ne reconnaîtrait pas quelque vestige de

sa belle Anglaise, lorsqu'au rez-de-chaussée d'une jolie maison qui, selon l'usage du temps, n'avait aucune fenêtre sur la rue il vit apparaître une figure de connaissance. Cette figure se promenait donc sur une sorte de terrasse garnie de fleurs. Planchet la reconnut le premier.

— Eh, monsieur! dit-il s'adressant à d'Artagnan, ne remettez-vous point ce visage qui bâille aux corneilles?

— Non, dit d'Artagnan, et cependant je suis certain que ce n'est point la première fois que je le vois.

— Je le crois parbleu bien, dit Planchet : c'est ce pauvre Lubin, le laquais du comte de Wardes, celui que vous avez si bien accommodé il y a un mois, à Calais, sur la route de la campagne du gouverneur.

— Ah! oui, bien, dit d'Artagnan, et je le reconnais à cette heure. Crois-tu qu'il te reconnaisse, toi?

— Ma foi, monsieur, il était si fort troublé que je doute qu'il ait gardé de moi une mémoire bien nette.

— Eh bien, va donc causer avec ce garçon, dit d'Artagnan, et informe-toi dans la conversation si son maître est mort.

Planchet descendit de cheval, marcha droit à Lubin, qui, en effet, ne le reconnut pas, et les deux laquais se mirent à causer dans la meilleure intelligence du monde, tandis que d'Artagnan poussait les deux chevaux dans une ruelle, et, faisant le tour derrière une maison, s'en revenait regarder la conférence derrière une haie de coudriers.

Au bout d'un instant d'observation derrière la haie il entendit le bruit d'une voiture, et il vit s'arrêter en face de lui le carrosse de milady. Il n'y avait pas à s'y tromper, milady était dedans. D'Artagnan se coucha sur le cou de son cheval afin de tout voir sans être vu.

Milady sortit sa charmante tête blonde par la portière, et donna des ordres à sa fille de chambre.

Cette dernière, jolie fille de vingt à vingt-deux ans, alerte et vive, véritable soubrette de grande dame, sauta en bas du marchepied sur lequel elle était assise, selon l'usage du temps, et se dirigea vers la terrasse où d'Artagnan avait aperçu Lubin.

D'Artagnan suivit la soubrette des yeux, et la vit s'acheminer vers la terrasse. Mais, par hasard, un ordre de l'intérieur avait rappelé Lubin, de sorte que Planchet était resté seul, regardant de tout côté par quel chemin avait disparu d'Artagnan.

La femme de chambre s'approcha de Planchet, qu'elle prit pour Lubin, et lui allongeant un petit billet :

— Pour votre maître, dit-elle.

— Pour mon maître? reprit Planchet étonné.

— Oui — et très-pressé — prenez donc vite.

Là-dessus elle s'enfuit vers le carrosse, retourné à l'avance du côté par lequel il était venu, sauta sur le marchepied, et le carrosse repartit.

Planchet tourna et retourna le billet, puis, accoutumé à l'obéissance passive, il sauta à bas de la terrasse, enfila la ruelle et rencontra au bout de vingt pas d'Artagnan, qui, ayant tout vu, allait au-devant de lui.

— Pour vous, monsieur, dit Planchet présentant le billet au jeune homme.

— Pour moi! dit d'Artagnan; es-tu bien sûr?

— Pardieu! si j'en suis sûr; la soubrette
a dit : *Pour ton maître.* Je n'ai pas d'autre
maître que vous; ainsi... un joli brin de
fille, ma foi, que cette soubrette!

D'Artagnan ouvrit la lettre et lut ces
mots :

« Une personne qui s'intéresse à vous,
plus qu'elle ne peut le dire, voudrait savoir
quel jour vous serez en état de vous promener dans la forêt. Demain, à l'hôtel du
Champ-du-Drap-d'Or, un laquais noir et
rouge attendra votre réponse. »

— Oh! oh! se dit d'Artagnan, voilà qui
est un peu vif! Il paraît que milady et moi
sommes en peine de la santé de la même
personne. Eh bien, Planchet! comment se

porte ce bon M. de Wardes, il n'est donc pas mort?

— Non, monsieur, il va aussi bien qu'on peut aller avec quatre coups d'épée dans le corps, car vous lui en avez, sans reproche, allongé quatre, à ce cher gentilhomme, et il est encore bien faible, ayant perdu presque tout son sang. Comme je l'avais dit à monsieur, Lubin ne m'a pas reconnu et m'a raconté d'un bout à l'autre notre aventure.

— Fort bien, Planchet! tu es le roi des laquais; maintenant, remonte à cheval et rattrapons le carrosse.

Ce ne fut pas long; au bout de cinq minutes on aperçut le carrosse arrêté sur le

revers de la route ; un cavalier richement
vêtu se tenait à la portière.

La conversation entre milady et le cavalier était tellement animée que d'Artagnan
s'arrêta de l'autre côté du carrosse sans
que personne autre que la jolie soubrette
s'aperçût de sa présence.

La conversation avait lieu en anglais,
langue que d'Artagnan ne comprenait pas ;
d'ailleurs, à l'accent, le jeune homme comprenait que la belle Anglaise était fort en
colère : enfin elle termina par un geste qui
ne laissa point de doute sur la nature de
cette conversation ; c'était un coup d'éven-
tail appliqué de telle force, que le petit
meuble féminin vola en mille morceaux.

Le cavalier poussa un éclat de rire qui
parut exaspérer milady.

D'Artagnan pensa que c'était le moment d'intervenir ; il s'approcha de l'autre portière, et se découvrant respectueusement :

— Madame, dit-il, me permettrez-vous de vous offrir mes services ; il me semble que ce cavalier vous a mise en colère. Dites un mot, madame, et je me charge de le punir de son manque de courtoisie.

Aux premiers mots, milady s'était retournée, regardant le jeune homme avec étonnement, et lorsqu'il eut fini :

— Monsieur, dit-elle en très-bon français, ce serait de grand cœur que je me mettrais sous votre protection si la personne qui me querelle n'était point mon frère.

— Ah! excusez-moi alors, dit d'Artagnan; vous comprenez que j'ignorais cela,
madame.

— De quoi donc se mêle cet étourneau?
s'écria, en s'abaissant à la hauteur de la
portière, le cavalier que milady avait désigné comme son parent, et pourquoi ne
passe-t-il pas son chemin?

— Étourneau vous-même! dit d'Artagnan en se baissant à son tour sur le cou
de son cheval, et en répondant de son
côté par la portière : Je ne passe pas mon
chemin parce qu'il me plaît de m'arrêter
ici.

Le cavalier adressa quelques mots en
anglais à sa sœur.

IV.   7

— Je vous parle français, moi, dit d'Artagnan, faites-moi donc, je vous prie, le plaisir de me répondre dans la même langue. Vous êtes le frère de madame, soit : mais vous n'êtes pas le mien heureusement.

On eût pu croire que milady, craintive comme l'est ordinairement une femme, allait s'interposer dans ce commencement de provocation afin d'empêcher que la querelle n'allât plus loin; mais, tout au contraire, elle se rejeta au fond de son carrosse, et cria froidement au cocher :

— Touche, à l'hôtel.

La jolie soubrette jeta un regard d'inquiétude sur d'Artagnan, dont la bonne mine paraissait avoir produit son effet sur elle.

Le carrosse partit et laissa les deux hommes en face l'un de l'autre, aucun obstacle matériel ne les séparant plus.

Le cavalier fit un mouvement pour suivre la voiture; mais d'Artagnan, dont la colère, déjà bouillonnante, s'était encore augmentée en reconnaissant en lui l'Anglais qui à Amiens lui avait gagné son cheval et avait failli gagner à Athos son diamant, sauta à la bride et l'arrêta.

— Eh, monsieur! dit-il, vous me semblez encore plus étourneau que moi, car vous me faites l'effet d'oublier qu'il y a entre nous une petite querelle d'engagée.

7.

— Ah, ah, dit l'Anglais, c'est vous, mon maître! il faut donc toujours que vous jouiez un jeu ou un autre?

— Oui, et cela me rappelle que j'ai une revanche à prendre. Nous verrons, mon cher monsieur, si vous maniez aussi adroitement la rapière que le cornet.

— Vous voyez bien que je n'ai pas d'épée, dit l'Anglais; voulez-vous faire le brave contre un homme sans armes?

— J'espère bien que vous en avez chez vous, dit d'Artagnan; en tout cas j'en ai deux, et, si vous le voulez, je vous en jouerai une.

— Inutile, dit l'Anglais, je suis muni suffisamment de ces sortes d'ustensiles.

—Eh bien, mon digne gentilhomme, reprit d'Artagnan, choisissez la plus longue, et venez me la montrer ce soir.

— Où cela, s'il vous plaît ?

—Derrière le Luxembourg, c'est un charmant quartier pour les promenades dans le genre de celle que je vous propose.

— C'est bien, on y sera.

— Votre heure ?

— Six heures.

— A propos, vous avez aussi probablement un ou deux amis ?

— Mais j'en ai trois qui seront fort honorés de jouer la même partie que moi.

— Trois, à merveille. Comme cela se rencontre, dit d'Artagnan ; c'est juste mon compte.

— Maintenant, qui êtes vous ? demanda l'Anglais.

— Je suis M. d'Artagnan, gentilhomme gascon, servant aux gardes, compagnie de M. des Essarts. Et vous ?

— Moi je suis lord de Winter, baron de Scheffield.

— Eh bien ! je suis votre serviteur, monsieur le baron, dit d'Artagnan, quoique vous ayez des noms bien difficiles à retenir.

— Et piquant son cheval il le mit au galop et reprit le chemin de Paris.

Comme il avait l'habitude de le faire en pareille occasion, d'Artagnan descendit droit chez Athos.

Il trouva Athos couché sur un grand canapé où il attendait, comme il l'avait dit, que son équipement le vînt trouver.

Il raconta à Athos tout ce qui venait de se passer moins la lettre à M. de Vardes.

Athos fut enchanté lorsqu'il sut qu'il allait se battre contre un Anglais. Nous avons dit que c'était son rêve.

On envoya chercher à l'instant même Porthos et Aramis par les laquais, et on les mit au courant de la situation.

Porthos tira son épée hors du fourreau et se mit à espadonner contre le mur en se reculant de temps en temps et en faisant des pliés comme un danseur.

Aramis, qui travaillait toujours à son poème, s'enferma dans le cabinet d'Athos, et pria qu'on ne le dérangeât plus qu'au moment de dégaîner.

Athos demanda par signe à Grimaud une autre bouteille.

Et d'Artagnan arrangea à part lui un petit plan dont nous verrons plus tard l'exécution, et qui lui promettait quelque gracieuse aventure; comme on pouvait le voir aux sourires qui de temps en temps passaient sur son visage, dont ils éclairaient la rêverie.

CHAPITRE IV.

ANGLAIS ET FRANÇAIS.

L'heure venue, on se rendit avec les quatre laquais, derrière le Luxembourg, dans un enclos abandonné aux chèvres. Athos donna une pièce de monnaie au chévrier pour qu'il s'écartât. Les laquais furent chargés de faire sentinelle.

Bientôt une troupe silencieuse s'approcha du même enclos, y pénétra et joignit les mousquetaires; puis, selon les habitudes d'outre-mer, les présentations eurent lieu.

Les Anglais étaient tous gens de la plus haute qualité, les noms bizarres de leurs adversaires furent donc pour eux un sujet non-seulement de surprise mais encore d'inquiétude.

— Mais avec tout cela, dit lord de Winter quand les trois amis eurent été nommés, nous ne savons pas qui vous êtes, et nous ne nous battrons pas avec des noms pareils; ce sont des noms de bergers, cela.

— Aussi, comme vous le supposez bien, milord, ce sont de faux noms, dit Athos.

— Ce qui ne nous donne qu'un plus grand désir de connaître les noms véritables, répondit l'Anglais.

— Vous avez bien joué contre nous sans savoir nos noms, dit Athos, à telles enseignes que vous nous avez gagné nos deux chevaux?

— C'est vrai, mais nous ne risquions que nos pistoles; cette fois nous risquons notre sang : on joue avec tout le monde, on ne se bat qu'avec des égaux.

— C'est juste, dit Athos, et il prit celui des quatre Anglais avec lequel il devait se battre et lui dit son nom tout bas.

Porthos et Aramis en firent autant.

— Cela vous suffit-il, dit Athos à son

adversaire, et me trouvez-vous assez grand seigneur pour me faire la grâce de croiser l'épée avec moi?

— Oui, monsieur, dit l'Anglais en s'inclinant.

—Eh bien! maintenant, voulez-vous que je vous dise une chose? reprit froidement Athos.

— Laquelle? demanda l'Anglais.

— C'est que vous auriez aussi bien fait de ne pas exiger que je me fisse connaître.

— Pourquoi cela?

— Parce qu'on me croit mort, que j'ai des raisons pour désirer qu'on ne sache pas que je vis, et que je vais être obligé de vous tuer, pour que mon secret ne coure pas les champs.

L'Anglais regarda Athos, croyant que celui-ci le plaisantait; mais Athos ne plaisantait pas le moins du monde.

— Messieurs, dit Athos en s'adressant à la fois à ses compagnons et à leurs adversaires : y sommes-nous?

— Oui, répondirent tout d'une voix Anglais et Français.

— Alors en garde, dit Athos.

Et aussitôt huit épées brillèrent aux rayons du soleil couchant, et le combat commença avec un acharnement bien naturel entre gens deux fois ennemis.

Athos s'escrimait avec autant de calme et de méthode que s'il eût été dans une salle d'armes.

Porthos, corrigé sans doute de sa trop grande confiance par son aventure de Chantilly, jouait un jeu plein de finesse et de prudence.

Aramis, qui avait le troisième chant de son poème à finir, se dépêchait en homme très-pressé.

Athos, le premier, tua son adversaire : il ne lui avait porté qu'un coup; mais comme il l'en avait prévenu, le coup avait été mortel, l'épée lui traversa le cœur.

Porthos, le second, étendit le sien sur l'herbe; il lui avait percé la cuisse. Alors, comme l'Anglais, sans faire plus longue résistance, lui avait rendu son épée, Porthos le prit dans ses bras et le porta dans son carrosse.

Aramis poussa le sien si vigoureusement, qu'après avoir rompu une cinquantaine de pas il finit par prendre la fuite à toutes jambes et disparut aux huées des laquais.

Quant à d'Artagnan, il avait joué purement et simplement un jeu défensif; puis, lorsqu'il avait vu son adversaire bien fatigué, il lui avait, d'une vigoureuse flanconade, fait sauter son épée. Le baron, se voyant désarmé, fit deux ou trois pas en arrière; mais, dans ce mouvement, son pied glissa, et il tomba à la renverse.

D'Artagnan fut sur lui d'un seul bond, et lui portant l'épée à la gorge :

— Je pourrais vous tuer, monsieur, dit-il à l'Anglais, et vous êtes bien entre mes mains, mais je vous donne la vie pour l'amour de votre sœur.

D'Artagnan était au comble de la joie; il venait de réaliser le plan qu'il avait arrêté d'avance, et dont le développement avait fait éclore sur son visage les sourires dont nous avons parlé.

L'Anglais, enchanté d'avoir affaire à un gentilhomme d'aussi bonne composition, serra d'Artagnan entre ses bras, fit mille caresses aux trois mousquetaires,et, comme l'adversaire de Porthos était déjà installé dans la voiture et que celui d'Aramis avait pris la poudre d'escampette, on ne songea plus qu'au défunt.

Comme Porthos et Aramis le déshabillaient dans l'espérance que sa blessure n'était pas mortelle, une grosse bourse s'échappa de sa ceinture. D'Artagnan la ramassa et la tendit à lord de Winter.

— Et que diable voulez-vous que je fasse de cela? dit l'Anglais.

— Vous la rendrez à sa famille, dit d'Artagnan.

— Sa famille se soucie bien de cette misère, elle hérite de quinze mille louis de rente; gardez cette bourse pour vos laquais.

IV.   8

D'Artagnan mit la bourse dans sa poche.

— Et maintenant, mon jeune ami, car vous me permettrez, je l'espère, de vous donner ce nom, dit lord de Winter, dès ce soir, si vous le voulez bien, je vous présenterai à ma sœur lady Clarik ; car je veux qu'elle vous prenne à son tour dans ses bonnes grâces, et, comme elle n'est point tout à fait mal en cour, peut-être dans l'avenir un mot dit par elle ne vous sera-t-il point inutile.

D'Artagnan rougit de plaisir et s'inclina en signe d'assentiment.

Pendant ce temps, Athos s'était approché de d'Artagnan.

— Que comptez-vous faire de cette bourse? lui dit-il tout bas à l'oreille.

— Mais je comptais vous la remettre, mon cher Athos.

— A moi, et pourquoi cela?

— Dame, vous l'avez tué; ce sont les dépouilles opimes.

— Moi, hériter d'un ennemi, dit Athos, et pour qui donc me prenez-vous?

— C'est l'habitude à la guerre, dit d'Artagnan; pourquoi ne serait-ce pas l'habitude dans un duel?

— Même sur le champ de bataille, dit Athos, je n'ai jamais fait cela.

— Porthos leva les épaules. Aramis,

8.

d'un mouvement de lèvres, approuva Athos.

— Alors, dit d'Artagnan, donnons cet argent aux laquais, comme lord de Winter nous a dit de le faire.

— Oui, dit Athos, donnons cette bourse, non à nos laquais, mais aux laquais anglais.

Athos prit la bourse, et la jeta dans la main du cocher :

— Pour vous et vos camarades.

Cette grandeur de manières dans un homme entièrement dénué frappa Porthos lui-même, et cette générosité française, redite par lord de Winter et son ami, eut partout un grand succès, excepté auprès de MM. Grimaud, Mousqueton, Planchet et Bazin.

Lord de Winter, en quittant d'Artagnan, lui donna l'adresse de sa sœur ; elle demeurait place Royale, qui était alors le quartier à la mode, au n° 6. D'ailleurs, il s'engageait à le venir prendre pour le présenter. D'Artagnan lui donna rendez-vous à huit heures, chez Athos.

Cette présentation à milady occupait fort la tête de notre Gascon. Il se rappelait de quelle façon étrange cette femme avait été mêlée jusque-là dans sa destinée. Selon sa conviction c'était quelque créature du cardinal, et cependant il se sentait invinciblement entraîné vers elle par un de ces sentiments dont on ne se rend

pas compte. Sa seule crainte était que milady ne reconnût en lui l'homme de Meung
et de Douvres. Alors elle savait qu'il était
des amis de M. de Tréville, et par conséquent qu'il appartenait corps et âme au
roi, ce qui dès-lors lui faisait perdre une
partie de ses avantages, puisque, connu de
milady comme il la connaissait, il jouait
avec elle à jeu égal. Quant à ce commencement d'intrigue entre elle et le comte de
Wardes, notre présomptueux ne s'en préoccupait que médiocrement, bien que le marquis fût jeune, beau, riche et fort avant
dans la faveur du cardinal. Ce n'est pas
pour rien que l'on a vingt ans, et surtout
que l'on est né à Tarbes.

D'Artagnan commença par aller faire
chez lui une toilette flamboyante, puis il

s'en revint chez Athos et, selon son habitude, lui raconta tout. Athos écouta ses projets, puis il secoua la tête et lui recommanda la prudence avec une sorte d'amertume.

— Quoi, lui dit-il, vous venez de perdre une femme que vous disiez bonne, charmante, parfaite, et voilà que vous courez déjà après une autre!

D'Artagnan sentit la vérité du reproche.

— J'aimais madame Bonacieux avec le cœur, tandis que j'aime milady avec la tête, dit-il; et en me faisant conduire chez elle je cherche surtout à m'éclaircir sur le rôle qu'elle joue à la cour.

— Le rôle qu'elle joue, pardieu! il n'est

pas difficile à deviner d'après tout ce que vous m'avez dit. C'est quelque émissaire du cardinal : une femme qui vous attirera dans un piége, où vous laisserez votre tête tout bonnement.

— Diable, mon cher Athos ! vous voyez les choses bien en noir, ce me semble.

— Mon cher, je me défie des femmes ; que voulez-vous ! je suis payé pour cela, et surtout des femmes blondes. Milady est blonde, m'avez-vous dit ?

— Elle a les cheveux du plus beau blond qui se puisse voir.

— Ah ! mon pauvre d'Artagnan, fit Athos.

— Écoutez, je veux m'éclaircir; puis, quand je saurai ce que je désire savoir, je m'éloignerai.

— Éclaircissez-vous, dit flegmatiquement Athos.

Lord de Winter arriva à l'heure dite, mais Athos prévenu à temps passa dans la seconde pièce. Il trouva donc d'Artagnan seul, et comme il était près de huit heures il emmena le jeune homme.

Un élégant carrosse attendait en bas, et comme il était attelé de deux excellents chevaux, en un instant on fut place Royale.

Milady Clarik reçut gracieusement d'Artagnan. Son hôtel était d'une somptuosité remarquable; et bien que la plupart des

Anglais, chassés par la guerre, quittassent la France ou fussent sur le point de la quitter, milady venait de faire faire chez elle de nouvelles dépenses : ce qui prouvait que la mesure générale qui renvoyait les Anglais ne la regardait pas.

— Vous voyez, dit lord de Winter en présentant d'Artagnan à sa sœur, un jeune gentilhomme qui a tenu ma vie entre ses mains, et qui n'a point voulu abuser de ses avantages quoique nous fussions deux fois ennemis, puisque c'est moi qui l'ai insulté et que je suis Anglais. Remerciez-le donc, madame, si vous avez quelque amitié pour moi.

Milady fronça légèrement le sourcil, un nuage à peine visible passa sur son front, et un sourire tellement étrange apparut sur ses lèvres que le jeune homme, qui vit cette triple nuance, en eut comme un frisson.

Le frère ne vit rien ; il s'était retourné pour jouer avec le singe favori de milady, qui l'avait tiré par son pourpoint.

— Soyez le bienvenu, monsieur, dit milady d'une voix dont la douceur singulière contrastait avec les symptômes de mauvaise humeur que venait de remarquer d'Artagnan, vous avez acquis aujourd'hui des droits éternels à ma reconnaissance.

L'Anglais alors se retourna et raconta le combat sans omettre un détail. Milady l'écouta avec la plus grande attention ; cependant on voyait facilement, quelque effort qu'elle fit pour cacher ses impressions, que ce récit ne lui était point agréable. Le sang lui montait à la tête et son petit pied s'agitait impatiemment sous sa robe.

Lord de Winter ne s'aperçut de rien. Puis, lorsqu'il eut fini, il s'approcha d'une table où étaient servis sur un plateau une bouteille de vin d'Espagne et des verres. Il emplit deux verres et d'un signe invita d'Artagnan à boire.

D'Artagnan savait que c'était fort désobliger un Anglais que de refuser de toaster avec lui. Il s'approcha donc de la table et prit le second verre. Cependant il n'avait point perdu de vue milady, et dans la glace il s'aperçut du changement qui venait de s'opérer sur son visage. Maintenant qu'elle croyait n'être plus regardée, un sentiment qui ressemblait à de la férocité animait sa physionomie. Elle mordait son mouchoir à belles dents.

Cette jolie petite soubrette que d'Artagnan avait déjà remarquée entra alors ; elle dit en anglais quelques mots à lord de Winter, qui demanda aussitôt à d'Artagnan la permission de se retirer : s'excusant sur l'urgence de l'affaire qui l'appelait, et chargeant sa sœur d'obtenir son pardon.

D'Artagnan échangea une poignée de main avec lord de Winter et revint près de milady. Son visage, avec une mobilité surprenante, avait repris son expression gracieuse, seulement quelques petites taches rouges disséminées sur son mouchoir indiquaient qu'elle s'était mordu les lèvres jusqu'au sang.

Ses lèvres étaient magnifiques, on eût dit du corail.

La conversation prit une tournure enjouée. Milady paraissait s'être entièrement remise. Elle raconta que lord de Winter n'était que son beau-frère et non son frère: elle avait épousé un cadet de famille qui l'avait laissée veuve avec un enfant. Cet enfant était le seul héritier de lord de Winter si lord de Winter ne se mariait point. Tout cela laissait voir à d'Artagnan un voile qui enveloppait quelque chose, mais il ne voyait pas encore sous ce voile.

Au reste, au bout d'une demi-heure de conversation, d'Artagnan était convaincu que milady était sa compatriote : elle parlait le français avec une pureté et une élégance qui ne laissaient aucun doute à cet égard.

D'Artagnan se répandit en propos galants et en protestations de dévouement. A toutes les fadaises qui échappèrent à notre Gascon milady sourit avec bienveillance. L'heure de se retirer arriva. D'Artagnan prit congé de milady et sortit du salon le plus heureux des hommes.

Sur l'escalier il rencontra la jolie soubrette, laquelle le frotta doucement en passant et, tout en rougissant jusqu'aux yeux, lui demanda pardon de l'avoir tou-

ché, d'une voix si douce, que le pardon lui
fut accordé à l'instant même.

D'Artagnan revint le lendemain et fut
reçu encore mieux que la veille. Lord de
Winter n'y était point et ce fut milady qui
lui fit cette fois tous les honneurs de la
soirée. Elle parut prendre un grand intérêt à lui, lui demanda d'où il était, quels
étaient ses amis, et s'il n'avait pas pensé
quelquefois à s'attacher au service de M. le
cardinal.

D'Artagnan, qui, comme on le sait, était
fort prudent pour un garçon de vingt
ans, se souvint alors de ses soupçons sur
milady; il lui fit un grand éloge de Son
Éminence, lui dit qu'il n'eût point manqué d'entrer dans les gardes du cardinal

au lieu d'entrer dans les gardes du roi, s'il eût connu par exemple M. de Cavois au lieu de connaître M. de Tréville.

Milady changea de conversation sans affectation aucune et demanda à d'Artagnan de la façon la plus négligée du monde s'il n'avait jamais été en Angleterre.

D'Artagnan répondit qu'il y avait été envoyé par M. de Tréville pour traiter d'une remonte de chevaux, et qu'il en avait même ramené quatre comme échantillon.

Milady dans le cours de la conversation se pinça deux ou trois fois les lèvres : elle avait affaire à un Gascon qui jouait serré.

A la même heure que la veille d'Artagnan se retira. Dans le corridor il rencontra encore la jolie Ketty, c'était le nom de la soubrette. Celle-ci le regarda avec une expression de bienveillance à laquelle il n'y avait point à se tromper. Mais d'Artagnan était si préoccupé de la maîtresse qu'il ne remarquait absolument que ce qui venait d'elle.

D'Artagnan revint chez milady le lendemain et le surlendemain, et chaque soir milady lui fit un accueil plus gracieux.

Chaque soir, soit dans l'antichambre, soit dans le corridor, soit sur l'escalier, il rencontrait la jolie soubrette.

Mais, comme nous l'avons dit, d'Artagnan ne faisait aucune attention à cette persistance de la pauvre Ketty.

CHAPITRE V.

UN DÎNER DE PROCUREUR.

Cependant le duel dans lequel Porthos avait joué un rôle si brillant ne lui avait pas fait oublier le dîner de sa procureuse. Le lendemain, vers une heure, il se fit donner le dernier coup de brosse par Mousqueton, et s'achemina vers la rue aux Ours,

du pas d'un homme qui est en double
bonne fortune.

Son cœur battait, mais ce n'était pas,
comme celui de d'Artagnan, d'un jeune et
impatient amour. Non, un intérêt plus
matériel lui fouettait le sang, il allait enfin
franchir ce seuil mystérieux, gravir cet
escalier inconnu qu'avaient monté un à
un les vieux écus de maître Coquenard.

Il allait voir en réalité certain bahut
dont vingt fois il avait vu l'image dans ses
rêves; bahut de forme longue et profonde,
cadenassé, verrouillé, scellé au sol; bahut
dont il avait si souvent entendu parler, et
que les mains un peu sèches, il est vrai,
mais non pas sans élégance de la procureuse allaient ouvrir à ses regards admi-
rateurs.

Et puis lui, l'homme errant sur la terre, l'homme sans fortune, l'homme sans famille, le soldat habitué aux auberges, aux cabarets, aux tavernes, aux posadas; le gourmet forcé pour la plupart du temps de s'en tenir aux lippées de rencontre, il allait tâter des repas de ménage, savourer un intérieur confortable, et se laisser faire à ces petits soins, qui, plus on est dur, plus ils plaisent, comme disent les vieux soudards.

Venir en qualité de cousin s'asseoir tous les jours à une bonne table; dérider le front jaune et plissé du vieux procureur, plumer quelque peu les jeunes clercs en leur apprenant la bassette, le passe-dix et le lansquenet dans leurs plus fines pratiques, et en leur gagnant par manière d'honoraires, pour la leçon qu'il leur donnerait en une heure, leurs économies d'un mois, tout cela souriait énormément à Porthos.

Le mousquetaire se retraçait bien de ci, de là, les mauvais propos qui couraient dès ce temps-là sur les procureurs et qui leur ont survécu : la lésine, la rognure, les jours de jeûne ; mais comme après tout, sauf quelques accès d'économie que Porthos avait toujours trouvés fort intempestifs, il avait vu la procureuse assez libérale, pour une procureuse bien entendu, il espéra rencontrer une maison montée sur un pied flatteur.

Cependant, à la porte, le mousquetaire eut quelques doutes, l'abord n'était point fait pour engager les gens : allée puante et

noire, escalier mal éclairé par des bar-
reaux au travers desquels filtrait le jour
près d'une cour voisine; au premier, une
porte basse et ferrée d'énormes clous comme
la porte principale du Grand-Châtelet.

Porthos heurta du doigt; un grand
clerc pâle et enfoui sous une forêt de cheveux vierges vint ouvrir et salua de l'air
d'un homme forcé de respecter à la fois
dans un autre la haute taille qui indique
la force, l'habit militaire qui indique l'état,
et la mine vermeille qui indique l'habitude
de bien vivre.

Autre clerc plus petit derrière le premier, autre clerc plus grand derrière le
second', saute-ruisseau de douze ans derrière le troisième.

En tout, trois clercs et demi ; ce qui, pour le temps, annonçait une étude des plus achalandée.

Quoique le mousquetaire ne dût arriver qu'à une heure, depuis midi la procureuse avait l'œil au guet et comptait sur le cœur et peut-être aussi sur l'estomac de son amant pour lui faire devancer l'heure.

Madame Coquenard arriva donc par la porte de l'appartement, presque en même temps que son convive arrivait par la porte de l'escalier, et l'apparition de la digne dame le tira d'un grand embarras. Les clercs avaient l'œil curieux, et lui, ne sachant trop que dire à cette gamme ascendante et descendante, demeurait la langue muette.

— C'est mon cousin, s'écria la procureuse, entrez donc, entrez donc, monsieur Porthos.

Le nom de Porthos fit son effet sur les clercs, qui se mirent à rire ; mais Porthos se retourna, et tous les visages rentrèrent dans leur gravité.

On arriva dans le cabinet du procureur après avoir traversé l'antichambre où étaient les clercs, et l'étude où ils auraient dû être : cette dernière chambre était une sorte de salle noire et meublée de paperasses. En sortant de l'étude on laissa la cuisine à droite, et l'on entra dans la salle de réception.

Toutes ces pièces qui se commandaient n'inspirèrent point à Porthos de bonnes idées. Les paroles devaient s'entendre de loin par toutes ces portes ouvertes; puis en passant il avait jeté un regard rapide et investigateur sur la cuisine, et il s'avouait à lui-même à la honte de sa procureuse et à son grand regret, à lui, qu'il n'y avait pas vu ce feu, cette animation, ce mouvement qui, au moment d'un bon repas, règnent ordinairement dans ce sanctuaire de la gourmandise.

Le procureur avait sans doute été prévenu de cette visite, car il ne témoigna aucune surprise à la vue de Porthos, qui s'avança jusqu'à lui d'un air assez dégagé et le salua courtoisement.

— Nous sommes cousins, à ce qu'il paraît, monsieur Porthos? dit le procureur en se soulevant à la force des bras sur son fauteuil de cannes.

Le vieillard, enveloppé dans un grand pourpoint noir où se perdait son corps fluet, était vert et sec ; ses petits yeux gris brillaient comme des escarboucles et semblaient, avec sa bouche grimaçante, la seule partie de son visage où la vie fut demeurée. Malheureusement les jambes commençaient à refuser le service à toute cette machine osseuse ; depuis cinq ou six mois que cet affaiblissement s'était fait sentir, le digne procureur était à peu près devenu l'esclave de sa femme.

Le cousin fut accepté avec résignation, voilà tout. Maître Coquenard ingambe eût décliné toute parenté avec M. Porthos.

— Oui, monsieur, nous sommes cousins, dit sans se démonter Porthos, qui, d'ailleurs, n'avait jamais compté être reçu par le mari avec enthousiasme.

— Par les femmes, je crois ! dit malicieusement le procureur.

Porthos ne sentit point cette raillerie et la prit pour une naïveté dont il rit dans sa grosse moustache. Madame Coquenard, qui savait que le procureur naïf était une variété fort rare dans l'espèce, sourit un peu et rougit beaucoup.

Maître Coquenard avait, dès l'arrivée de Porthos, jeté les yeux avec inquiétude sur une grande armoire placée en face de son bureau de chêne. Porthos comprit que

cette armoire, quoiqu'elle ne répondît
point par la forme à celle qu'il avait vue
dans ses songes, devait être le bienheureux
bahut, et il s'applaudit de ce que la réalité
avait six pieds de plus en hauteur que le
rêve.

Maître Coquenard ne poussa pas plus
loin ses investigations généalogiques, mais
en ramenant son regard inquiet de l'armoire sur Porthos il se contenta de dire :

— Monsieur notre cousin, avant son
départ pour la campagne, nous fera bien la
grâce de dîner une fois avec nous, n'est-ce
pas, madame Coquenard ?

Cette fois, Porthos reçut le coup en plein
estomac et le sentit ; il paraît que de son

côté madame Coquenard non plus n'y fut pas insensible, car elle ajouta :

— Mon cousin ne reviendra pas s'il trouve que nous le traitons mal; mais, dans le cas contraire, il a trop peu de temps à passer à Paris, et par conséquent à nous voir, pour que nous ne lui demandions pas presque tous les instants dont il peut disposer jusqu'à son départ.

— Oh! mes jambes, mes pauvres jambes! où êtes-vous! murmura Coquenard, et il essaya de sourire.

Ce secours qui était arrivé à Porthos au moment où il était attaqué dans ses espérances gastronomiques inspira au mousquetaire beaucoup de reconnaissance pour sa procureuse.

Bientôt l'heure du dîner arriva. On passa dans la salle à manger, grande pièce noire qui était située en face de la cuisine.

Les clercs, qui, à ce qu'il paraît, avaient senti dans la maison des parfums inaccoutumés, étaient d'une exactitude militaire, et tenaient en main leurs tabourets, tout prêts qu'ils étaient à s'asseoir. On les voyait remuer d'avance les mâchoires avec des dispositions effrayantes.

— Tudieu! pensa Porthos en jetant un regard sur les trois affamés, car le saute-ruisseau n'était pas, comme on le pense bien, admis aux honneurs de la table magistrale, tudieu! à la place de mon cousin je ne garderais pas de pareils gourmands. On dirait des naufragés qui n'ont pas mangé depuis six semaines.

Maître Coquenard entra poussé sur son fauteuil à roulettes par madame Coquenard, à qui Porthos, à son tour, vint en aide pour rouler son mari jusqu'à la table.

A peine entré, il remua le nez et les mâchoires à l'exemple de ses clercs.

— Oh! oh! dit-il, voici un potage qui est engageant!

— Que diable sentent-ils donc d'extraordinaire dans ce potage? dit Porthos à l'aspect d'un bouillon pâle, abondant, mais parfaitement aveugle, et sur lequel quelques croûtes nageaient rares comme les îles d'un archipel.

Madame Coquenard sourit, et, sur un signe d'elle, tout le monde s'assit avec empressement.

Maître Coquenard fut le premier servi,
puis Porthos; ensuite madame Coquenard
emplit son assiette, et distribua les croûtes
sans bouillon aux clercs impatients.

En ce moment la porte de la salle à manger s'ouvrit d'elle-même en criant, et Porthos, à travers les battants entre-bâillés,
aperçut le petit clerc, qui, ne pouvant
prendre part au festin, mangeait son pain
à la double odeur de la cuisine et de la
salle à manger.

Après le potage la servante apporta une
poule bouillie, magnificence qui fit dilater
les paupières des convives de telle façon
qu'elles semblaient prêtes à se fendre.

— On voit que vous aimez votre famille, madame Coquenard, dit le procureur avec un sourire presque tragique; voilà, certes, une galanterie que vous faites à votre cousin.

La pauvre poule était maigre et revêtue d'une de ces grosses peaux hérissées que les os ne percent jamais malgré leurs efforts, il fallait qu'on l'eût cherchée bien long-temps avant de la trouver sur le perchoir où elle s'était retirée pour mourir de vieillesse.

« Diable! pensa Porthos, voilà qui est fort triste; je respecte la vieillesse, mais j'en fais peu de cas bouillie ou rôtie. »

Et il regarda à la ronde pour voir si son opinion était partagée; mais, tout au contraire de lui, il ne vit que des yeux flamboyants, qui dévoraient d'avance cette sublime poule, objet de ses mépris.

Madame Coquenard tira le plat à elle, détacha adroitement les deux grandes pattes noires, qu'elle plaça sur l'assiette de son mari; trancha le cou, qu'elle mit avec la tête à part pour elle-même; leva l'aile pour Porthos, et remit à la servante, qui venait de l'apporter, l'animal, qui s'en retourna presque intact, et qui avait disparu avant que le mousquetaire eût eu le temps d'examiner les variations que le désappointement amène sur les visages, selon les caractères et les tempéraments de ceux qui l'éprouvent.

Au lieu de poulet, un plat de fèves fit son entrée; plat énorme, dans lequel quelques os de mouton, qu'on eût pu au premier abord croire accompagnés de viande, faisaient semblant de se montrer.

Mais les clercs ne furent pas dupes de cette supercherie, et les mines lugubres devinrent des visages résignés.

Madame Coquenard distribua ce mets aux jeunes gens avec la modération d'une bonne ménagère.

Le tour du vin était venu. Maître Coquenard versa d'une bouteille de grès fort exiguë le tiers d'un verre à chacun des jeunes gens, s'en versa à lui-même dans des proportions à peu près égales, et la bouteille passa aussitôt du côté de Porthos et de madame Coquenard.

Les jeunes gens remplissaient d'eau ce

tiers de vin; puis, lorsqu'ils avaient bu la
moitié du verre, ils le remplissaient encore, et toujours ils faisaient ainsi : ce qui
les amenait à la fin du repas à avaler une
boisson qui de la couleur du rubis était
passée à celle de la topaze brûlée.

Porthos mangea timidement son aile de
poule, et frémit lorsqu'il sentit sous la table le genou de la procureuse qui venait
trouver le sien. Il but aussi un demi-verre
de ce vin si fort ménagé, et qu'il reconnut
pour cet horrible cru de Montreuil, la terreur des palais exercés.

Maître Coquenard le regarda engloutir
ce vin pur et soupira.

— Mangerez-vous bien de ces fèves, mon
cousin Porthos? dit madame Coquenard

de ce ton qui veut dire : Croyez-moi, n'en mangez pas.

— Du diable si j'en goûte ! murmura tout bas Porthos...

Puis, tout haut :

— Merci, ma cousine, dit-il, je n'ai plus faim.

Il se fit un silence : Porthos ne savait quelle contenance tenir. Le procureur répéta plusieurs fois :

— Ah, madame Coquenard ! je vous en fais mon compliment, votre dîner était un véritable festin : Dieu ! ai-je mangé !

Maître Coquenard avait mangé son potage, les pattes noires de la poule et le seul os de mouton où il y eût un peu de viande.

Porthos crut qu'on le mystifiait, et commença à relever sa moustache et à froncer le sourcil ; mais le genou de madame Coquenard vint tout doucement lui conseiller la patience.

Ce silence et cette interruption de service, qui étaient restés inintelligibles pour Porthos, avaient au contraire une signification terrible pour les clercs : sur un regard du procureur, accompagné d'un sourire de madame Coquenard, ils se levèrent lentement de table, plièrent leurs serviettes plus lentement encore, puis ils saluèrent et partirent.

— Allez, jeunes gens, allez faire la digestion en travaillant, dit gravement le procureur.

Les clercs partis, madame Coquenard se leva et tira d'un buffet un morceau de fromage, des confitures de coings et un gâteau qu'elle avait fait elle-même avec des amandes et du miel.

Maître Coquenard fronça le sourcil parce qu'il voyait trop de mets. Porthos se pinça les lèvres parce qu'il voyait qu'il n'y avait pas de quoi dîner.

Il regarda si le plat de fèves était encore là, le plat de fèves avait disparu.

—Festin décidément, s'écria maître Coquenard en s'agitant sur sa chaise, véritable festin, *epulæ epularum* : Lucullus dîne chez Lucullus.

Porthos regarda la bouteille qui était

près de lui, et il espéra qu'avec du vin, du
pain et du fromage il dînerait ; mais le vin
manquait, la bouteille était vide : M. et
madame Coquenard n'eurent point l'air
de s'en apercevoir.

— C'est bien, se dit Porthos à lui-même,
me voilà prévenu.

Il passa sa langue sur une petite cuille-
rée de confitures et s'englua les dents
dans la pâte collante de madame Coquenard.

— Maintenant, dit-il, le sacrifice est
consommé. Ah, si je n'avais pas l'espoir de
regarder avec madame Coquenard dans
l'armoire de son mari !

Maître Coquenard, après les délices d'un

pareil repas, qu'il appelait un excès, éprouva le besoin de faire sa sieste. Porthos espérait que la chose aurait lieu, séance tenante et dans la localité même ; mais le procureur maudit ne voulut entendre à rien ; il fallut le conduire dans sa chambre et il cria tant qu'il ne fut pas devant son armoire, sur le rebord de laquelle, pour plus de précaution encore, il posa ses pieds.

La procureuse emmena Porthos dans une chambre voisine, et l'on commença de poser les bases de la réconciliation.

— Vous pourrez venir dîner trois fois la semaine, dit madame Coquenard.

— Merci, dit Porthos, je n'aime pas à abuser, d'ailleurs il faut que je songe à cet équipement.

— C'est vrai, dit la procureuse en gémissant..... c'est ce malheureux équipement...

— Hélas, oui, dit Porthos, c'est lui !

— Mais de quoi donc se compose l'équipement de votre corps, monsieur Porthos?

— Oh! de bien des choses, dit Porthos, les mousquetaires, comme vous savez, sont soldats d'élite, et il leur faut beaucoup d'objets inutiles aux gardes ou aux Suisses.

— Mais encore, détaillez-le-moi.

— Mais cela peut aller à... dit Porthos, qui aimait mieux discuter le total que le menu.

La procureuse attendait frémissante.

— A combien? dit-elle, j'espère bien que cela ne passe point... Elle s'arrêta, la parole lui manquait.

— Oh! non, dit Porthos, cela ne passe point deux mille cinq cents livres; je crois même qu'en y mettant de l'économie avec deux mille livres je m'en tirerai.

— Bon Dieu, deux mille livres! s'écriat-elle, mais c'est une fortune.

Porthos fit une grimace des plus significatives, madame Coquenard la comprit.

— Je demandais le détail, dit-elle, parce qu'ayant beaucoup de parents et de pratiques dans le commerce j'étais presque sûre d'obtenir les choses à cent pour cent au-dessous du prix où vous les payeriez vous-même.

— Ah! ah! fit Porthos, si c'est cela que vous avez voulu dire!

— Oui, cher monsieur Porthos! ainsi ne vous faut-il pas d'abord un cheval?

— Oui, un cheval.

— Eh bien! justement, j'ai votre affaire.

— Ah! dit Porthos rayonnant, voilà donc qui va bien quant à mon cheval; ensuite il me faut le harnachement complet qui se compose d'objets qu'un mousquetaire peut seul acheter, et qui ne montera pas, d'ailleurs, à plus de trois cents livres.

— Trois cents livres : alors mettons trois

cents livres, dit la procureuse avec un soupir.

Porthos sourit : on se souvient qu'il avait
la selle qui lui venait de Buckingham,
c'était donc trois cents livres qu'il comptait mettre sournoisement dans sa poche.

— Puis, continua-t-il, il y a le cheval de
mon laquais et ma valise ; quant aux
armes, il est inutile que vous vous en
préoccupiez, je les ai.

— Un cheval pour votre laquais, reprit
en hésitant la procureuse ; mais c'est bien
grand seigneur, mon ami.

— Eh, madame ! dit fièrement Porthos,
est-ce que je suis un croquant, par hasard?

— Non ; je vous disais seulement qu'un

joli mulet avait quelquefois aussi bon air qu'un cheval, et qu'il me semble qu'en vous procurant un joli mulet pour Mousqueton...

— Va pour un joli mulet, dit Porthos; vous avez raison, j'ai vu de très-grands seigneurs espagnols dont toute la suite était à mulets. Mais alors, vous comprenez, madame Coquenard, un mulet avec des panaches et des grelots?

— Soyez tranquille, dit la procureuse.

— Reste la valise, reprit Porthos.

— Oh! que cela ne vous inquiète point, s'écria madame Coquenard : mon mari a cinq ou six valises, vous choisirez la meilleure; il y en a une surtout qu'il affectionnait dans ses voyages, et qui est grande à tenir un monde.

— Elle est donc vide, votre valise? demanda naïvement Porthos.

— Assurément qu'elle est vide, répondit naïvement de son côté la procureuse.

— Ah! mais la valise dont j'ai besoin, s'écria Porthos, est une valise bien garnie, ma chère.

Madame Coquenard poussa de nouveaux soupirs. Molière n'avait pas encore écrit sa scène de l'Avare. Madame Coquenard a donc le pas sur Harpagon.

Enfin, le reste de l'équipement fut successivement débattu de la même manière; et le résultat de la séance fut que la pro-

cureuse donnerait huit cents livres en argent, et fournirait le cheval et le mulet
qui auraient l'honneur de porter à la gloire
Porthos et Mousqueton.

Ces conditions arrêtées, Porthos prit
congé de madame Coquenard. Celle-ci
voulait bien le retenir en lui faisant les
doux yeux; mais Porthos prétexta les exigences du service, et il fallut que la procureuse cédât le pas au roi.

Le mousquetaire rentra chez lui avec
une faim de fort mauvaise humeur.

CHAPITRE VI.

SOUBRETTE DE MAITRESSE.

Cependant, comme nous l'avons dit, malgré les cris de sa conscience et les sages conseils d'Athos, d'Artagnan devenait d'heure en heure plus amoureux de milady; aussi ne manquait-il pas tous les jours d'aller lui faire une cour à laquelle

l'avantageux Gascon était convaincu qu'elle
ne pouvait, tôt ou tard, manquer de répondre.

Un soir qu'il arrivait le nez au vent,
léger comme un homme qui attend une
pluie d'or, il rencontra la soubrette sous la
porte cochère ; mais cette fois la jolie Ketty
ne se contenta point de le toucher en
passant, elle lui prit tout doucement la
main.

— Bon ! fit d'Artagnan, elle est chargée
de quelque message pour moi de la part de sa
maîtresse ; elle va m'assigner quelque rendez-vous qu'on n'aura pas osé me donner
de vive voix. Et il regarda la belle enfant
de l'air le plus vainqueur qu'il put prendre.

— Je voudrais bien vous dire deux

mots, monsieur le chevalier... balbutia la soubrette.

— Parle, mon enfant; parle, dit d'Artagnan, j'écoute.

— Ici, impossible; ce que j'ai à vous dire, c'est trop long et surtout trop secret.

— Eh bien ! mais, comment faire alors?

— Si monsieur le chevalier voulait me suivre, dit timidement Ketty.

— Où tu voudras, ma belle enfant.

— Alors, venez.

Et Ketty, qui n'avait point lâché la main de d'Artagnan, l'entraîna par un petit escalier sombre et tournant, et, après lui avoir fait monter une quinzaine de marches, ouvrit une porte.

— Entrez, monsieur le chevalier, dit-elle, ici nous serons seuls et nous pourrons causer.

— Et quelle est donc cette chambre, ma belle enfant? demanda d'Artagnan.

— C'est la mienne, monsieur le chevalier; elle communique à celle de ma maîtresse par cette porte. Mais, soyez tranquille, elle ne pourra entendre ce que nous dirons, jamais elle ne se couche qu'à minuit.

D'Artagnan jeta un coup d'œil autour de lui. La petite chambre était charmante de goût et de propreté; mais, malgré lui, ses yeux se fixèrent sur cette porte que Ketty lui avait dit conduire à la chambre de milady.

Ketty devina ce qui se passait dans l'esprit du jeune homme, et poussa un soupir.

— Vous aimez donc bien ma maîtresse, monsieur le chevalier? dit-elle.

— Oh, plus que je ne puis dire! Ketty, j'en suis fou !

Ketty poussa un second soupir.

— Hélas, monsieur, dit-elle ! c'est bien dommage !

— Et que diable vois-tu donc là de si fâcheux? demanda d'Artagnan.

— C'est que, monsieur, reprit Ketty, ma maîtresse ne vous aime pas du tout.

— Hein ! fit d'Artagnan, t'aurait-elle chargée de me le dire?

— Oh, non pas, monsieur ! mais c'est moi qui , par intérêt pour vous, ai pris la résolution de vous le dire.

— Merci, ma bonne Ketty, mais de l'intention seulement, car la confidence, tu en conviendras, n'est point agréable.

— C'est-à-dire que vous ne croyez point à ce que je vous ai dit, n'est-ce pas?

— On a toujours peine à croire de pareilles choses, ma belle enfant; ne fût-ce que par amour-propre.

— Donc, vous ne me croyez point?

— J'avoue que jusqu'à ce que tu daignes me donner quelque preuve de ce que tu avances...

— Que dites vous de celle-ci?

Et Ketty tira de sa poitrine un petit billet.

—Pour moi? dit d'Artagnan en s'emparant vivement de la lettre.

— Non, pour un autre.

— Pour un autre?

— Oui.

— Son nom, son nom ! s'écria d'Artagnan furieux.

—Voyez l'adresse.

— M. le comte de Wardes.

Le souvenir de la scène de Saint-Germain se présenta aussitôt à l'esprit du présomptueux Gascon ; par un mouvement rapide comme la pensée, il déchira l'enveloppe malgré le cri que poussa Ketty en voyant ce qu'il allait faire ou plutôt ce qu'il faisait.

— Oh ! mon Dieu ! monsieur le chevalier, dit-elle, que faites-vous ?

— Moi, rien ! dit d'Artagnan, et il lut :

« Vous n'avez pas répondu à mon premier billet ; êtes-vous donc souffrant, ou bien auriez-vous oublié quels yeux vous me fîtes au bal de madame de Guise ? Voici l'occasion, comte ! ne la laissez pas échapper. »

D'Artagnan pâlit; il était blessé dans son amour-propre, il se crut blessé dans son amour.

— Pauvre cher monsieur d'Artagnan! dit Ketty d'une voix pleine de compassion et en serrant de nouveau la main du jeune homme.

— Tu me plains, bonne petite! dit d'Artagnan.

— Oh, oui, de tout mon cœur! car je sais ce que c'est que l'amour, moi!

— Tu sais ce que c'est que l'amour? dit d'Artagnan la regardant pour la première fois avec une certaine attention.

— Hélas, oui!

— Eh bien! au lieu de me plaindre,

alors, tu ferais bien mieux de m'aider à me venger de ta maîtresse.

— Et quelle sorte de vengeance voudriez-vous en tirer ?

— Je voudrais triompher d'elle, supplanter mon rival.

— Je ne vous aiderai jamais à cela, monsieur le chevalier ! dit vivement Ketty.

— Et pourquoi cela ? demanda d'Artagnan.

— Pour deux raisons.

— Lesquelles ?

— La première, c'est que jamais ma maîtresse ne vous aimera.

— Qu'en sais-tu ?

— Vous l'avez blessée au cœur.

— Moi! en quoi puis-je l'avoir blessée, moi qui, depuis que je la connais, vis à ses pieds comme un esclave; parle, je t'en prie?

— Je n'avouerais jamais cela qu'à l'homme... qui lirait jusqu'au fond de mon âme!

D'Artagnan regarda Ketty pour la seconde fois. La jeune fille était d'une fraîcheur et d'une beauté que bien des duchesses eussent achetée de leur couronne.

— Ketty, dit-il, je lirai jusqu'au fond de ton âme quand tu voudras; qu'à cela ne tienne, ma chère enfant : et il lui donna un baiser sous lequel la pauvre enfant devint rouge comme une cerise.

— Oh non ! s'écria Ketty, vous ne m'aimez pas ! c'est ma maîtresse que vous aimez, vous me l'avez dit tout à l'heure !

— Et cela t'empêche-t-il de me faire connaître la seconde raison ?

—La seconde raison, monsieur le chevalier, reprit Ketty enhardie par le baiser d'abord et ensuite par l'expression des yeux du jeune homme, c'est qu'en amour chacun pour soi.

Alors seulement d'Artagnan se rappela les coups d'œil languissants de Ketty, ses rencontres dans l'antichambre, sur l'escalier, dans le corridor, ses frôlements de main chaque fois qu'elle le rencontrait et ses soupirs étouffés; mais, absorbé par le désir de plaire à la grande dame, il avait dédaigné la soubrette : qui chasse l'aigle ne s'inquiète point du passereau.

Mais cette fois notre Gascon vit d'un seul coup d'œil tout le parti qu'on pouvait tirer de cet amour que Ketty venait d'avouer d'une façon si naïve ou si effrontée : interception des lettres adressées au comte de Wardes , intelligences dans la place, entrée à toute heure dans la chambre de Ketty, contiguë à celle de sa maîtresse. Le perfide, comme on le voit, sacrifiait déjà en idée la pauvre fille pour obtenir milady de gré ou de force.

— Eh bien, dit-il à la jeune fille, veux-tu, ma chère Ketty, que je te donne une preuve de cet amour dont tu doutes?

— De quel amour? demanda la jeune fille.

— De celui que je suis tout prêt à ressentir pour toi.

— Et quelle est cette preuve?

— Veux-tu que ce soir je passe avec toi le temps que je passe ordinairement avec ta maîtresse?

— Oh, oui, dit Ketty en battant des mains, bien volontiers!

— Eh bien, ma chère enfant, dit d'Artagnan en s'établissant dans un fauteuil, viens çà que je te dise que tu es la plus jolie soubrette que j'aie jamais vue!

Et il le lui dit tant et si bien, que la pauvre enfant, qui ne demandait pas mieux que de le croire, le crut... Cependant, au grand étonnement de d'Artagnan, la jolie Ketty se défendait avec une certaine résolution.

Le temps passe vite, lorsqu'il se passe en attaques et en défenses.

Minuit sonna; et l'on entendit presqu'en même temps retentir la sonnette dans la chambre de milady.

— Grand Dieu! s'écria Ketty, voici ma maîtresse qui m'appelle! Pars, pars vite!

D'Artagnan se leva, prit son chapeau comme s'il avait l'intention d'obéir; puis, ouvrant vivement la porte d'une grande armoire au lieu d'ouvrir celle de l'escalier, il se blottit dedans au milieu des robes et des peignoirs de milady.

— Que faites-vous donc? s'écria Ketty.

D'Artagnan, qui d'avance avait pris la clef, s'enferma dans son armoire sans répondre.

— Eh bien! cria milady d'une voix aigre, dormez-vous donc que vous ne venez pas quand je sonne?

Et d'Artagnan entendit qu'on ouvrait violemment la porte de communication.

— Me voici, milady, me voici, s'écria Ketty en s'élançant à la rencontre de sa maîtresse.

Toutes deux rentrèrent dans la chambre à coucher, et, comme la porte de communication resta ouverte, d'Artagnan put entendre quelque temps encore milady gronder sa suivante; puis enfin elle s'apaisa, et la conversation tomba sur lui tandis que Ketty accommodait sa maîtresse.

— Eh bien ! dit milady, je n'ai pas vu notre Gascon ce soir?

— Comment, madame, dit Ketty, il n'est pas venu ! Serait-il volage avant d'être heureux ?

— Oh, non ! il faut qu'il ait été empêché par M. de Tréville ou par M. des Essarts. Je m'y connais, Ketty, et je le tiens, celui-là.

— Qu'en fera madame?

— Ce que j'en ferai!.. Sois tranquille, Ketty! il y a entre cet homme et moi une chose qu'il ignore... il a manqué me faire perdre mon crédit près de Son Éminence... Oh, je me vengerai!

— Je croyais que madame l'aimait?

— Moi, l'aimer! Je le déteste! Un niais, qui tient la vie de lord de Winter entre ses mains et qui ne le tue pas, et qui me fait perdre trois cent mille livres de rente!

— C'est vrai, dit Ketty, votre fils était le seul héritier de son oncle, et jusqu'à sa majorité vous auriez eu la jouissance de sa fortune.

D'Artagnan frissonna jusqu'à la moelle

des os en entendant cette suave créature lui reprocher, avec cette voix stridente qu'elle avait tant de peine à cacher dans la conversation, de n'avoir pas tué un homme qu'il l'avait vue combler d'amitié.

— Aussi, continua milady, je me serais déjà vengée sur lui-même, si, je ne sais pourquoi, le cardinal ne m'avait recommandé de le ménager.

— Oh oui! Mais madame n'a point ménagé cette petite femme qu'il aimait.

— Oh! la mercière de la rue des Fossoyeurs : est-ce qu'il n'a pas déjà oublié qu'elle existait! La belle vengeance, ma foi!

Une sueur froide coulait sur le front de

d'Artagnan : c'était donc un monstre que cette femme.

Il se remit à écouter, mais malheureusement la toilette était finie.

— C'est bien, dit milady, rentrez chez vous, et demain tâchez enfin d'avoir une réponse à cette lettre que je vous ai donnée.

— Pour M. de Wardes? dit Ketty.

— Sans doute, pour M. de Wardes.

— En voilà un, dit Ketty, qui m'a bien l'air d'être tout le contraire de ce pauvre M. d'Artagnan.

— Sortez, mademoiselle, dit milady, je n'aime pas les commentaires.

D'Artagnan entendit la porte qui se refermait, puis le bruit de deux verrous que mettait milady afin de s'enfermer chez elle; de son côté, mais le plus doucement qu'elle put, Ketty donna à la porte un tour de clef; d'Artagnan alors poussa la porte de l'armoire.

— Oh, mon Dieu! dit tout bas Ketty, qu'avez-vous? et comme vous êtes pâle!

— L'abominable créature! murmura d'Artagnan.

— Silence! silence! sortez, dit Ketty; il n'y a qu'une cloison entre ma chambre et celle de milady, on entend de l'une tout ce qui se dit dans l'autre!

— C'est justement pour cela que je ne sortirai pas, dit d'Artagnan.

— Comment! fit Ketty en rougissant.

— Ou du moins que je sortirai... plus tard.

Et il attira Ketty à lui; il n'y avait plus moyen de résister, la résistance fait tant de bruit! aussi Ketty céda.

C'était un commencement de vengeance contre milady. D'Artagnan trouva qu'on avait raison de dire que la vengeance est le plaisir des dieux. Aussi, avec un peu de cœur, d'Artagnan se serait-il contenté de cette nouvelle conquête; mais d'Artagnan n'avait que de l'ambition et de l'orgueil.

Cependant, il faut le dire à sa louange, le premier emploi qu'il avait fait de son influence sur Ketty avait été d'essayer de sa-

voir d'elle ce qu'était devenue madame Bonacieux; mais la pauvre fille jura sur le
crucifix à d'Artagnan qu'elle l'ignorait complétement, sa maîtresse ne laissant jamais
pénétrer que la moitié de ses secrets: seulement, elle croyait pouvoir répondre
qu'elle n'était pas morte.

Quant à la cause qui avait manqué faire
perdre à milady son crédit près du cardinal, Ketty n'en savait pas davantage; mais
cette fois, d'Artagnan était plus avancé
qu'elle : comme il avait aperçu milady
sur un bâtiment consigné au moment où
lui quittait l'Angleterre, il se doutait qu'il
était sans doute question des ferrets de diamants.

Mais ce qu'il y avait de plus clair dans

tout cela, c'est que la haine véritable, la haine profonde, la haine invétérée de milady lui venait de ce qu'il n'avait pas tué son beau-frère.

D'Artagnan retourna le lendemain chez milady. Milady étant de fort méchante humeur, d'Artagnan se douta que c'était le défaut de réponse de M. de Wardes qui l'agaçait ainsi. Ketty entra; mais milady la reçut fort durement: un coup d'œil qu'elle lança à d'Artagnan voulait dire: Vous voyez ce que je souffre pour vous.

Cependant vers la fin de la soirée, la belle lionne s'adoucit, elle écouta en souriant les doux propos de d'Artagnan, elle lui donna même sa main à baiser.

D'Artagnan sortit ne sachant plus que

penser; mais comme c'était un garçon à qui on ne faisait pas facilement perdre la tête, tout en faisant sa cour à milady il avait bâti dans son esprit un petit plan.

Il trouva Ketty à la porte, et comme la veille il monta chez elle. Ketty avait été fort grondée, on l'avait accusée de négligence. Milady ne comprenait rien au silence du comte de Wardes, et elle lui avait ordonné d'entrer chez elle à neuf heures du matin pour y prendre une troisième lettre.

D'Artagnan fit promettre à Ketty de lui apporter chez lui cette lettre le lendemain matin; la pauvre fille promit tout ce que voulut son amant: elle était folle.

Les choses se passèrent comme la veille:

d'Artagnan s'enferma dans son armoire, milady appela, fit sa toilette, renvoya Ketty et referma sa porte. Comme la veille d'Artagnan ne rentra chez lui qu'à cinq heures du matin.

A onze heures, il vit arriver Ketty; elle tenait à la main un nouveau billet de milady. Cette fois, la pauvre enfant n'essaya pas même de le disputer à d'Artagnan; elle le laissa faire, elle appartenait corps et âme à son beau soldat.

D'Artagnan ouvrit le billet et lut ce qui suit :

« Voilà la troisième fois que je vous écris pour vous dire que je vous aime. Prenez garde que je ne vous écrive une quatrième pour vous dire que je vous déteste.

» Si vous vous repentez de la façon dont vous avez agi avec moi, la jeune fille qui vous remettra ce billet vous dira de quelle manière un galant homme peut obtenir son pardon. »

D'Artagnan rougit et pâlit plusieurs fois en lisant ce billet.

— Oh, vous l'aimez toujours! dit Ketty, qui n'avait pas détourné un instant les yeux du visage du jeune homme.

— Non, Ketty, tu te trompes, je ne l'aime plus; mais je veux me venger de ses mépris.

— Oui, je connais votre vengeance; vous me l'avez dite.

— Que t'importe, Ketty! tu sais bien que c'est toi seule que j'aime.

— Comment peut-on savoir cela?

— Par le mépris que je ferai d'elle.

Ketty soupira.

D'Artagnan prit une plume et écrivit.

« Madame, jusqu'ici j'avais douté que ce fût bien à moi que vos deux premiers billets eussent été adressés , tant je me croyais indigne d'un pareil honneur; d'ailleurs j'étais si souffrant, que j'eusse en tout cas hésité à y répondre.

» Mais aujourd'hui il faut bien que je croie à l'excès de vos bontés, puisque non-seulement votre lettre, mais encore votre suivante, m'affirme que j'ai le bonheur d'être aimé de vous.

» Elle n'a pas besoin de me dire de quelle manière un galant homme peut obtenir son pardon. J'irai donc vous demander le mien ce soir à onze heures. Tarder d'un jour serait à mes yeux, maintenant, vous faire une nouvelle offense.

» Celui que vous avez rendu le plus heureux des hommes.

» Comte de WARDES. »

Ce billet était d'abord un faux, c'était ensuite une indélicatesse; c'était même, au point de vue de nos mœurs actuelles, quelque chose comme une infamie; mais on se ménageait moins à cette époque qu'on ne le fait aujourd'hui. D'ailleurs d'Artagnan, par ses propres aveux, savait milady coupable de trahison à des chefs plus importants, et il n'avait pour elle qu'une estime fort mince. Et cependant, malgré ce peu d'estime, il sentait qu'une passion insensée le brûlait pour cette femme. Passion ivre de mépris; mais passion ou soif, comme on voudra.

L'intention de d'Artagnan était bien simple : par la chambre de Ketty il arrivait à celle de sa maîtresse; il profitait du premier moment de surprise, de honte, de terreur pour triompher d'elle; peut-être aussi échouerait-il, mais il fallait bien donner quelque chose au hasard. Dans huit jours la campagne s'ouvrait, et il fallait partir; d'Artagnan n'avait pas le temps de filer le parfait amour.

—Tiens, dit le jeune homme en remettant à Ketty le billet tout cacheté, donne cette lettre à milady; c'est la réponse de M. de Wardes.

La pauvre Ketty devint pâle comme la mort, elle se doutait de ce que contenait le billet.

—Écoute, ma chère enfant, lui dit d'Artagnan, tu comprends qu'il faut que tout cela finisse d'une façon ou de l'autre; milady peut découvrir que tu as remis le premier billet à mon valet, au lieu de le remettre au valet du comte; que c'est moi qui ai décacheté les autres qui devaient être décachetés par M. de Wardes; alors milady te chasse, et, tu la connais, ce n'est pas une femme à borner là sa vengeance.

— Hélas! dit Ketty, pour qui me suis-je exposée à tout cela?

— Pour moi, je le sais bien, ma toute belle, dit le jeune homme; aussi je t'en suis bien reconnaissant, je te le jure.

— Mais enfin, que contient votre billet?

— Milady te le dira.

— Ah! vous ne m'aimez pas! s'écria Ketty, et je suis bien malheureuse!

A ce reproche il y a une réponse à laquelle les femmes se trompent toujours; d'Artagnan répondit de manière que Ketty demeurât dans la plus grande erreur.

Cependant elle pleura beaucoup avant

de se décider à remettre cette lettre à milady; mais enfin elle se décida, c'est tout
ce que voulait d'Artagnan.

D'ailleurs il lui promit que le soir il
sortirait de bonne heure de chez sa maîtresse, et qu'en sortant de chez sa maîtresse il monterait chez elle.

Cette promesse acheva de consoler la
pauvre Ketty.

13.

CHAPITRE VII.

OU IL EST TRAITÉ DE L'ÉQUIPEMENT D'ARAMIS ET DE PORTHOS.

Depuis que les quatre amis étaient chacun à la chasse de son équipement, il n'y avait plus entre eux de réunion arrêtée. On dînait les uns sans les autres, où l'on se trouvait ou plutôt où l'on pouvait. Le service de son côté prenait aussi sa part de ce temps précieux, qui s'écoulait si vite. Seulement on était convenu de se trouver une fois la semaine, vers une heure, au logis d'Athos, attendu que ce dernier, selon le serment qu'il avait fait, ne passait plus le seuil de sa porte.

C'était, le jour même où Ketty était venue trouver d'Artagnan chez lui, jour de réunion.

A peine Ketty fut-elle sortie que d'Artagnan se dirigea vers la rue Férou.

Il trouva Athos et Aramis qui philosophaient. Aramis avait quelques velléités de revenir à la soutane. Athos, selon ses habitudes, ne le dissuadait ni ne l'encourageait. Athos était pour qu'on laissât à chacun son libre arbitre. Il ne donnait jamais de conseils qu'on ne les lui demandât. Encore fallait-il les lui demander deux fois.

— En général, on ne demande de conseils, disait-il, que pour ne les pas suivre; ou, si on les a suivis, que pour avoir quelqu'un à qui l'on puisse faire le reproche de les avoir donnés.

Porthos arriva un instant après d'Artagnan. Les quatre amis se trouvaient donc réunis.

Les quatre visages exprimaient quatre sentiments différents: celui de Porthos la tranquillité, celui d'Artagnan l'espoir, celui d'Aramis l'inquiétude, celui d'Athos l'insouciance.

Au bout d'un instant de conversation dans lequel Porthos laissa entrevoir qu'une personne bien haut placée avait bien voulu se charger de le tirer d'embarras, Mousqueton entra.

Il venait prier Porthos de passer à son logis, où, disait-il d'un air fort piteux, sa présence était urgente.

— Sont-ce mes équipages? demanda Porthos.

— Oui et non, répondit Mousqueton.

— Mais enfin, ne peux-tu dire...

— Venez, monsieur.

Porthos se leva, salua ses amis et suivit Mousqueton.

Un instant après, Bazin apparut au seuil de la porte.

— Que me voulez-vous, mon ami? dit Aramis avec cette douceur de langage que l'on remarquait en lui chaque fois que ses idées le ramenaient vers l'Église.

— Un homme attend monsieur à la maison, répondit Bazin.

— Un homme! quel homme?

— Un mendiant.

— Faites-lui l'aumône, Bazin, et dites-lui de prier pour un pauvre pécheur.

— Ce mendiant veut à toutes forces vous parler, et prétend que vous serez bien aise de le voir.

— N'a-t-il rien dit de particulier pour moi ?

— Si fait. Si monsieur Aramis, a-t-il dit, hésite à me venir trouver, vous lui annoncerez que j'arrive de Tours.

— De Tours, s'écria Aramis ; messieurs, mille pardons, mais sans doute cet homme m'apporte les nouvelles que j'attendais.

Et se levant aussitôt, il s'éloigna rapidement.

Restèrent Athos et d'Artagnan.

— Je crois que ces gaillards-là ont trouvé leur affaire. Qu'en pensez-vous, d'Artagnan ? dit Athos.

— Je sais que Porthos était en bon train,

dit d'Artagnan; et quant à Aramis, à vrai dire, je n'en ai jamais été sérieusement inquiet: mais vous, mon cher Athos, vous qui avez si généreusement distribué les pistoles de l'Anglais qui étaient votre bien légitime, qu'allez-vous faire?

— Je suis fort content d'avoir tué ce drôle, mon enfant, vu que c'est pain bénit que de tuer un Anglais; mais si j'avais empoché ces pistoles elles me pèseraient comme un remords.

— Allons donc, mon cher Athos! vous avez vraiment des idées inconcevables.

— Passons, passons! Que me disait donc M. de Tréville, qui me fit l'honneur de me venir voir hier, que vous hantez ces Anglais suspects que protége le cardinal?

— C'est-à-dire que je hante une Anglaise, celle dont je vous ai parlé.

—Ah, oui! la femme blonde au sujet de laquelle je vous ai donné des conseils que naturellement vous vous êtes bien gardé de suivre.

— Je vous ai donné mes raisons.

—Oui, vous voyez là votre équipement, je crois, à ce que vous m'avez dit.

— Point du tout! j'ai acquis la certitude que cette femme était pour quelque chose dans l'enlèvement de madame Bonacieux.

—Oui, et, je comprends, pour retrouver une femme vous faites la cour à une autre; c'est le chemin le plus long, mais le plus amusant.

D'Artagnan fut sur le point de tout raconter à Athos, mais un point l'arrêta : Athos était un gentilhomme sévère sur le point d'honneur, et il y avait dans tout ce petit plan que notre amoureux avait arrêté à l'endroit de milady certaines choses qui, d'avance il en était sûr, n'obtiendraient pas l'assentiment du puritain ; il préféra donc garder le silence, et comme Athos était l'homme le moins curieux de la terre les confidences de d'Artagnan en étaient restées là.

Nous quitterons donc les deux amis, qui n'avaient rien de bien important à se dire, pour suivre Aramis.

A cette nouvelle que l'homme qui voulait lui parler arrivait de Tours, nous avons vu avec quelle rapidité le jeune homme avait suivi ou plutôt devancé Bazin ; il ne fit donc qu'un saut de la rue Férou à la rue de Vaugirard.

En entrant chez lui, il trouva effectivement un homme de petite taille, aux yeux intelligents, mais couvert de haillons.

— C'est vous qui me demandez? dit le mousquetaire.

— C'est-à-dire que je demande monsieur Aramis, est-ce vous qui vous appelez ainsi?

— Moi-même, vous avez quelque chose à me remettre ?

— Oui, si vous me montrez certain mouchoir brodé.

— Le voici, dit Aramis en tirant une clef de sa poitrine et en ouvrant un petit coffret de bois d'ébène incrusté de nacre; le voici, tenez.

— C'est bien, dit le mendiant, renvoyez votre laquais.

En effet Bazin, curieux de savoir ce que le mendiant voulait à son maître, avait réglé son pas sur le sien et était arrivé presque en même temps que lui; mais cette célérité ne lui servit pas à grand'chose; sur l'invitation du mendiant, son maître lui fit signe de se retirer, et force lui fut d'obéir.

Bazin parti, le mendiant jeta un regard rapide autour de lui afin d'être sûr que personne ne pouvait ni le voir ni l'entendre, et ouvrant sa veste en haillons mal serrée par une ceinture de cuir il se mit à découdre le haut de son pourpoint d'où il tira une lettre.

Aramis jeta un cri de joie à la vue du cachet, baisa l'écriture, et avec un respect presque religieux il ouvrit l'épître qui contenait ce qui suit :

« Ami, le sort veut que nous soyons
» séparés quelque temps encore ; mais les
» beaux jours de la jeunesse ne sont pas
» perdus sans retour. Faites votre devoir
» au camp, je fais le mien autre part. Pre-
» nez ce que le porteur vous remettra ;
» faites la campagne en beau et bon gentil-
» homme, et pensez à moi qui baise ten-
» drement vos yeux noirs.

» Adieu, ou plutôt au revoir ! »

Le mendiant décousait toujours ; il tira une à une de ses sales habits cent cinquante doubles pistoles d'Espagne qu'il aligna sur la table, puis il ouvrit la porte, salua, et partit avant que le jeune homme stupéfait eût osé lui adresser une parole.

Aramis alors relut la lettre et s'aperçut que cette lettre avait un *post-scriptum*.

« *P.-S.* Vous pouvez faire accueil au » porteur, qui est comte et grand d'Es- » pagne. »

— Rêves dorés ! s'écria Aramis. Oh ! la belle vie ! oui, nous sommes jeunes ! oui, nous aurons encore des jours heureux ! Oh ! à toi, à toi, mon amour, mon sang,

ma vie! tout, tout, tout, ma belle maîtresse!

Et il baisait la lettre avec passion sans
même regarder l'or qui étincelait sur la
table.

Bazin gratta à la porte : Aramis n'avait
plus de raison pour le tenir à distance; il
lui permit d'entrer.

Bazin resta stupéfait à la vue de cet or
et oublia qu'il venait annoncer d'Artagnan,
qui, curieux de savoir ce que c'était que le
mendiant, venait chez Aramis en sortant
de chez Athos.

Or, comme d'Artagnan ne se gênait pas
avec Aramis, voyant que Bazin oubliait de
l'annoncer il s'annonça lui-même.

— Ah diable! mon cher Aramis, dit d'Artagnan, si ce sont là les pruneaux qu'on vous envoie de Tours, vous en ferez mon compliment au jardinier qui les ré- colte.

— Vous vous trompez, mon cher, dit Aramis toujours discret, c'est mon libraire qui vient de m'envoyer le prix de ce poème en vers d'une syllabe que j'avais commencé là-bas.

— Ah, vraiment! dit d'Artagnan, eh bien! votre libraire est généreux, mon cher Aramis, voilà tout ce que je puis dire.

— Comment, monsieur! s'écria Bazin, un poème se vend si cher! c'est incroyable! Oh, monsieur! vous faites tout ce que

14.

vous voulez, vous pouvez devenir l'égal de M. de Voiture et de M. de Benserade. J'aime encore cela, moi. Un poète c'est presque un abbé. Ah, monsieur Aramis! mettez-vous donc poète, je vous en prie.

— Bazin, mon ami, dit Aramis, je crois que vous vous mêlez à la conversation.

Bazin comprit qu'il était dans son tort, il baissa la tête et sortit.

—Ah! dit d'Artagnan avec un sourire, vous vendez vos productions au poids de l'or: vous êtes bien heureux, mon ami; mais prenez garde, vous allez perdre cette lettre qui sort de votre casaque et qui est sans doute aussi de votre libraire.

Aramis rougit jusqu'au blanc des yeux,

renfonça sa lettre et reboutonna son pourpoint.

—Mon cher d'Artagnan, dit-il, nous
allons, si vous le voulez bien, aller trouver
nos amis ; et puisque je suis riche nous re-
commencerons aujourd'hui à dîner ensemble, en attendant que vous soyez riches
à votre tour.

—Ma foi ! dit d'Artagnan, avec grand
plaisir. Il y a long-temps que nous n'avons
fait un dîner convenable ; et comme j'ai pour
mon compte une expédition quelque peu
hasardeuse à faire ce soir, je ne serais pas
fâché, je l'avoue, de me monter un peu la tête
avec quelques bouteilles de vieux bourgogne.

—Va pour le vieux bourgogne, je ne le

déteste pas non plus! dit Aramis, auquel la vue de l'or avait enlevé comme avec la main ses idées de retraite.

Et ayant mis trois ou quatre doubles pistoles dans sa poche pour répondre aux besoins du moment, il enferma les autres dans le coffre d'ébène incrusté de nacre où était déjà le fameux mouchoir qui lui avait servi de talisman.

Les deux amis se rendirent d'abord chez Athos, qui, fidèle au serment qu'il avait fait de ne pas sortir, se chargea de faire apporter à dîner chez lui : comme il entendait à merveille les détails gastronomiques, d'Artagnan et Aramis ne firent aucune difficulté de lui abandonner ce soin important.

Ils se rendaient chez Porthos, lorsque

au coin de la rue du Bac ils rencontrèrent
Mousqueton qui, d'un air piteux, chassait
devant lui un mulet et un cheval.

D'Artagnan poussa un cri de surprise,
qui n'était pas exempt d'un mélange de
joie.

— Ah! mon cheval jaune! s'écria-t-il.
Aramis, regarde ce cheval!

— Oh, l'affreux roussin! dit Aramis.

— Eh bien, mon cher, reprit d'Artagnan, c'est le cheval sur lequel je suis venu
à Paris.

— Comment, monsieur connaît ce cheval? dit Mousqueton.

— Il est d'une couleur originale, fit
Aramis; c'est le seul que j'aie jamais vu
de ce poil-là.

— Je crois bien, reprit d'Artagnan, aussi je l'ai vendu trois écus; et il faut bien que ce soit le poil, car la carcasse ne vaut certes pas dix-huit livres. Mais comment ce cheval se trouve-t-il entre tes mains, Mousqueton?

— Ah! dit le valet, ne m'en parlez pas, monsieur, c'est un affreux tour du mari de notre duchesse!

— Comment cela, Mousqueton?

— Oui, nous sommes vus d'un très-bon œil par une femme de qualité, la duchesse de...; mais, pardon! mon maître m'a recommandé d'être discret: elle nous avait forcés d'accepter un petit souvenir, un magnifique genêt d'Espagne et un mulet andalou, que c'était merveilleux à voir; le mari a appris la chose, il a confisqué au passage les deux magnifiques bêtes qu'on nous envoyait, et il leur a substitué ces horribles animaux !

— Que tu lui remènes? dit d'Artagnan.

—Justement! reprit Mousqueton; vous comprenez que nous ne pouvons point accepter de pareilles montures en échange de celles que l'on nous avait promises.

— Non, pardieu, quoique j'eusse voulu voir Porthos sur mon cheval jaune. Cela m'aurait donné une idée de ce que j'étais moi-même quand je suis arrivé à Paris. Mais, que nous ne t'arrêtions pas, Mousqueton; va faire la commission de ton maître, va; est-il chez lui?

— Oui, monsieur, dit Mousqueton, mais bien maussade, allez!

Et il continua son chemin vers le quai des Grands-Augustins, tandis que les deux amis allaient sonner à la porte de l'infortuné Porthos. Celui-ci les avait vus traversant la cour et il n'avait garde d'ouvrir. Ils sonnèrent donc inutilement.

Cependant Mousqueton continuait sa route et, traversant le Pont-Neuf, toujours chassant devant lui ses deux haridelles, il atteignit la rue aux Ours. Arrivé là, il attacha, selon les ordres de son maître, cheval et mulet au marteau de la porte du procureur; puis, sans s'inquiéter de leur sort futur, il s'en revint trouver Porthos et lui annonça que sa commission était faite.

Au bout d'un certain temps, les deux malheureuses bêtes, qui n'avaient pas mangé depuis le matin, firent un tel bruit, en soulevant et en laissant retomber le marteau de la porte, que le procureur ordonna à son saute-ruisseau d'aller s'informer dans le voisinage à qui appartenaient ce cheval et ce mulet.

Madame Coquenard reconnut son présent et ne comprit rien d'abord à cette restitution; mais bientôt la visite de Porthos l'éclaira. Le courroux qui brillait dans les yeux du mousquetaire, malgré la contrainte qu'il s'imposait, épouvanta la sensible amante. En effet, Mousqueton n'avait point caché à son maître qu'il avait rencontré d'Artagnan et Aramis et que d'Artagnan, dans le cheval jaune, avait reconnu le bidet béarnais sur lequel il était venu à Paris et qu'il avait vendu trois écus.

Porthos sortit après avoir donné rendez-

vous à la procureuse dans le cloître Saint-
Magloire. Le procureur, voyant que Porthos partait, l'invita à dîner, invitation que
le mousquetaire refusa avec un air plein
de majesté.

Madame Coquenard se rendit toute
tremblante au cloître Saint-Magloire, car
elle devinait les reproches qui l'y attendaient; mais elle était fascinée par les grandes façons de Porthos.

Tout ce qu'un homme blessé dans son
amour-propre peut laisser tomber d'imprécations et de reproches sur la tête d'une
femme, Porthos le laissa tomber sur la
tête courbée de sa procureuse.

— Hélas, dit-elle, j'ai fait pour le mieux!

Un de nos clients est marchand de chevaux, il devait de l'argent à l'étude et s'est
montré récalcitrant. J'ai pris ce mulet et ce
cheval pour ce qu'il nous devait; il m'avait
promis deux montures royales.

— Eh bien, madame! dit Porthos, s'il
vous devait plus de cinq écus votre maquignon est un voleur.

— Il n'est pas défendu de chercher le
bon marché, monsieur Porthos, dit la procureuse cherchant à s'excuser.

— Non, madame; mais ceux qui cher-
chent le bon marché doivent permettre
aux autres de chercher des amis plus généreux.

Et Porthos, tournant sur ses talons, fit un pas pour se retirer.

— Monsieur Porthos! monsieur Porthos! s'écria la procureuse, j'ai tort, je le reconnais, je n'aurais pas dû marchander quand il s'agissait d'équiper un cavalier comme vous!

Porthos, sans répondre, fit un second pas de retraite.

La procureuse crut le voir dans un nuage étincelant tout entouré de duchesses et de marquis qui lui jetaient des sacs d'or sous les pieds.

— Arrêtez, au nom du ciel! monsieur Porthos! s'écria-t-elle, arrêtez et causons!

— Causer avec vous me porte malheur, dit Porthos.

— Mais, dites-moi, que demandez-vous?

— Rien, car cela revient au même que si je vous demandais quelque chose.

La procureuse se pendit au bras de Porthos, et, dans l'élan de sa douleur, elle s'écria :

— Monsieur Porthos! je suis ignorante de tout cela, moi ; sais-je ce que c'est qu'un cheval! sais-je ce que c'est que des harnais!

— Il fallait vous en rapporter à moi, qui m'y connais, madame ; mais vous avez voulu ménager et, par conséquent, prêter à usure.

— C'est un tort, monsieur Porthos, et je le réparerai sur ma parole d'honneur.

— Et comment cela? demanda le mousquetaire.

— Écoutez. Ce soir M. Coquenard va chez M. le duc de Chaulnes, qui l'a mandé. C'est pour une consultation qui durera deux heures au moins, venez, nous serons seuls, et nous ferons nos comptes.

— A la bonne heure! voilà qui est parler, ma chère!

— Vous me pardonnez?

— Nous verrons, dit majestueusement Porthos.

Et tous deux se séparèrent en disant : A ce soir.

— Diable ! pensa Porthos en s'éloignant, il me semble que je me rapproche enfin du bahut de maître Coquenard.

CHAPITRE VIII.

LA NUIT TOUS LES CHATS SONT GRIS.

—

Ce soir, attendu si impatiemment par Porthos et par d'Artagnan, arriva enfin.

D'Artagnan, comme d'habitude, se présenta vers les neuf heures chez milady. Il la trouva d'une humeur charmante; jamais elle ne l'avait si bien reçu. Notre Gascon vit du premier coup d'œil que son billet avait été remis, et que ce billet faisait son effet.

Ketty entra pour apporter des sorbets. Sa maîtresse lui fit une mine charmante, lui sourit de son plus gracieux sourire; mais, hélas! la pauvre fille était si triste qu'elle ne s'aperçut même pas de la bienveillance de milady.

D'Artagnan regardait l'une après l'autre ces deux femmes, et il était forcé d'avouer, à part lui, que la nature s'était trompée en les formant; à la grande dame il avait donné une âme vénale et vile, à la soubrette il avait donné le cœur d'une duchesse.

A dix heures milady commença à paraître inquiète, d'Artagnan comprit ce que cela voulait dire; elle regardait la pendule, se levait, se rasseyait, souriait à d'Artagnan d'un air qui voulait dire : Vous êtes fort aimable sans doute, mais vous seriez charmant si vous partiez !

D'Artagnan se leva, prit son chapeau; milady lui donna sa main à baiser; le jeune homme sentit qu'elle la lui serrait et comprit que c'était par un sentiment non pas de coquetterie, mais de reconnaissance à cause de son départ.

— Elle l'aime diablement ! murmura-t-il. Puis il sortit.

Cette fois Ketty ne l'attendait aucunement, ni dans l'antichambre, ni dans le corridor, ni sous la grande porte. Il fallut que d'Artagnan trouvât tout seul l'escalier, et la petite chambre.

Ketty était assise la tête cachée dans ses mains et pleurait.

Elle entendit entrer d'Artagnan, mais elle ne releva point la tête; le jeune homme alla à elle et lui prit les mains, alors elle éclata en sanglots.

Comme l'avait présumé d'Artagnan, milady, en recevant la lettre, avait, dans le délire de sa joie, tout dit à sa suivante; puis, en récompense de la manière dont cette fois elle avait fait sa commission, elle lui avait donné une bourse.

Ketty, en rentrant chez elle, avait jeté la bourse dans un coin, où elle était res-

tée tout ouverte, dégorgeant trois ou quatre
pièces d'or sur le tapis.

La pauvre fille, aux caresses de d'Artagnan, releva la tête. D'Artagnan lui-même
fut effrayé du bouleversement de son visage; elle joignit les mains d'un air sup-
pliant, mais sans oser dire une parole.

Si peu sensible que fût le cœur de d'Artagnan, il se sentit attendri de cette douleur muette; mais il tenait trop à ses projets et surtout à celui-ci, pour rien changer
au programme qu'il avait fait d'avance. Il
ne laissa donc à Ketty aucun espoir de le
fléchir, seulement il lui présenta son action
comme une simple vengeance.

Cette vengeance, au reste, devenait d'au-

tant plus facile, que milady, sans doute
pour cacher sa rougeur à son amant, avait
recommandé à Ketty d'éteindre toutes lumières dans l'appartement, et même dans
sa chambre, à elle. Avant le jour, M. de
Wardes devait sortir toujours dans l'obscurité comme il était venu.

Au bout d'un instant on entendit milady qui rentrait dans sa chambre. D'Artagnan s'élança aussitôt dans son armoire.
A peine y était-il blotti que la sonnette se
fit entendre.

Ketty entra chez sa maîtresse, et ne laissa
point la porte ouverte; mais la cloison était
si mince, que l'on entendait à peu près tout
ce qui se disait entre les deux femmes.

Milady semblait ivre de joie, elle se faisait répéter par Ketty les moindres détails de la prétendue entrevue de la soubrette avec de Wardes : comment il avait reçu sa lettre, comment il y avait répondu, quelle était l'expression de son visage, s'il paraissait bien amoureux; et à toutes ces questions la pauvre Ketty, forcée de faire bonne contenance, répondait d'une voix étouffée dont sa maîtresse ne remarquait même pas l'accent douloureux, tant le bonheur est égoïste.

Enfin, comme l'heure de son entretien avec le comte s'approchait, milady fit, en effet, tout éteindre chez elle, et ordonna à Ketty de rentrer dans sa chambre, et d'introduire de Wardes aussitôt qu'il se présenterait.

L'attente de Ketty ne fut pas longue. A

peine d'Artagnan eut-il vu par le trou de la serrure de son armoire que tout l'appartement était dans l'obscurité, qu'il s'élança de sa cachette au moment même où Ketty refermait la porte de communication.

— Qu'est-ce que ce bruit? demanda milady.

— C'est moi, dit d'Artagnan à demi-voix; moi, le comte de Wardes.

— Oh! mon Dieu, mon Dieu! murmura Ketty, il n'a pas même pu attendre l'heure qu'il avait fixée lui-même!

— Eh bien! dit milady d'une voix tremblante, pourquoi n'entre-t-il pas? Comte, comte, ajouta-t-elle, vous savez bien que je vous attends!

A cet appel, d'Artagnan éloigna doucement Ketty et s'élança dans la chambre.

Si la rage et la douleur doivent torturer
une âme, c'est celle de l'amant qui reçoit
sous un nom qui n'est pas le sien des protestations d'amour qui s'adressent à son
heureux rival.

D'Artagnan était dans une situation
douloureuse qu'il n'avait pas prévue, la jalousie le mordait au cœur, et il souffrait
presque autant que la pauvre Ketty, qui
pleurait en ce même moment dans la
chambre voisine.

— Oui, comte, disait milady de sa plus
douce voix en lui serrant tendrement la
main dans les siennes; oui, je suis heu-

reuse de l'amour que vos regards et vos paroles m'ont exprimé chaque fois que nous
nous sommes rencontrés. Moi aussi, je
vous aime. Oh! demain, demain je veux
quelque gage de vous qui me prouve que
vous pensez à moi, et comme vous pourriez m'oublier, tenez.

Et elle passa une bague de son doigt à
celui de d'Artagnan.

D'Artagnan se rappela avoir vu cette bague à la main de milady : c'était un magnifique saphir entouré de brillants.

Le premier mouvement de d'Artagnan
fut de le lui rendre, mais milady ajouta :

— Non, non ; gardez cette bague pour
l'amour de moi. Vous me rendez d'ailleurs,

en l'acceptant, ajouta-t-elle d'une voix émue, un service b'en plus grand que vous ne sauriez l'imaginer.

— Cette femme est pleine de mystères, murmura en lui-même d'Artagnan.

En ce moment il se sentit prêt à tout révéler. Il ouvrit la bouche pour dire à milady qui il était, et dans quel but de vengeance il était venu; mais elle ajouta :

—Pauvre ange, que ce monstre de Gascon a failli tuer !

Le monstre c'était lui.

— Oh! continua milady, est-ce que vos blessures vous font encore souffrir?

— Oui, beaucoup! dit d'Artagnan, qui ne savait trop que répondre.

— Soyez tranquille, murmura milady, je vous vengerai, moi, et cruellement!

— Peste! se dit d'Artagnan, le moment des confidences n'est pas encore venu.

Il fallut quelque temps à d'Artagnan pour se remettre de ce petit dialogue : mais toutes les idées de vengeance qu'il avait apportées s'étaient complétement évanouies. Cette femme exerçait sur lui une incroyable puissance, il la haïssait et l'adorait à la fois; il n'avait jamais cru que deux sentiments si contraires pussent habiter dans le même cœur, et, en se réunissant, former un amour étrange et en quelque sorte diabolique.

Cependant une heure venait de sonner;

il fallut se séparer. D'Artagnan, au moment de quitter milady, ne sentit plus qu'un vif regret de s'éloigner, et, dans l'adieu passionné qu'ils s'adressèrent réciproquement, une nouvelle entrevue fut convenue pour la semaine suivante.

La pauvre Ketty espérait pouvoir adresser quelques mots à d'Artagnan lorsqu'il passerait dans sa chambre; mais milady le reconduisit elle-même dans l'obscurité et ne le quitta que sur l'escalier.

Le lendemain au matin, d'Artagnan courut chez Athos. Il était engagé dans une si singulière aventure qu'il voulait lui demander conseil. Il lui raconta tout, Athos fronça plusieurs fois le sourcil.

— Votre milady, lui dit-il, me paraît

une créature infâme, mais vous n'en avez pas moins eu tort de la tromper; vous voilà d'une façon ou de l'autre une ennemie terrible sur les bras.

Et, tout en lui parlant, Athos regardait avec attention le saphir entouré de diamants qui avait pris au doigt de d'Artagnan la place de la bague de la reine, soigneusement remise dans un écrin.

— Vous regardez cette bague? dit le Gascon tout glorieux d'étaler aux regards de ses amis un si riche présent.

— Oui, dit Athos, elle me rappelle un bijou de famille.

— Elle est belle, n'est-ce pas? dit d'Artagnan.

— Magnifique! répondit Athos; je ne croyais pas qu'il existât deux saphirs d'une si belle eau. L'avez-vous donc troquée contre votre diamant?

— Non, dit d'Artagnan; c'est un cadeau de ma belle Anglaise, ou plutôt de ma belle Française : car, quoique je ne le lui aié point demandé, je suis convaincu qu'elle est née en France.

— Cette bague vous vient de milady! s'écria Athos avec une voix dans laquelle il était facile de distinguer une grande émotion.

— D'elle-même, elle me l'a donnée cette nuit.

— Montrez-moi donc cette bague, dit Athos.

— La voici, répondit d'Artagnan en la tirant de son doigt.

Athos l'examina et devint très-pâle, puis il l'essaya à l'annulaire de sa main gauche ; elle allait à ce doigt comme si elle eût été faite pour lui.

Un nuage de colère et de vengeance passa sur le front ordinairement si calme du gentilhomme.

— Il est impossible que ce soit elle, dit-il ; comment cette bague se trouverait-elle entre les mains de milady Clarick ! Et cependant il est bien difficile qu'il y ait entre deux bijoux une pareille ressemblance.

— Connaissez-vous cette bague ? demanda d'Artagnan.

— J'avais cru la reconnaître, dit Athos, mais sans doute que je me trompais.

Et il la rendit à d'Artagnan, sans cesser cependant de la regarder.

— Tenez, dit-il au bout d'un instant, d'Artagnan, ôtez cette bague de votre doigt ou tournez-en le chaton en dedans ; elle me rappelle de si cruels souvenirs, que je n'aurais pas ma tête pour causer avec vous. Ne veniez-vous pas me demander des conseils, ne me disiez-vous point que vous étiez embarrassé sur ce que vous deviez faire.... Mais attendez... rendez-moi donc ce saphir : celui dont je voulais parler doit avoir une de ses faces éraillées par suite d'un accident.

16.

D'Artagnan tira de nouveau la bague de son doigt et la rendit à Athos.

Athos tressaillit : —Tenez, dit-il, voyez, n'est-ce pas étrange ! Et il montrait à d'Artagnan cette égratignure qu'il se rappelait devoir exister.

—Mais de qui vous venait ce saphir, Athos ?

—De ma mère, qui le tenait de sa mère à elle. Comme je vous le dis, c'est un vieux bijou de famille... qui ne devait jamais sortir de la famille.

—Et vous l'avez.... vendu ? demanda avec hésitation d'Artagnan.

—Non, reprit Athos avec un singulier

sourire; je l'ai donné pendant une nuit d'a-
mour, comme il vous a été donné à vous.

D'Artagnan resta pensif à son tour; il lui
semblait voir dans l'âme de milady des
abîmes dont les profondeurs étaient sombres et inconnues.

Il remit la bague, non pas à son doigt,
mais dans sa poche.

—Tenez, lui dit Athos en lui prenant la
main, vous savez si je vous aime, d'Artagnan; j'aurais un fils que je ne l'aimerais
pas plus que vous. Tenez, croyez-moi, renoncez à cette femme. Je ne la connais pas,
mais une espèce d'intuition me dit que c'est
une créature perdue, et qu'il y a quelque
chose de fatal en elle.

— Et vous avez raison, dit d'Artagnan.

Aussi, je m'en sépare; je vous avoue que cette femme m'effraie moi-même.

— Aurez-vous ce courage? dit Athos.

—Je l'aurai, répondit d'Artagnan, et à l'instant même.

—Eh bien! vrai, mon enfant, vous aurez raison, dit le gentilhomme en serrant la main du Gascon avec une affection presque paternelle; et que Dieu veuille que cette femme, qui est à peine entrée dans votre vie, n'y laisse pas une trace terrible!

Et Athos salua d'Artagnan de la tête, en homme qui veut faire comprendre qu'il n'est pas fâché de rester seul avec ses pensées.

En rentrant chez lui d'Artagnan trouva Ketty, qui l'attendait. Un mois de fièvre n'eût pas plus changé la pauvre enfant qu'elle ne l'était pour cette nuit d'insomnie et de douleur.

Elle était envoyée par sa maîtresse au faux de Wardes. Sa maîtresse était folle d'amour, ivre de joie; elle voulait savoir quand son amant lui donnerait une seconde nuit.

Et la pauvre Ketty, pâle et tremblante, attendait la réponse de d'Artagnan.

Athos avait une grande influence sur le jeune homme, les conseils de son ami joints aux cris de son propre cœur l'avaient déterminé, maintenant que son orgueil était sauvé et sa vengeance satisfaite, à ne plus revoir milady. Pour toute réponse il prit donc une plume et écrivit la lettre suivante :

« Ne comptez pas sur moi, madame,
» pour le prochain rendez-vous ; depuis
» ma convalescence j'ai tant d'occupations
» de ce genre qu'il m'a fallu y mettre un
» certain ordre. Quand votre tour viendra,
» j'aurai l'honneur de vous en faire part.

» Je vous baise les mains.

» Comte DE WARDES. »

Du saphir pas un mot : le Gascon voulait-il garder une arme contre milady ? ou bien, soyons franc, ne conservait-il par ce saphir comme une dernière ressource pour l'équipement ?

On aurait tort au reste de juger les actions d'une époque au point de vue d'une autre époque. Ce qui aujourd'hui serait regardé comme une honte pour un galant homme était dans ce temps une chose toute simple et toute naturelle, et les cadets des meilleures familles se faisaient en général entretenir par leurs maîtresses.

D'Artagnan passa sa lettre tout ouverte à Ketty, qui la lut d'abord sans la comprendre et qui faillit devenir folle de joie en la relisant une seconde fois.

Ketty ne pouvait croire à ce bonheur : d'Artagnan fut forcé de lui renouveler de vive voix les assurances que la lettre lui donnait par écrit ; et quel que fût, avec le caractère emporté de milady, le danger que courût la pauvre enfant à remettre ce billet à sa maîtresse, elle n'en revint pas moins place Royale de toute la vitesse de ses jambes.

Le cœur de la meilleure femme est impitoyable pour les douleurs d'une rivale.

Milady ouvrit la lettre avec un empressement égal à celui que Ketty avait mis à l'apporter; mais aux premiers mots qu'elle lut, elle devint livide; puis elle froissa le papier; puis elle se retourna avec un éclair dans les yeux du côté de Ketty.

—Qu'est-ce que cette lettre? dit-elle.

—Mais c'est la réponse à celle de madame, répondit Ketty toute tremblante.

—Impossible! s'écria milady; impossible qu'un gentilhomme ait écrit à une femme une pareille lettre!

Puis tout à coup tressaillant :

— Mon Dieu ! dit-elle, saurait-il... et elle s'arrêta.

Ses dents grinçaient, elle était couleur de cendre : elle voulut faire un pas vers une fenêtre pour aller chercher de l'air ; mais elle ne put qu'étendre les bras, les jambes lui manquèrent et elle tomba sur un fauteuil.

Ketty crut qu'elle se trouvait mal et se précipita pour ouvrir son corsage. Mais milady se releva vivement :

— Que me voulez-vous ? dit-elle, et pourquoi portez-vous la main sur moi?

— J'ai pensé que madame se trouvait mal et j'ai voulu lui porter secours, répondit la suivante tout épouvantée de l'expression terrible qu'avait prise la figure de sa maîtresse.

— Me trouver mal, moi! me prenez-vous pour une femmelette! Quand on m'insulte, je ne me trouve pas mal, je me venge, entendez-vous!

Et elle fit de la main signe à Ketty de sortir.

CHAPITRE IX.

RÉVE DE VENGEANCE.

Le soir milady donna l'ordre d'introduire M. d'Artagnan aussitôt qu'il viendrait, selon son habitude. Mais il ne vint pas.

Le lendemain Ketty vint voir de nouveau le jeune homme et lui raconta tout ce qui s'était passé la veille : d'Artagnan sourit. Cette jalouse colère de milady, c'était sa vengeance.

Le soir milady fut plus impatiente encore que la veille, elle renouvela l'ordre relatif au Gascon ; mais comme la veille elle l'attendit inutilement.

Le lendemain Ketty se présenta chez d'Artagnan, non plus joyeuse et alerte comme les deux jours précédents, mais au contraire triste à mourir.

D'Artagnan demanda à la pauvre fille ce qu'elle avait ; mais celle-ci, pour toute réponse, tira une lettre de sa poche et la lui remit.

Cette lettre était de l'écriture de milady : seulement cette fois elle était bien à l'adresse de d'Artagnan et non à celle de M. de Wardes.

Il l'ouvrit et lut ce qui suit :

« Cher monsieur d'Artagnan, c'est mal
» de négliger ainsi ses amis, surtout au
» moment où l'on va les quitter pour si
» long-temps. Mon beau-frère et moi vous
» avons attendu hier et avant-hier inutile-
» ment. En sera-t-il de même ce soir ?

» Votre bien reconnaissante,

» Lady CLARICK. »

— C'est tout simple, dit d'Artagnan, et je m'attendais à cette lettre. Mon crédit hausse de la baisse du comte de Wardes.

— Est-ce que vous irez? demanda Ketty.

—Écoute, ma chère enfant, dit le Gascon, qui cherchait à s'excuser à ses propres yeux de manquer à la promesse qu'il avait faite à Athos, tu comprends qu'il serait impolitique de ne pas se rendre à une invitation si positive. Milady, en ne me voyant pas revenir, ne comprendrait rien à l'interruption de mes visites, elle pourrait se douter de quelque chose, et qui peut dire jusqu'où irait la vengeance d'une femme de cette trempe?

—Oh, mon Dieu! dit Ketty, vous savez présenter les choses de façon que vous avez toujours raison. Mais vous allez encore lui faire la cour; et si cette fois vous alliez lui plaire sous votre véritable nom et avec votre vrai visage, ce serait bien pis que la première fois!

L'instinct faisait deviner à la pauvre fille une partie de ce qui allait arriver.

D'Artagnan la rassura du mieux qu'il put et lui promit de rester insensible aux séductions de milady.

Il lui fit répondre qu'il était on ne peut plus reconnaissant de ses bontés et qu'il se rendrait à ses ordres; mais il n'osa lui écrire de peur de ne pouvoir, à des yeux aussi exercés que ceux de milady, déguiser suffisamment son écriture.

A neuf heures sonnant d'Artagnan était Place-Royale. Il était évident que les domestiques qui attendaient dans l'antichambre étaient prévenus, car aussitôt que d'Artagnan parut, avant même qu'il

eût demandé si milady était visible, un
d'eux courut l'annoncer.

— Faites entrer, dit milady d'une voix
brève mais si perçante que d'Artagnan
l'entendit de l'antichambre.

On l'introduisit.

— Je n'y suis pour personne, dit milady, entendez-vous, pour personne.

Le laquais sortit.

D'Artagnan jeta un regard curieux sur
milady : elle était pâle et avait les yeux fatigués, soit par les larmes, soit par l'insomnie. On avait avec intention diminué
le nombre habituel des lumières, et cependant la jeune femme ne pouvait arriver à

cacher les traces de la fièvre qui l'avait dévorée depuis deux jours.

D'Artagnan s'approcha d'elle avec sa galanterie ordinaire ; elle fit alors un effort suprême pour le recevoir, mais jamais physionomie plus bouleversée ne démentit sourire plus aimable.

Aux questions que d'Artagnan lui fit sur sa santé :

— Mauvaise, répondit-elle, très-mauvaise.

— Mais alors, dit d'Artagnan, je suis indiscret, vous avez besoin de repos sans doute et je vais me retirer.

— Non pas, dit milady ; au contraire,

restez, monsieur d'Artagnan, votre aimable compagnie me distraira.

— Oh, oh ! d'Artagnan, elle n'a jamais été si charmante, défions-nous.

Milady prit l'air le plus affectueux qu'elle put prendre, et donna tout l'éclat possible à sa conversation. En même temps cette fièvre qui l'avait abandonnée un instant revenait rendre l'éclat à ses yeux, le coloris à ses joues, le carmin à ses lèvres. D'Artagnan retrouva la Circé qui l'avait déjà enveloppé de ses enchantements. Son amour qu'il croyait éteint et qui n'était qu'assoupi se réveilla dans son cœur. Milady souriait et d'Artagnan sentait qu'il se damnerait pour ce sourire.

Il y eut un moment où il sentit quelque chose comme un remords.

Peu à peu milady devint plus communicative. Elle demanda à d'Artagnan s'il avait une maîtresse.

— Hélas! dit d'Artagnan de l'air le plus sentimental qu'il put prendre, pouvez-vous être assez cruelle pour me faire une pareille question, à moi qui, depuis que je vous ai vue, ne respire et ne soupire que par vous et pour vous!

Milady sourit d'un étrange sourire.

— Ainsi vous m'aimez? dit-elle.

— Ai-je besoin de vous le dire, et ne vous en êtes-vous point aperçue.

— Si fait; mais, vous le savez, plus les cœurs sont fiers, plus ils sont difficiles à prendre.

—Oh! les difficultés ne m'effrayent pas, dit d'Artagnan; il n'y a que les impossibilités qui m'épouvantent.

— Rien n'est impossible, dit milady, à un véritable amour.

— Rien, madame?

— Rien, reprit milady.

— Diable! reprit d'Artagnan à part lui, la note est changée. Deviendrait-elle amoureuse de moi, par hasard, la capricieuse, et serait-elle disposée à me donner à moi-même quelque autre saphir pareil à celui qu'elle m'a donné pour de Wardes?

D'Artagnan rapprocha vivement son siége de celui de milady.

— Voyons, dit-elle, que feriez-vous bien pour prouver cet amour dont vous parlez?

— Tout ce qu'on exigerait de moi. Qu'on ordonne, et je suis prêt.

— A tout?

— A tout! s'écria d'Artagnan qui savait d'avance qu'il n'avait pas grand chose à risquer en s'engageant ainsi.

— Eh bien! causons un peu, dit à son tour milady en rapprochant son fauteuil de la chaise de d'Artagnan.

— Je vous écoute, madame! dit celui-ci.

Milady resta un instant soucieuse et comme indécise, puis paraissant prendre une résolution :

— J'ai un ennemi, dit-elle.

— Vous, madame! s'écria d'Artagnan
jouant la surprise; est-ce possible, mon
Dieu! belle et bonne comme vous l'êtes!

— Un ennemi mortel.

— En vérité?

— Un ennemi qui m'a insultée si cruellement que c'est entre lui et moi une
guerre à mort. Puis-je compter sur vous
comme auxiliaire?

D'Artagnan comprit sur-le-champ où
la vindicative créature en voulait venir.

— Vous le pouvez, madame, dit-il avec
emphase, mon bras et ma vie vous appar-
tiennent comme mon amour.

— Alors, dit milady, puisque vous êtes aussi généreux qu'amoureux...

Elle s'arrêta.

— Eh bien? demanda d'Artagnan.

— Eh bien! reprit milady après un moment de silence, cessez dès aujourd'hui de parler d'impossibilités.

— Ne m'accablez pas de mon bonheur, s'écria d'Artagnan en se précipitant à genoux et en couvrant de baisers les mains qu'on lui abandonnait.

— Venge-moi de cet infâme de Wardes, disait milady entre ses dents, et je saurai bien me débarrasser de toi ensuite, double sot, lame d'épée vivante!

— Tombe volontairement entre mes

bras après m'avoir raillé si effrontément, hypocrite et dangereuse femme, disait d'Artagnan à part lui, et ensuite je rirai de toi avec celui que tu veux tuer par ma main.

D'Artagnan releva la tête.

— Je suis prêt, dit-il.

— Vous m'avez donc comprise, cher monsieur d'Artagnan? dit milady.

— Je devinerais un de vos regards.

— Ainsi vous emploieriez pour moi votre bras, qui s'est déjà acquis tant de renommée?

— A l'instant même.

— Mais, moi, dit milady, comment

payerais-je un pareil service; je connais les amoureux, ce sont des gens qui ne font rien pour rien?

—Vous savez la seule récompense que je désire, dit d'Artagnan, la seule qui soit digne de vous et de moi!

Et il l'attira doucement vers lui.

Elle résista à peine.

—Intéressé! dit-elle en souriant.

—Ah! s'écria d'Artagnan véritablement emporté par la passion que cette femme avait le don d'allumer dans son cœur, ah! c'est que mon amour me paraît invraisemblable; et qu'ayant toujours peur de le voir s'envoler comme un rêve, j'ai hâte d'en faire une réalité.

— Eh bien ! méritez donc ce prétendu bonheur.

— Je suis à vos ordres, dit d'Artagnan.

— Bien sûr? fit milady avec un dernier doute.

— Nommez-moi l'infâme qui a pu faire pleurer vos beaux yeux.

— Qui vous dit que j'ai pleuré? dit-elle.

— Il me semblait...

— Les femmes comme moi ne pleurent pas, dit milady.

— Tant mieux! Voyons, dites-moi comment il s'appelle.

— Songez que son nom c'est tout mon secret.

— Il faut cependant que je sache son nom.

— Oui, il le faut ; voyez si j'ai confiance en vous !

— Vous me comblez de joie. Comment s'appelle-t-il ?

— Vous le connaissez.

— Vraiment ?

— Oui.

— Ce n'est pas un de mes amis ? reprit d'Artagnan en jouant l'hésitation pour faire croire à son ignorance.

— Si c'était un de vos amis vous hésiteriez donc ? s'écria milady, et un éclair de menace passa dans ses yeux.

— Non, fût-ce mon frère ! s'écria d'Artagnan comme emporté par l'enthousiasme.

Notre Gascon s'avançait sans risque, car il savait où il allait.

— J'aime votre dévouement, dit milady.

— Hélas! n'aimez-vous que cela en moi? demanda d'Artagnan.

— Je vous aime aussi, vous, dit-elle en lui prenant la main.

Et l'ardente pression fit frissonner d'Artagnan, comme si par le toucher cette fièvre qui brûlait milady le gagnait lui-même.

— Vous m'aimez, vous! s'écria-t-il. Oh! si cela était, ce serait à en perdre la raison.

Et il l'enveloppa de ses deux bras; elle n'essaya point d'écarter ses lèvres de son baiser, seulement elle ne le lui rendit pas.

Ses lèvres étaient froides, il sembla à d'Artagnan qu'il venait d'embrasser une statue.

Il n'en était pas moins ivre de joie, électrisé d'amour; il croyait presque à la tendresse de milady, il croyait presque au crime de de Wardes. Si de Wardes eût été en ce moment sous sa main il l'eût tué.

Milady saisit l'occasion.

— Il s'appelle... dit-elle à son tour.

— De Wardes, je le sais, s'écria d'Artagnan.

— Et comment le savez-vous? demanda milady en lui saisissant les deux mains et en essayant de lire par ses yeux jusqu'au fond de son âme.

D'Artagnan sentit qu'il s'était laissé emporter et qu'il avait fait une faute.

— Dites, dites, mais dites donc! répétait milady, comment le savez-vous?

— Comment je le sais? dit d'Artagnan.

— Oui.

— Je le sais parce que hier de Wardes, dans un salon où j'étais, a montré une bague qu'il a dit tenir de vous.

— Le misérable! s'écria milady.

L'épithète, comme on le comprend bien, retentit jusqu'au fond du cœur de d'Artagnan.

— Eh bien! continua-t-elle.

— Eh bien! je vous vengerai de ce misérable, reprit d'Artagnan en se donnant des airs de don Japhet d'Arménie.

— Merci, mon brave ami! s'écria milady; et quand serai-je vengée?

— Demain, tout de suite, quand vous voudrez.

Milady allait s'écrier: Tout de suite; mais elle réfléchit qu'une pareille précipitation serait peu gracieuse pour d'Artagnan.

D'ailleurs elle avait mille précautions à prendre, mille conseils à donner à son défenseur pour qu'il évitât les explications devant témoins avec le comte. Tout cela se trouva prévu par un mot de d'Artagnan.

— Demain, dit-il, vous serez vengée ou je serai mort.

—Non! dit-elle, vous me vengerez, mais vous ne mourrez pas. C'est un lâche.

— Avec les femmes peut-être, mais pas avec les hommes. J'en sais quelque chose, moi.

— Mais il me semble que dans votre lutte avec lui vous n'avez pas eu à vous plaindre de la fortune.

— La fortune est une courtisane; favorable hier, elle peut me tourner le dos demain.

— Ce qui veut dire que vous hésitez maintenant.

— Non! je n'hésite pas, Dieu m'en garde! mais serait-il juste de me laisser aller à une mort possible sans m'avoir donné au moins un peu plus que de l'espoir.

Milady répondit par un coup d'œil qui voulait dire:

— N'est-ce que cela, parlez donc?

Puis, accompagnant le coup d'œil de paroles explicatives :

— C'est trop juste, dit-elle tendrement.

— Oh, vous êtes un ange ! dit le jeune homme.

— Ainsi, tout est convenu? dit-elle.

— Sauf ce que je vous demande, chère âme !

— Mais, lorsque je vous dis que vous pouvez vous fier à ma tendresse?

— Je n'ai pas de lendemain pour attendre.

— Silence, j'entends mon frère; il est inutile qu'il vous trouve ici.

18.

Elle sonna, Ketty parut.

— Sortez par cette porte, dit-elle en poussant une petite porte dérobée, et revenez à onze heures, nous achèverons cet entretien ; Ketty vous introduira chez moi.

La pauvre enfant pensa tomber à la renverse en entendant ces paroles.

— Eh bien ! que faites-vous, mademoiselle, à demeurer là immobile comme une statue ! Voyons, reconduisez le chevalier ; et ce soir à onze heures, vous avez entendu !

Il paraît que ses rendez-vous sont à onze heures, pensa d'Artagnan, c'est une habitude prise.

Milady lui tendit une main qu'il baisa tendrement.

— Voyons, dit-il en se retirant et en répondant à peine aux reproches de Ketty, voyons, ne soyons pas un sot; décidément cette femme est une grande scélérate: prenons garde.

CHAPITRE X.

—

D'Artagnan était sorti de l'hôtel au lieu de monter tout de suite chez Ketty, malgré les instances que lui avait faites la jeune fille, et cela pour deux raisons : la première, parce que de cette façon il évitait

les reproches, les récriminations, les priè-
res ; la seconde, parce qu'il n'était pas fâché de lire un peu dans sa pensée et, s'il
était possible, dans celle de cette femme.

Tout ce qu'il y avait de plus clair là-
dedans, c'est que d'Artagnan aimait milady comme un fou et qu'elle ne l'aimait
pas le moins du monde. Un instant d'Artagnan comprit que ce qu'il aurait de
mieux à faire serait de rentrer chez lui et
d'écrire à milady une longue lettre dans
laquelle il lui avouerait que lui et de
Wardes étaient jusqu'à présent absolument
le même, que par conséquent il ne pouvait
s'engager sous peine de suicide à tuer de
Wardes. Mais lui aussi était éperonné d'un
féroce désir de vengeance, il voulait posséder à son tour cette femme sous son propre

nom, et comme cette vengeance lui paraissait avoir une certaine douceur il ne
voulait point y renoncer.

Il fit cinq ou six fois le tour de la place
Royale, se retournant de dix pas en dix
pas pour regarder la lumière de l'appartement de milady, qu'on apercevait à travers
les jalousies : il était évident que cette fois
la jeune femme était moins pressée que la
première de rentrer dans sa chambre.

Enfin la lumière disparut.

Avec cette lueur s'éteignit la dernière
irrésolution dans le cœur de d'Artagnan.
Il se rappela les détails de la première
nuit, et, le cœur bondissant, la tête en feu,

il rentra dans l'hôtel et se précipita dans la chambre de Ketty.

La jeune fille, pâle comme la mort, tremblante de tous ses membres, voulut arrêter son amant; mais milady, l'oreille au guet, avait entendu le bruit qu'avait fait d'Artagnan, elle ouvrit la porte.

— Venez, dit-elle.

Tout cela était d'une si incroyable impudence, d'une si monstrueuse effronterie qu'à peine si d'Artagnan pouvait croire à ce qu'il voyait et à ce qu'il entendait. Il croyait être entraîné dans quelques-unes de ces intrigues fantastiques comme on en accomplit en rêve.

Il ne s'élança pas moins vers milady,

cédant à cette attraction magnétique que l'aimant exerce sur le fer.

La porte se referma derrière eux.

Ketty s'élança à son tour contre la porte.

La jalousie, la fureur, l'orgueil offensé, toutes les passions enfin qui se disputent le cœur d'une femme amoureuse la poussaient à une révélation; mais elle était perdue si elle avouait avoir donné les mains à une pareille machination, et par-dessus tout d'Artagnan était perdu pour elle. Cette dernière pensée d'amour lui conseilla encore ce dernier sacrifice.

D'Artagnan de son côté était arrivé au comble de tous ses vœux; ce n'était plus un rival qu'on aimait en lui, c'était lui-même qu'on avait l'air d'aimer. Une voix secrète lui disait bien au fond du cœur qu'il n'était qu'un instrument de vengeance que l'on caressait en attendant qu'il donnât la mort ; mais l'orgueil, mais l'amour-propre, mais la folie faisaient taire cette voix, étouffaient ce murmure. Puis notre Gascon, avec la dose de confiance que nous lui connaissons, se comparait à de Wardes et se demandait pourquoi, au bout du compte, on ne l'aimerait pas, lui aussi, pour lui-même.

Il s'abandonna donc tout entier aux sensations du moment. Milady ne fut plus pour lui cette femme aux intentions fatales qui l'avait un instant épouvanté, ce fut une maîtresse ardente et passionnée s'abandonnant tout entière à un amour qu'elle semblait éprouver elle-même. Deux heures à peu près s'écoulèrent ainsi.

Cependant les transports des deux amants se calmèrent; milady, qui n'avait point les mêmes motifs que d'Artagnan pour oublier, revint la première à la réalité et demanda au jeune homme si les mesures qui devaient amener le lendemain entre lui et de Wardes une rencontre étaient bien arrêtées d'avance dans son esprit.

Mais d'Artagnan, dont les idées avaient pris un tout autre cours, s'oublia comme un sot et répondit galamment qu'il était bien tard pour s'occuper de duels à coups d'épée.

Cette froideur pour les seuls intérêts

qui l'occupassent effrayèrent milady, dont les questions devinrent plus pressantes.

Alors d'Artagnan, qui n'avait jamais sérieusement pensé à ce duel impossible, voulut détourner la conversation , mais il n'était point de force.

Milady le contint dans les limites qu'elle avait tracées d'avance avec son esprit irrésistible et sa volonté de fer.

D'Artagnan se crut fort spirituel en conseillant à milady de renoncer, en pardonnant à de Wardes, aux projets furieux qu'elle avait formés.

Mais aux premiers mots qu'il dit la jeune femme tressaillit et s'éloigna.

— Auriez-vous peur, cher d'Artagnan? dit-elle d'une voix aiguë et railleuse qui résonna étrangement dans l'obscurité.

— Vous ne le pensez pas, chère âme! répondit d'Artagnan; mais enfin, si ce pauvre comte de Wardes était moins coupable que vous ne le pensez?

En tout cas, dit gravement milady, il m'a trompée, et du moment où il m'a trompée il a mérité la mort.

— Il mourra donc, puisque vous le condamnez! dit d'Artagnan d'un ton si ferme qu'il parut à milady l'expression d'un dévouement à toute épreuve.

Aussitôt elle se rapprocha de lui.

Nous ne pourrions dire le temps que

dura la nuit pour milady ; mais d'Artagnan croyait être près d'elle depuis deux heures à peine lorsque le jour parut aux fentes des jalousies et bientôt envahit la chambre de sa lueur blafarde.

Alors milady, voyant que d'Artagnan allait la quitter, lui rappela la promesse qu'il lui avait faite de la venger de de Wardes.

— Je suis tout prêt, dit d'Artagnan, mais auparavant je voudrais être certain d'une chose.

— De laquelle? demanda milady.

— C'est que vous m'aimez.

— Je vous en ai donné la preuve, ce me semble.

— Oui, aussi je suis à vous corps et âme.

— Merci, mon brave amant! mais de même que je vous ai prouvé mon amour vous me prouverez le vôtre à votre tour, n'est-ce pas?

— Certainement. Mais si vous m'aimez comme vous me le dites, reprit d'Artagnan, ne craignez-vous pas un peu pour moi?

— Que puis-je craindre?

— Mais enfin, que je ne sois blessé dangereusement, tué même.

— Impossible, dit milady, vous êtes un homme si vaillant et une si fine épée.

— Vous ne préféreriez donc point, reprit d'Artagnan, un moyen qui vous vengerait de même tout en rendant inutile le combat?

Milady regarda son amant en silence: cette lueur blafarde des premiers rayons du jour donnait à ses yeux clairs une expression étrangement funeste.

— Vraiment, dit-elle, je crois que voilà que vous hésitez maintenant.

— Non, je n'hésite pas; mais c'est que ce pauvre comte de Wardes me fait vraiment peine depuis que vous ne l'aimez plus, et il me semble qu'un homme doit être si cruellement puni par la perte seule de votre amour qu'il n'a pas besoin d'autre châtiment.

— Qui vous dit que je l'aie aimé? demanda milady.

— Au moins puis-je croire à présent sans trop de fatuité que vous en aimez un autre, dit le jeune homme d'un ton caressant, et, je vous le répète, je m'intéresse au comte.

— Vous? demanda milady.

— Oui, moi.

— Et pourquoi vous?

— Parce que seul je sais...

— Quoi?

— Qu'il est loin d'être ou plutôt d'avoir été aussi coupable envers vous qu'il le paraît.

19.

—En vérité! dit milady d'un air inquiet; expliquez-vous, car je ne sais vraiment ce que vous voulez dire.

Et elle regardait d'Artagnan, qui la tenait embrassée , avec des yeux qui semblaient s'enflammer peu à peu.

—Oui, je suis galant homme, moi! dit
d'Artagnan décidé à en finir, et depuis que
votre amour est à moi, que je suis bien
sûr de le posséder, car je le possède, n'est-
ce pas?...

—Tout entier, continuez.

—Eh bien! je me sens comme trans-
formé, un aveu me pèse.

—Un aveu!

— Si j'eusse douté de votre amour je ne l'eusse pas fait; mais vous m'aimez, ma belle maîtresse! n'est-ce pas, vous m'aimez?

— Sans doute.

— Alors, si par excès d'amour je me suis rendu coupable envers vous, vous me pardonnerez?

— Peut-être !

D'Artagnan essaya avec le plus doux sourire qu'il put prendre de rapprocher ses lèvres des lèvres de milady, mais celle-ci l'écarta.

— Cet aveu, dit-elle en pâlissant, quel est cet aveu?

— Vous aviez donné rendez-vous à de

Wardes, jeudi dernier, dans cette même chambre, n'est-ce pas?

— Moi, non ! cela n'est pas, dit milady d'un ton de voix si ferme et d'un visage si impassible, que si d'Artagnan n'eût pas eu une certitude si parfaite il eût douté.

— Ne mentez pas, mon bel ange, dit d'Artagnan en souriant, ce serait inutile.

— Comment cela? parlez donc ! vous me faites mourir !

— Oh, rassurez-vous, vous n'êtes point coupable envers moi, et je vous ai déjà pardonnée !

— Après, après?

— De Wardes ne peut se glorifier de rien.

— Pourquoi? Vous m'avez dit vous-même que cette bague.....

— Cette bague, mon amour, c'est moi qui l'ai. Le de Wardes de jeudi et le d'Artagnan d'aujourd'hui sont la même personne.

L'imprudent s'attendait à une surprise mêlée de pudeur, à un petit orage qui se résoudrait en larmes; mais il se trompait étrangement, et son erreur ne fut pas longue.

Pâle et terrible, milady se redressa, et repoussant d'Artagnan d'un violent coup dans la poitrine elle s'élança hors du lit.

Il faisait alors presque grand jour.

D'Artagnan la retint par son peignoir

de fine toile des Indes pour implorer son pardon ; mais elle, d'un mouvement puissant et résolu, elle essaya de fuir. Alors la batiste se déchira en laissant à nu les épaules, et, sur l'une de ces belles épaules rondes et blanches, d'Artagnan, avec un saisissement inexprimable, reconnut la fleur de lis, cette marque indélébile qu'imprime la main infamante du bourreau.

— Grand Dieu ! s'écria d'Artagnan en lâchant le peignoir ; et il demeura muet, immobile et glacé sur le lit.

Mais milady se sentait dénoncée par l'effroi même de d'Artagnan. Sans doute il avait tout vu : le jeune homme maintenant savait son secret ; secret terrible, et que tout le monde ignorait, excepté lui.

Elle se retourna, non plus comme une femme furieuse, mais comme une panthère blessée.

— Ah, misérable ! dit-elle, tu m'as lâchement trahie, et de plus tu as mon secret ! Tu mourras !

Et elle courut à un coffret de marqueterie posé sur la toilette, l'ouvrit d'une main fiévreuse et tremblante, en tira un petit poignard à manche d'or, à lame aiguë et mince, et revint d'un bond sur d'Artagnan à demi nu.

Quoique le jeune homme fût brave, on le sait, il fut épouvanté de cette figure bouleversée, de ces pupilles dilatées horriblement, de ces joues pâles et de ces lèvres sanglantes ; il recula jusqu'à la ruelle comme il eût fait à l'approche d'un serpent qui eût rampé vers lui : et son épée se rencontrant sous sa main mouillée de sueur, il la tira du fourreau.

Mais, sans s'inquiéter de l'épée, milady essaya de remonter sur le lit pour le frapper, et elle ne s'arrêta que lorsqu'elle sentit la pointe aiguë sur sa gorge.

Alors elle essaya de saisir cette épée avec les mains ; mais d'Artagnan l'écarta toujours de ses étreintes, et, la lui présentant tantôt aux yeux, tantôt à la poitrine, il se laissa glisser à bas du lit, cherchant pour faire retraite la porte qui conduisait chez Ketty.

Milady pendant ce temps se ruait sur

lui avec d'horribles transports, rugissant d'une façon formidable.

Cependant cela ressemblait à un duel, aussi d'Artagnan se remettait petit à petit.

— Bien, belle dame, bien! disait-il, mais de par Dieu calmez-vous ou je vous dessine une seconde fleur de lis sur ces belles joues.

— Infâme, infâme! hurlait milady.

Mais d'Artagnan, cherchant toujours la porte, se tenait sur la défensive.

Au bruit qu'ils faisaient, elle renversant les meubles pour aller à lui, lui s'abritant derrière les meubles pour se garantir d'elle, Ketty ouvrit la porte. D'Artagnan, qui avait sans cesse manœuvré pour se rapprocher de cette porte, n'en était plus qu'à trois pas. D'un seul élan il s'élança de la chambre de milady dans celle de la suivante, et, rapide comme l'éclair, il referma la porte, contre laquelle il s'appuya de tout son poids tandis que Ketty poussait les verrous.

Alors milady essaya de renverser l'arc-boutant qui l'enfermait dans sa chambre, avec des forces bien au-dessus de celles d'une femme; puis, lorsqu'elle sentit que c'était chose impossible, elle cribla la porte de coups de poignard, dont quelques-uns traversèrent l'épaisseur du bois.

Chaque coup était accompagné d'une imprécation terrible.

— Vite, vite, Ketty, dit d'Artagnan à demi-voix lorsque les verrous furent mis, fais-moi sortir de l'hôtel, ou, si nous lui laissons le temps de se retourner, elle me fera tuer par les laquais.

— Mais vous ne pouvez pas sortir ainsi, dit Ketty, vous êtes tout nu.

— C'est vrai, dit d'Artagnan, qui s'aperçut alors seulement du costume dans lequel il se trouvait, c'est vrai, habille-moi comme tu pourras, mais hâtons-nous ; comprends-tu, il y va de la vie et de la mort !

Ketty ne comprenait que trop ; en un tour de main elle l'affubla d'une robe à fleurs, d'une large coiffe et d'un mantelet ; elle lui donna des pantoufles, dans lesquelles il passa ses pieds nus ; puis elle l'entraîna par les degrés. Il était temps, milady avait déjà sonné et réveillé tout l'hôtel. Le portier tira le cordon au moment même où milady, à demi nue de son côté, criait par la fenêtre :

— N'ouvrez pas !

Le jeune homme s'enfuit tandis qu'elle le menaçait encore d'un geste impuissant. Au moment où elle le perdit de vue milady tomba évanouie dans sa chambre.

CHAPITRE XI.

COMMENT SANS SE DÉRANGER ATHOS TROUVA SON ÉQUIPEMENT.

D'Artagnan était tellement bouleversé que, sans s'inquiéter de ce que devenait Ketty, il traversa la moitié de Paris tout courant et ne s'arrêta que devant la porte d'Athos. L'égarement de son esprit, la terreur qui l'éperonnait, les cris de quelques patrouilles qui se mirent à sa poursuite et les huées de quelques passants qui malgré l'heure peu avancée se rendaient à leurs affaires ne firent que précipiter encore sa course.

Il traversa la cour, monta les deux étages d'Athos et frappa à la porte à tout rompre.

Grimaud vint ouvrir, les yeux bouffis de sommeil. D'Artagnan s'élança avec tant de force dans la chambre qu'il faillit le culbuter en entrant.

Malgré le mutisme habituel du pauvre garçon, cette fois la parole lui revint.

— Hé là, là! s'écria-t-il, que voulez-

vous, coureuse? que demandez-vous, drô-
lesse?

D'Artagnan releva ses coiffes et dégagea
sa main de dessous son mantelet; à la vue
de ses moustaches et de son épée nue,
le pauvre diable s'aperçut qu'il avait
affaire à un homme.

Il crut alors que c'était quelque assassin.

— Au secours! à l'aide! au secours! s'é-
cria-t-il.

— Tais-toi, malheureux! dit le jeune
homme, je suis d'Artagnan, ne me recon-
nais-tu pas? Où est ton maître?

— Vous, M. d'Artagnan! s'écria Grimaud, impossible.

— Grimaud, dit Athos sortant de son appartement en robe de chambre, je crois que vous vous permettez de parler !

— Ah, monsieur ! c'est que...

— Silence !

Grimaud alors se contenta de montrer du doigt d'Artagnan à son maître.

Athos reconnut son camarade, et, tout flegmatique qu'il était, il partit d'un éclat de rire que motivait bien la mascarade étrange qu'il avait sous les yeux : coiffes de travers, jupes tombantes sur les souliers, manches retroussées et moustaches roides d'émotion.

— Ne riez pas, mon ami, s'écria d'Artagnan, de par le ciel ne riez pas, car, sur mon âme, je vous le dis, il n'y a pas de quoi rire.

Et il prononça ces mots d'un air si solennel et avec une épouvante si vraie qu'Athos lui prit aussitôt les mains en s'écriant :

— Seriez-vous blessé, mon ami ? vous êtes bien pâle !

— Non, mais il vient de m'arriver un terrible événement. Êtes-vous seul, Athos ?

— Pardieu ! qui voulez-vous donc qui soit chez moi à cette heure ?

— Bien, bien.

Et d'Artagnan se précipita dans la chambre d'Athos.

— Hé, parlez ! dit celui ci en refermant

la porte et en poussant les verrous pour n'être pas dérangés. Le roi est-il mort? avez-vous tué M. le cardinal? vous êtes tout renversé: voyons, voyons, dites, car je meurs véritablement d'inquiétude.

— Athos, dit d'Artagnan se débarrassant de ses vêtements de femme et apparaissant en chemise, préparez-vous à entendre une histoire incroyable, inouïe.

— Prenez d'abord cette robe de chambre, dit le mousquetaire à son ami.

D'Artagnan passa la robe de chambre, prenant une manche pour l'autre, tant il était encore ému.

— Eh bien? dit Athos.

— Eh bien! répondit d'Artagnan en se

courbant vers l'oreille d'Athos et en baissant la voix, milady est marquée d'une fleur de lis à l'épaule.

— Ah ! cria le mousquetaire comme s'il eût reçu une balle dans le cœur.

— Voyons, dit d'Artagnan, êtes-vous sûr que *l'autre* soit bien morte ?

—*L'autre ?* dit Athos d'une voix si sourde, qu'à peine si d'Artagnan l'entendit.

— Oui, celle dont vous m'avez parlé un jour à Amiens.

Athos poussa un gémissement et laissa tomber sa tête dans ses mains.

— Celle-ci, continua d'Artagnan, est une femme de vingt-six à vingt-huit ans.

— Blonde, dit Athos, n'est-ce pas?

— Oui.

— Des yeux bleus et clirs, d'une clarté étrange, avec des cils et des sourcils noirs?

— Oui.

— Grande, bien faite? Il lui manque une dent près de l'œillère à gauche?

— Oui.

— La fleur de lis est petite, rousse de couleur, et comme effacée par les couches de pâte qu'on y applique?

— Oui.

— Cependant vous dites qu'elle est Anglaise?

— On l'appelle milady, mais elle peut être Française. Malgré cela, lord de Winter n'est que son beau-frère.

— Je veux la voir, d'Artagnan !

— Prenez gardé, Athos, prenez garde ;
vous avez voulu la tuer, elle est femme à
vous rendre la pareille et à ne pas vous
manquer.

— Elle n'osera rien dire, car ce serait se
dénoncer elle-même.

— Elle est capable de tout ! L'avez-vous
jamais vue furieuse ?

— Non, dit Athos.

— Une tigresse, une panthère ! — Ah,
mon cher Athos ! j'ai bien peur d'avoir attiré
sur nous deux une vengeance terrible !

D'Artagnan raconta tout alors : la colère
insensée de milady et ses menaces de mort.

— Vous avez raison et, sur mon âme, je donnerais ma vie pour un cheveu, dit Athos. Heureusement, c'est après-demain que nous quittons Paris; nous allons, selon toute probabilité, à La Rochelle, et une fois partis...

— Elle vous poursuivra au bout du monde, Athos, si elle vous reconnaît; laissez donc sa haine s'exercer sur moi seul.

— Ah! mon cher! que m'importe qu'elle me tue! dit Athos, est-ce que par hasard vous croyez que je tiens à la vie?

Il y a quelque horrible mystère sous tout cela, Athos: cette femme est l'espion du cardinal, j'en suis sûr.

— En ce cas, prenez garde à vous. Si le

cardinal ne vous a pas dans une haute admiration pour l'affaire de Londres, il vous
a en grande haine; mais comme au bout du
compte il ne peut vous rien reprocher osten-
siblement, et qu'il faut que haine se passe,
surtout quand c'est une haine de cardinal,
prenez garde à vous! Si vous sortez, ne
sortez pas seul; si vous mangez, prenez vos
précautions: méfiez-vous de tout enfin,
même de votre ombre!

— Heureusement, dit d'Artagnan, qu'il
s'agit seulement d'aller jusqu'à après-demain soir, sans encombre, car une fois à
l'armée nous n'aurons plus, je l'espère, que
des hommes à craindre.

— En attendant, dit Athos, je renonce à
mes projets de réclusion, et je vais partout

avec vous : il faut que vous retourniez rue des Fossoyeurs, je vous accompagne.

— Mais si près que ce soit d'ici, reprit d'Artagnan, je ne puis y retourner comme cela.

— C'est juste, dit Athos, et il tira la sonnette.

Grimaud entra.

Athos lui fit signe d'aller chez d'Artagnan et d'en rapporter des habits.

Grimaud répondit par un autre signe, qu'il comprenait parfaitement, et partit.

— Ah çà ! mais voilà qui ne nous avance pas pour l'équipement, cher ami, dit Athos; car, si je ne m'abuse, vous avez laissé toute votre défroque chez milady, qui n'aura sans doute pas l'attention de vous la retourner. Heureusement que vous avez le saphir.

— Le saphir est à vous, mon cher Athos! ne m'avez-vous pas dit que c'était une bague de famille ?

— Oui, mon père l'acheta deux mille écus, à ce qu'il me dit autrefois; il faisait partie des cadeaux de noces qu'il fit à ma mère; il est magnifique. Ma mère me le donna, et moi, fou que j'étais, plutôt que de garder cette bague comme une relique sainte, je la donnai à mon tour à cette misérable.

—Alors, mon cher, reprenez cette bague, à laquelle je comprends que vous devez tenir.

— Moi, reprendre cette bague, après qu'elle a passé par les mains de l'infâme, jamais! cette bague est souillée, d'Artagnan.

— Vendez-la donc.

— Vendre un diamant qui vient de ma mère! Je vous avoue que je regarderais cela comme une profanation.

— Alors engagez-la, on vous prêtera bien dessus un millier d'écus. Avec cette somme vous serez au-dessus de vos affaires; puis, au premier argent qui vous rentrera, vous le dégagerez, et vous le reprendrez lavé de ses anciennes taches, car il aura passé par les mains des usuriers.

Athos sourit.

— Vous êtes un charmant compagnon,

dit-il, mon cher d'Artagnan, vous relevez par votre éternelle gaieté les pauvres esprits dans l'affliction. Eh bien, oui, engageons cette bague, mais à une condition !

— Laquelle ?

— C'est qu'il y aura cinq cents écus pour vous et cinq cents écus pour moi.

— Y songez vous, Athos ! je n'ai pas besoin du quart de cette somme, moi qui suis dans les gardes, et en vendant ma selle je me la procurerai. Que me faut-il? Un cheval pour Planchet, voilà tout. Puis vous oubliez que j'ai une bague aussi.

— A laquelle vous tenez encore plus, ce me semble, que je ne tiens, moi, à la mienne ; du moins j'ai cru m'en apercevoir.

— Oui, car dans une circonstance extrême elle peut nous tirer non-seulement de quelque grand embarras mais, encore de quelque grand danger; c'est non-seulement un diamant précieux, mais c'est encore un talisman enchanté.

— Je ne vous comprends pas, mais je crois à ce que vous dites. Revenons donc à ma bague, ou plutôt à la vôtre; vous toucherez la moitié de la somme qu'on nous donnera sur elle ou je la jette dans la Seine, et je doute que, comme à Polycrate, quelque poisson soit assez complaisant pour nous la rapporter.

— Eh bien donc, j'accepte! dit d'Artagnan.

En ce moment Grimaud rentra accompagné de Planchet; celui-ci, inquiet de son maître et curieux de savoir ce qui lui était arrivé, avait profité de la circonstance et apportait les habits lui-même.

D'Artagnan s'habilla, Athos en fit autant: puis quand tous deux furent prêts à sortir, ce dernier fit à Grimaud le signe d'un homme qui met en joue; celui-ci décrocha aussitôt son mousqueton et s'apprêta à accompagner son maître.

Ils arrivèrent sans accident à la rue des Fossoyeurs. Bonacieux était sur sa porte, il regarda d'Artagnan d'un air goguenard.

— Eh, mon cher locataire ! dit-il, hâtez-vous donc, vous avez une belle jeune fille qui vous attend chez vous et les femmes, vous le savez, n'aiment pas qu'on les fasse attendre !

— C'est Ketty ! s'écria d'Artagnan et il s'élança dans l'allée.

Effectivement, sur le carré conduisant à sa chambre, et tapie contre sa porte, il trouva la pauvre enfant toute tremblante. Dès qu'elle l'aperçut :

— Vous m'avez promis votre protection, vous m'avez promis de me sauver de sa colère, dit-elle ; souvenez-vous que c'est vous qui m'avez perdue !

— Oui sans doute, dit d'Artagnan, sois tranquille, Ketty. Mais qu'est-il arrivé après mon départ ?

—Le sais-je ! dit Ketty. Aux cris qu'elle

a poussés les laquais sont accourus, elle était folle de colère; tout ce qu'il existe d'imprécations, elle les a vomies contre vous. Alors j'ai pensé qu'elle se rappellerait que c'était par ma chambre que vous aviez pénétré dans la sienne, et qu'alors elle songerait que j'étais votre complice. J'ai pris le peu d'argent que j'avais, mes hardes les plus précieuses, et je me suis sauvée.

— Pauvre enfant ! Mais que vais-je faire de toi ? Je pars après-demain.

— Tout ce que vous voudrez, monsieur le chevalier; faites-moi quitter Paris, faites-moi quitter la France.

— Je ne puis cependant pas t'emmener avec moi au siége de la Rochelle, dit d'Artagnan.

IV.   21

— Non; mais vous pouvez me placer en province, chez quelque dame de votre connaissance : dans votre pays, par exemple.

— Ah, ma chère amie! dans mon pays les dames n'ont point de femmes de chambre. Mais attends, j'ai ton affaire. Planchet, va me chercher Aramis; qu'il vienne tout de suite. Nous avons quelque chose de très-important à lui dire.

— Je comprends, dit Athos; mais pourquoi pas Porthos? il me semble que sa marquise...

— La marquise de Porthos se fait habiller par les clercs de son mari, dit d'Artagnan en riant. D'ailleurs Ketty ne voudrait pas demeurer rue aux Ours, n'est-ce pas, Ketty?

— Je demeurerai où l'on voudra, dit Ketty, pourvu que je sois bien cachée et qu'on ne sache pas où je suis.

— Maintenant, Ketty, que nous allons nous séparer, et par conséquent que tu n'es plus jalouse de moi...

— Monsieur le chevalier, de loin ou de près, dit Ketty, je vous aimerai toujours.

— Où diable la constance va-t-elle se nicher! murmura Athos.

— Moi aussi, dit d'Artagnan, moi aussi, je t'aimerai toujours, sois tranquille. Mais voyons, réponds-moi. Maintenant j'attache une grande importance à la question que je te fais : n'aurais-tu jamais entendu parler d'une jeune femme qu'on aurait enlevée pendant une nuit?

21.

— Attendez donc... Oh, mon Dieu! monsieur le chevalier, est-ce que vous aimez encore cette femme?

—Non, c'est un de mes amis qui l'aime. Tiens, c'est Athos que voilà.

—Moi! s'écria Athos avec un accent pareil à celui d'un homme qui s'aperçoit qu'il va marcher sur une couleuvre.

Sans doute, toi! fit d'Artagnan en serrant la main d'Athos. Tu sais bien l'intérêt que nous prenons tous à cette pauvre petite madame Bonacieux. D'ailleurs Ketty ne dira rien; n'est-ce pas, Ketty? Tu comprends, mon enfant, continua d'Artagnan, c'est la femme de cet affreux magot que tu as vu sur le pas de la porte en entrant ici.

— Oh, mon Dieu! s'écria Ketty, vous me rappelez ma peur; pourvu qu'il ne m'ait pas reconnue!

— Comment, reconnue! tu as donc déjà vu cet homme?

— Il est venu deux fois chez milady.

— C'est cela. Vers quelle époque?

— Mais il y a quinze ou dix-huit jours à peu près.

— Justement.

— Et hier soir il est revenu.

— Hier soir?

— Oui, un instant avant que vous ne vinssiez vous-même.

— Mon cher Athos, nous sommes enveloppés dans un réseau d'espions! Et tu crois qu'il t'a reconnue, Ketty?

— J'ai baissé ma coiffe en l'apercevant, mais peut-être était-il trop tard.

— Descendez, Athos, vous dont il se défie moins que de moi, et voyez s'il est toujours sur sa porte.

Athos descendit et remonta aussitôt.

— Il est parti, dit-il, et la maison est fermée.

— Il est allé faire son rapport, et dire que tous les pigeons sont en ce moment au colombier.

— Eh bien! mais, envolons-nous, dit

Athos, et ne laissons ici que Planchet pour nous apporter les nouvelles.

— Un instant! Et Aramis que nous avons envoyé chercher!

— C'est juste, dit Athos, attendons Aramis.

En ce moment Aramis entra.

On lui exposa l'affaire, et on lui dit comment il était urgent que parmi toutes ses hautes connaissances il trouvât une place à Ketty.

Aramis réfléchit un instant, et dit en rougissant : Cela vous rendra-t-il-bien réellement service, d'Artagnan?

— Je vous en serai reconnaissant toute ma vie.

— Eh bien, madame de Boistracy m'a demandé pour une de ses amies qui habite la province, je crois, une femme de chambre sûre; et si vous pouvez, mon cher d'Artagnan, me répondre de mademoiselle...

— Oh! monsieur, s'écria Ketty, je serai toute dévouée, soyez en certain, à la personne qui me donnera les moyens de quitter Paris.

— Alors, dit Aramis, cela va pour le mieux.

Il se mit à une table et écrivit un petit mot qu'il cacheta avec une bague, et donna le billet à Ketty.

— Maintenant, mon enfant, dit d'Artagnan, tu sais qu'il ne fait pas meilleur ici pour nous que pour toi. Ainsi séparons-nous. Nous nous retrouverons dans des jours meilleurs.

— Et dans quelque temps que nous nous retrouvions et dans quelque lieu que ce soit, dit Ketty, vous me retrouverez vous aimant encore, comme je vous aime aujourd'hui.

— Serment de joueur, dit Athos pendant que d'Artagnan allait reconduire Ketty sur l'escalier.

Un instant après, les trois jeunes gens se séparèrent en prenant rendez-vous à quatre heures chez Athos et en laissant Planchet pour garder la maison.

Aramis rentra chez lui, et Athos et d'Artagnan s'inquiétèrent du placement du saphir.

Comme l'avait prévu notre Gascon, on trouva facilement trois cents pistoles sur la bague. De plus, le juif annonça que si on voulait la lui vendre, comme elle lui ferait un pendant magnifique pour des boucles d'oreilles, il en donnerait jusqu'à cinq cents pistoles.

Athos et d'Artagnan, avec l'activité de deux soldats et la science de deux connaisseurs, mirent trois heures à peine à acheter tout l'équipement du mousquetaire. D'ailleurs Athos était de bonne composition et grand seigneur jusqu'au bout des ongles. Chaque fois qu'une chose lui convenait, il payait le prix demandé sans essayer même d'en rabattre. D'Artagnan voulait bien là-dessus faire ses observations, mais Athos lui posait la main sur

l'épaule en souriant, et d'Artagnan comprenait que c'était bon pour lui, petit gentilhomme gascon, de marchander, mais
non pour un homme qui avait les airs d'un
prince.

Le mousquetaire trouva un superbe
cheval andalou, noir comme du jais, aux
narines de feu, aux jambes fines et élé-
gantes, qui prenait six ans. Il l'examina et
le trouva sans défauts. On le lui fit mille
livres.

Peut-être l'eût-il eu pour moins; mais
tandis que d'Artagnan discutait sur le prix
avec le maquignon, Athos comptait les
cent pistoles sur la table.

Grimaud eut un cheval picard, trapu et
fort qui coûta trois cents livres.

Mais la selle de ce dernier cheval et les armes de Grimaud achetées, il ne restait plus un sou des cent cinquante pistoles d'Athos. D'Artagnan offrit à son ami de mordre une bouchée dans la part qui lui revenait, quitte à lui rendre plus tard ce qu'il lui aurait emprunté.

Mais Athos, pour toute réponse, se contenta de hausser les épaules.

— Combien le juif donnait-il du saphir pour l'avoir en toute propriété? demanda Athos.

— Cinq cents pistoles.

— C'est-à-dire, deux cents pistoles de plus; cent pistoles pour vous, cent pistoles pour moi. Mais c'est une véritable fortune, cela, mon ami; retournez chez le juif.

— Comment, vous voulez....

— Cette bague, décidément, me rappellerait de trop tristes souvenirs; puis nous
n'aurons jamais trois cents pistoles à lui
rendre, de sorte que nous perdrions deux
mille livres à ce marché. Allez lui dire que
la bague est à lui, d'Artagnan , et revenez
avec les deux cents pistoles.

— Réfléchissez, Athos.

— L'argent comptant est cher par le
temps qui court, et il faut savoir faire des
sacrifices. Allez, d'Artagnan , allez ; Grimaud vous accompagnera avec son mousqueton.

Une demi-heure après, d'Artagnan revint avec les deux mille livres et sans qu'il
lui fût arrivé aucun accident.

Ce fut ainsi qu'Athos trouva dans son ménage des ressources auxquelles il ne s'attendait pas.

CHAPITRE XII.

VISION.

A quatre heures, les quatre amis étaient donc réunis chez Athos. Leurs préoccupations sur l'équipement avaient tout à fait disparu, et chaque visage ne conservait plus l'expression que de ses propres et secrètes inquiétudes; car derrière tout bonheur présent est cachée une crainte à venir.

Tout à coup Planchet entra apportant deux lettres à l'adresse de d'Artagnan.

L'une était un petit billet gentiment plié en long avec un joli cachet de cire verte sur lequel était empreinte une colombe rapportant un rameau vert.

L'autre était une grande épître carrée et resplendissante des armes terribles de Son Éminence le cardinal-duc.

A la vue de la petite lettre, le cœur de d'Artagnan bondit, car il avait cru reconnaître l'écriture; et quoiqu'il n'eût vu cette écriture qu'une fois, la mémoire en était restée au plus profond de son cœur.

Il prit donc la petite lettre et la décacheta vivement.

« Promenez-vous, lui disait-on ; mercredi prochain, de six à sept heures du soir sur la route de Chaillot et regardez avec soin dans les carrosses qui passeront; mais si vous tenez à votre vie et à celle des gens qui vous aiment, ne dites pas un mot, ne faites pas un mouvement qui puisse faire croire que vous avez reconnu celle qui s'expose à tout pour vous apercevoir un instant. »

Pas de signature.

— C'est un piége, dit Athos, n'y allez pas, d'Artagnan.

— Cependant, dit d'Artagnan, il me semble bien reconnaître l'écriture.

— Elle peut être contrefaite, reprit Athos; à six ou sept heures, dans ce temps-ci, la route de Chaillot est tout à fait déserte: autant que vous alliez vous promener dans la forêt de Bondy.

— Mais si nous y allions tous! dit d'Artagnan; que diable! on ne nous dévorera point tous les quatre; plus, quatre laquais; plus, les chevaux; plus, les armes.

— Puis ce sera une occasion de montrer nos équipages, dit Porthos.

— Mais si c'est une femme qui écrit, dit Aramis, et que cette femme désire ne pas être vue, songez que vous la compromettez, d'Artagnan : ce qui est mal de la part d'un gentilhomme.

— Nous resterons en arrière, dit Porthos, et lui seul s'avancera.

— Oui, mais un coup de pistolet est bientôt tiré d'un carrosse qui marche au galop.

— Bah! dit d'Artagnan, on me manquera. Nous rejoindrons alors le carrosse, et nous exterminerons ceux qui se trouveront dedans. Ce sera toujours autant d'ennemis de moins.

— Il a raison, dit Porthos : bataille; il faut bien essayer nos armes d'ailleurs.

— Bah! donnons-nous ce plaisir, dit Aramis de son air doux et nonchalant.

— Comme vous voudrez, dit Athos.

— Messieurs, dit d'Artagnan, il est

quatre heures et demie, et nous avons le temps à peine d'être à six heures sur la route de Chaillot.

— Puis, si nous sortions trop tard, dit Porthos, on ne nous verrait pas, ce qui serait dommage. Allons donc nous apprêter, messieurs.

— Mais cette seconde lettre, dit Athos, vous l'oubliez; il me semble que le cachet indique cependant qu'elle mérite bien d'être ouverte: quant à moi, je vous déclare, mon cher d'Artagnan, que je m'en soucie bien plus que du petit brimborion que vous venez tout doucement de glisser sur votre cœur.

D'Artagnan rougit.

—Eh bien ! dit le jeune homme, voyons,

messieurs, ce que me veut Son Éminence.

Et d'Artagnan décacheta la lettre et lut :

« M. d'Artagnan, garde du roi, compa-
» gnie Des Essarts, est attendu au palais
» Cardinal ce soir à huit heures.

» LA HOUDINIÈRE,

» Capitaine des gardes. »

— Diable ! dit Athos, voici un rendez-
vous bien autrement inquiétant que l'autre.

— J'irai au second en sortant du premier, dit d'Artagnan : l'un est pour sept
heures, l'autre pour huit; il y aura temps
pour tout.

— Hum ! je n'irais pas, dit Aramis : un
galant chevalier ne peut manquer à un

rendez-vous donné par une dame ; mais un gentilhomme prudent peut s'excuser de ne pas se rendre chez Son Éminence, surtout lorsqu'il a quelque raison de croire que ce n'est pas pour lui faire des compliments.

—Je suis de l'avis d'Aramis, dit Porthos.

— Messieurs, répondit d'Artagnan, j'ai déjà reçu par M. de Cavois pareille invitation de Son Éminence, je l'ai négligée et le lendemain il m'est arrivé un grand malheur ! Constance a disparu ; quelque chose qui puisse advenir, j'irai.

—Si c'est un parti pris, dit Athos, faites.

— Mais la Bastille ? dit Aramis.

— Bah ! vous m'en tirerez, reprit d'Artagnan.

— Sans doute, reprirent Aramis et Porthos avec un aplomb admirable et comme si c'était la chose la plus simple, sans doute nous vous en tirerons; mais, en attendant, comme nous devons partir après-demain, vous feriez mieux de ne pas risquer cette Bastille.

— Faisons mieux, dit Athos, ne le quittons pas de la soirée, attendons-le chacun à une porte du palais avec trois mousquetaires derrière nous ; si nous voyons sortir quelque voiture à portière fermée et à mine suspecte, nous tombons dessus : il y a long-temps que nous n'avons eu maille à partir avec les gardes de monsieur le cardinal, et M. de Tréville doit nous croire morts.

— Décidément, Athos, dit Aramis, vous

étiez fait pour être général d'armée; que dites-vous du plan, messieurs?

— Admirable ! répétèrent chacun des jeunes gens.

Eh bien ! dit Porthos, je cours à l'hôtel, je préviens nos camarades de se tenir prêts pour huit heures, le rendez-vous sera sur la place du Palais-Cardinal; vous, pendant ce temps, faites seller les chevaux par les laquais.

— Mais, moi, je n'ai pas de cheval, dit d'Artagnan : mais je vais en faire prendre un chez M. de Tréville.

— C'est inutile, dit Aramis, vous prendrez un des miens.

— Combien en avez-vous donc ? demanda d'Artagnan.

— Trois, répondit en souriant Aramis.

— Mon cher ! dit Athos, vous êtes très-certainement le poète le mieux monté de France et de Navarre.

— Écoutez, mon cher Aramis ! vous ne saurez que faire de trois chevaux, n'est-ce pas ? je ne comprends pas même que vous ayez acheté trois chevaux.

— Aussi je n'en ai acheté que deux, dit Aramis.

— Le troisième vous est donc tombé du ciel ?

— Non, le troisième m'a été amené ce matin même par un domestique sans livrée qui n'a pas voulu me dire à qui il appartenait et qui m'a affirmé avoir reçu l'ordre de son maître...

— Ou de sa maîtresse, interrompit d'Artagnan.

— La chose n'y fait rien, dit Aramis en rougissant... et qui m'a affirmé, dis-je, avoir reçu l'ordre de sa maîtresse de mettre ce cheval dans mon écurie sans me dire de quelle part il venait.

— Il n'y a qu'aux poètes que ces choses-là arrivent, reprit gravement Athos.

— Eh bien ! en ce cas, faisons mieux, dit d'Artagnan ; lequel des deux chevaux monterez-vous : celui que vous avez acheté ou celui qu'on vous a donné?

— Celui qu'on m'a donné sans contre-
dit; vous comprenez, d'Artagnan, que je ne
puis faire cette injure...

— Au donateur inconnu, reprit d'Artagnan.

— Ou à la donatrice mystérieuse, dit
Athos.

— Celui que vous avez acheté vous de-
vient donc inutile.

— A peu près.

— Et vous l'avez choisi vous même?

— Et avec le plus grand soin; la sûreté
du cavalier, vous le savez, dépend presque
toujours de son cheval.

— Eh bien ! cédez-le-moi pour le prix qu'il vous coûte?

— J'allais vous l'offrir, mon cher d'Artagnan, en vous donnant tout le temps qui vous sera nécessaire pour me rendre cette bagatelle.

— Et combien vous coûte-t-il ?

— Huit cents livres.

— Voici quarante doubles pistoles, mon cher ami, dit d'Artagnan en tirant la somme de sa poche, je sais que c'est la monnaie avec laquelle on vous paye vos poèmes.

— Vous êtes donc en fonds? dit Aramis.

— Riche, richissime, mon cher !

Et d'Artagnan fit sonner dans sa poche le reste de ses pistoles.

— Envoyez votre selle à l'hôtel des Mousquetaires, et l'on vous amènera votre cheval ici avec les nôtres.

— Très-bien; mais il est bientôt cinq heures, hâtons-nous.

Un quart d'heure après, Porthos apparut à un bout de la rue Férou sur un genêt fort beau; Mousqueton le suivait sur un cheval d'Auvergne, petit mais très-beau: Porthos resplendissait de joie et d'orgueil.

En même temps Aramis apparut à l'autre bout de la rue monté sur un superbe coursier anglais; Bazin le suivait sur un cheval rouan, tenant en laisse un vigoureux mecklembourgeois: c'était la monture de d'Artagnan.

Les deux mousquetaires se rencontrèrent à la porte : Athos et d'Artagnan les regardaient par la fenêtre.

— Diable! dit Aramis, vous avez là un magnifique cheval, mon cher Porthos.

— Oui, répondit Porthos; c'est celui qu'on devait m'envoyer tout d'abord : une mauvaise plaisanterie du mari lui a substitué l'autre; mais le mari a été puni depuis, et j'ai obtenu toute satisfaction.

Planchet et Grimaud parurent alors à leur tour, tenant en main les montures de leurs maîtres; d'Artagnan et Athos descendirent, se mirent en selle près de leurs compagnons, et tous quatre se mirent en marche : Athos sur le cheval qu'il devait à sa femme, Aramis sur le cheval qu'il devait à sa maîtresse, Porthos sur le cheval qu'il devait à sa procureuse, et d'Artagnan sur le cheval qu'il devait à sa bonne fortune, la meilleure maîtresse qui soit.

Les valets suivirent.

Comme l'avait pensé Porthos, la cavalcade fit bon effet ; et si madame Coquenard s'était trouvée sur le chemin de Porthos et eût pu voir quel grand air il avait sur son beau genêt d'Espagne, elle n'aurait pas regretté la saignée qu'elle avait faite au coffre-fort de son mari.

Près du Louvre les quatre amis rencontrèrent M. de Tréville, qui revenait de Saint-

Germain, il les arrêta pour leur faire compliment sur leur équipage, ce qui en un instant amena autour d'eux quelques centaines de badauds.

D'Artagnan profita de la circonstance pour parler à M. de Tréville de la lettre au grand cachet rouge et aux armes ducales; il est bien entendu que de l'autre il n'en souffla point le mot.

M. de Tréville approuva la résolution qu'il avait prise, et l'assura que, si le lendemain il n'avait pas reparu, il saurait bien le retrouver, lui, partout où il serait.

En ce moment, l'horloge de la Samaritaine sonna six heures; les quatre amis s'excusèrent sur un rendez-vous, et prirent congé de M. de Tréville.

Un temps de galop les conduisit sur la route de Chaillot : le jour commençait à baisser, les voitures passaient et repassaient; d'Artagnan, gardé à quelques pas par ses amis, plongeait ses regards jusqu'au fond des carrosses, et n'y apercevait aucune figure de connaissance.

Enfin, après un quart d'heure d'attente, et comme le crépuscule tombait tout à fait, une voiture apparut, arrivant au grand galop par la route de Sèvres; un pressentiment dit d'avance à d'Artagnan que cette voiture renfermait la personne qui lui avait donné rendez-vous : le jeune homme fut tout étonné lui-même de sentir son cœur battre si violemment. Presqu'aussitôt une tête de femme sortit par la portière, deux doigts sur sa bouche, comme pour recommander le silence, ou comme pour envoyer un baiser; d'Artagnan poussa un léger cri de joie, cette femme ou plutôt cette apparition, car la voiture était passée avec la rapidité d'une vision, était madame Bonacieux.

Par un mouvement involontaire, et malgré la recommandation faite, d'Artagnan lança son cheval au galop, et en quelques bonds rejoignit la voiture; mais la glace de la portière était hermétiquement fermée: la vision avait disparu.

D'Artagnan alors se rappela cette recommandation : « Si vous tenez à votre vie et à celle des personnes qui vous aiment, demeurez immobile et comme si vous n'aviez rien vu. »

Il s'arrêta donc, tremblant non pour lui mais pour la pauvre femme qui évidemment s'était exposée à un grand péril en lui donnant ce rendez-vous.

La voiture continua sa route toujours marchant à fond de train, s'enfonça dans Paris et disparut.

D'Artagnan était resté interdit à la même place et ne sachant que penser. Si c'était madame Bonacieux et si elle revenait à Paris, pourquoi ce rendez-vous fugitif, pourquoi ce simple échange d'un coup d'œil, pourquoi ce baiser perdu? Si, d'un autre côté ce n'était pas elle, ce qui était encore bien possible, car le peu de jour qui restait rendait une erreur facile; si ce n'était pas elle, ne serait-ce pas le commencement d'un coup de main monté contre lui avec l'appât de cette femme pour laquelle on connaissait son amour?

23.

Les trois compagnons se rapprochèrent de lui. Tous trois avaient parfaitement vu une tête de femme apparaître à la portière, mais aucun d'eux, excepté Athos, ne connaissait madame Bonacieux. L'avis d'Athos, au reste, fut que c'était bien elle ; mais, moins préoccupé que d'Artagnan de ce joli visage, il avait cru voir une seconde tête, une tête d'homme au fond de la voiture.

—S'il en est ainsi, dit d'Artagnan, ils la transportent sans doute d'une prison dans une autre. Mais que veulent-ils donc faire de cette pauvre créature, et comment la joindrai-je jamais ?

— Ami, dit gravement Athos, rappelez-vous que les morts sont les seuls qu'on ne soit pas exposé à rencontrer sur la terre. Vous en savez quelque chose ainsi que moi, n'est-ce pas! Or, si votre maîtresse n'est pas morte, si c'est elle que nous venons de voir, vous la retrouverez un jour ou l'autre. Et peut être, mon Dieu, ajouta-t-il avec cet accent misanthropique qui lui était propre, peut-être plus tôt que vous ne voudrez.

Sept heures et demie sonnèrent, la voiture était en retard d'une vingtaine de minutes sur le rendez-vous donné. Les amis de d'Artagnan lui rappelèrent qu'il avait une visite à faire, tout en lui faisant observer qu'il était encore temps de s'en dédire.

Mais d'Artagnan était à la fois entêté et curieux. Il avait mis dans sa tête qu'il irait au Palais-Cardinal, et qu'il saurait ce que voulait lui dire Son Éminence. Rien ne put le faire changer de résolution.

On arriva rue Saint-Honoré, et place du Palais-Cardinal on trouva les douze mousquetaires convoqués qui se promenaient en attendant leurs camarades. Là seulement, on leur expliqua ce dont il était question.

D'Artagnan était fort connu dans l'honorable corps des mousquetaires du roi, où l'on savait qu'il prendrait un jour sa place; on le regardait donc d'avance comme un camarade. Il résulta de ces antécédents que chacun accepta de grand cœur la mission pour laquelle il était convié; d'ailleurs il s'agissait, selon toute probabilité, de jouer un mauvais tour à M. le cardinal et à ses gens, et pour de pareilles expéditions ces dignes gentilshommes étaient toujours prêts.

Athos les partagea donc en trois groupes, prit le commandement de l'un, donna le second à Aramis et le troisième à Porthos, puis chaque groupe alla s'embusquer en face d'une sortie.

D'Artagnan, de son côté, entra bravement par la porte principale.

Quoiqu'il se sentît vigoureusement appuyé, le jeune homme n'était pas sans inquiétude en montant pas à pas le grand escalier. Sa conduite avec milady ressemblait tant soit peu à une trahison, et il se doutait des relations politiques qui existaient entre cette femme et le cardinal; de plus, de Wardes, qu'il avait si mal accommodé, était des fidèles de Son Éminence: et d'Artagnan savait que si Son Éminence était terrible à ses ennemis, elle était fort attachée à ses amis.

—Si de Wardes a raconté toute notre affaire au cardinal, ce qui n'est pas douteux, et s'il m'a reconnu, ce qui est probable, je dois me regarder à peu près comme un homme condamné, disait d'Artagnan en secouant la tête. Mais pourquoi a-t-il attendu jusqu'aujourd'hui? C'est tout simple : milady aura porté plainte contre moi avec cette hypocrite douleur qui la rend si intéressante, et ce dernier crime aura fait déborder le vase.

— Heureusement, ajoutait-il, mes bons amis sont en bas, et ils ne me laisseront pas emmener sans me défendre. Cependant la compagnie des mousquetaires de M. de Tréville ne peut pas faire à elle seule la guerre au cardinal, qui dispose des forces de toute la France et devant lequel la reine est sans pouvoir et le roi sans volonté. D'Artagnan, mon ami, tu es brave, tu es prudent, tu as d'excellentes qualités, mais les femmes te perdront !

Il en était à cette triste conclusion lorsqu'il entra dans l'antichambre. Il remit sa lettre à l'huissier de service, qui le fit passer dans la salle d'attente et s'enfonça dans l'intérieur du palais.

Dans cette salle d'attente étaient cinq ou six gardes de M. le cardinal, qui, reconnaissant d'Artagnan et sachant que c'était lui qui avait blessé Jussac, le regardèrent en souriant d'un singulier sourire.

Ce sourire parut à d'Artagnan d'un mauvais augure ; seulement, comme notre Gascon n'était pas facile à intimider, ou

que plutôt, grâce à un grand orgueil naturel aux gens de son pays, il ne laissait
pas voir facilement ce qui se passait dans
son âme, quand ce qui s'y passait ressemblait à de la crainte, il se campa fièrement
devant MM. les gardes, et attendit la main
sur la hanche, dans une attitude qui ne
manquait pas de majesté.

L'huissier rentra et fit signe à d'Artagnan de le suivre. Il sembla au jeune
homme que les gardes, en le regardant
s'éloigner, chuchotaient entre eux.

Il suivit un corridor, traversa un grand
salon, entra dans une bibliothèque, et se
trouva en face d'un homme assis devant
un bureau et qui écrivait.

L'huissier l'introduisit et se retira sans

dire une parole. D'Artagnan resta debout et examina cet homme.

D'Artagnan crut d'abord qu'il avait affaire à quelque juge examinant son dossier; mais il s'aperçut que l'homme de bureau écrivait ou plutôt corrigeait des lignes d'inégale longueur, en scandant des mots sur ses doigts; il vit qu'il était en face d'un poète. Au bout d'un instant le poète ferma son manuscrit, sur la couverture duquel était écrit *Mirame*, tragédie en cinq actes, et leva la tête.

D'Artagnan reconnut le cardinal.

FIN DU QUATRIÈME VOLUME.

TABLE DES CHAPITRES

9 782019 228989